겔리시온 IV

- 마지막 약속 -

마지막 약속

차례

EPISODE IV.

마지막 약속

1장

{ 운명을 보고 소명을 찾다 }

늦은 밤, 타닥거리며 타들어 가는 횃불들이 중앙 섬 동쪽의 허허벌판을 비춘다. 다시 잡혀온 노예들이 묶여 있고 몇 명은 채찍을 맞으며 피를 흘리고 고꾸라져 있다. 수르카라는 그들의 앞에서 선혈이 뚝뚝 떨어지는 채찍을 들고 씩씩거린다. 그는 황금 가면 너머로 거칠게 내뱉는다.

"버러지 같은 놈들. 감히 내빼려 하다니. 어디, 죽을 때까지 맞아 보거라!"

채찍을 휘두르는 소리가 공기를 가르고, 옆에서 그것을 지켜보는 다른 노예상들은 겁에 질린 표정으로 침묵하며 서 있다. 그런데 그때 한 노예상이 해변을 가리킨다.

"저, 저기 수르카라 님…. 해변 쪽에서 불빛이 다가오고 있습니다."

"뭐라고?"

수르카라는 잠시 채찍질을 멈추고 저 멀리서 어른거리며 다가오는 횃불들을 바라본다. 척척거리는 발소리가 가까워지자, 근처의 말뚝에 매여 있던 지카들이 불안한 듯 푸르릉거린다. 이어서 걸어오는 이들의 모습이 서서히 드러난다. 그들은 모두 자라트라 병사의 복장을 하고 있다. 수르카라는 눈살을 찌푸린다.

"요새에서 온 놈들인가?"

맨 앞에서 병사들을 통솔하는 이는 여러 갈래로 머리를 땋아 내리고 한쪽 눈을 가린 루에린 사내다. 왠지 낯익은 그의 얼굴에는 분노 어린 살기가 가득 담겨 있다. 수르카라는 순간 느껴지는 섬뜩함에 지시를 내린다.

"다들 무장해라! 어서!"

노예상들은 긴장한 얼굴로 칼과 채찍을 들고 수르카라의 주위로 모여든다. 외눈 루에린 사내가 다가오며 외친다.

"상급 슈라문 훌라르 님의 명이다! 지금부터 이 땅에서는 더 이상 사람을 사고파는 제도가 존재할 수 없다. 노예상 수르카라와 그 일행들은 앞으로 나와서 특명을 받들라!"

"…저게 무슨 소리야?"

수르카라와 노예상들은 멀뚱히 병사들을 쳐다본다. 사타니크의 지시에 따라, 병사들은 일사불란하게 움직이며 노예상들의 지카부터 빼앗는다.

"히르르렁!"

놀란 지카들이 소리를 내고 노예상들은 순식간에 수많은 병사에 둘러싸인다. 사타니크는 황금 가면을 쓴 수르카라를 노려보며 천천히 그를 향해 다가간다.

"이 자리에서 수르카라와 그 일행은 죗값을 받을 것이다. 수많은 사람을 고문하고 죽인 죄, 미다스 궁에서 금품을 빼돌리며 폭리를 취한 죄, 여인들을 겁탈한 죄…"

수르카라는 코웃음을 치며 침을 뱉고 소리 지른다.

"퉤! 참 나, 그게 무슨! 노예상 중에 안 그러는 자가 어디 있다고!"

"많은 놈이 하는 짓이라고 해서 옳은 일이 되는 것은 아니지. 아직 안 끝났으니 끝까지 쳐들어라."

사타니크는 수르카라의 멱살을 쥐며 으르렁거리듯이 말한다.

"아무튼 이 무수한 죄를 이유 삼아, 수르카라를 비롯한 노예상 일행들에게 내려진 형벌은 사형이다."

"뭐야?"

수르카라는 자신의 귀를 의심한다. 주변에 서 있던 노예 출신 병사 하나가 참았다는 듯이 묻는다.

"병사장님! 명을 다 전했으니 이제는 저놈들을 죽여도 되겠습니까?"

사타니크는 씨익 웃으며 수르카라를 노려보며 말한다.

"이놈만 빼고. 내 몫이거든. 쳐라!"

사타니크의 지시와 함께 병사들이 칼을 빼 들고 노예상들을 향해 돌진한다. 멱살이 잡힌 채로 버둥거리는 수르카라는 목에 핏줄이 선 채로 캑캑댄다. 사타니크는 그를 노려보며 한쪽 입꼬리를 올린다.

"오랜만이네?"

그제야 사타니크를 제대로 본 수르카라는 그가 누구인지 알아채고 사색이 된다.

"너, 너는!"

수르카라는 부들거리는 손으로 서둘러 허리춤에 있던 단도를 더듬는데, 그것을 채 뽑아 들기도 전에 사타니크의 손에 밀려 바닥에 내리꽂힌다. 단도는 챙그랑하며 굴러떨어져 아수라장 속에서 자취를 감춘다. 목을 붙잡고 컥컥

대며 일어난 수르카라는 휘청거리는 다리로 지카가 있는 곳을 향해 도망친다. 사타니크는 사냥감을 몰아넣는 맹수처럼 그를 뒤쫓는다.

수르카라는 병사들이 노예상들을 상대하고 있는 틈을 타서 가까스로 지카한 마리에 올라타고 달린다. 사타니크 또한 재빨리 다른 지카를 잡아탄다. 맹렬히 원수의 뒤를 쫓는 사타니크의 그림자가 수르카라의 그림자와 점점 가까워진다. 드디어 두 그림자가 겹쳐지자, 사타니크는 달리는 지카에서 풀쩍 뛰어올라 수르카라의 지카 뒤에 완벽하게 내려앉는다. 그러자 갑작스러운 충격에 놀란 수르카라의 지카가 울부짖으며 두 앞발을 높게 구른다.

"히르르렁!"

그 바람에 두 사내는 동시에 땅으로 나동그라진다. 이를 예상한 사타니크는 유연하게 착지하여 일어서고, 바닥에 데굴데굴 구르며 일어서지도 못하는 늙은 원수에게 다가간다. 팔뼈가 부러진 수르카라는 고통스러운 신음을 내뱉는다. 사타니크는 한쪽 발로 그의 부러진 팔을 지그시 밟는다.

"으아아악!"

수르카라가 피를 토하듯 갈라지는 목소리로 비명을 지르자 사타니크는 피식 웃음을 흘린다.

"어딜 도망가려고. 네놈의 죄가 더 있는데 마저 들어야지. 내 동생을 죽인 죄, 내 눈을 잃게 한 죄. 네가 저지른 짓 그대로 갚아주마."

사타니크는 수르카라의 팔을 밟고 있던 발을 들어 그의 얼굴을 힘껏 걷어찬다.

"으억!"

볼이 터져서 피범벅이 된 수르카라의 얼굴에서 황금 가면이 벗겨진다. 가면이 바닥에 나뒹굴자 쥐에게 물어뜯겨서 흉측하게 일그러진 얼굴이 드러난다. 지금껏 사타니크의 마음을 괴롭히던 모습과는 너무도 다른, 힘없고 겁먹은 늙은이의 얼굴일 뿐이다. 수르카라는 벌벌 떨며 사타니크에게 애원한다.

"사, 살려줘! 금을 주겠다. 내가 가진 모든 걸 주마. 나와 함께 동쪽 호수로 가자고, 응? 거기 원로들이 모두 나와 가까운 자들이다. 거기서 너와 네 병사들 모두 평생 먹고살아도 다 못 쓰고 죽을 만큼의 금을 줄게!"

목숨을 구걸하는 원수의 모습을 응시하는 사타니크의 눈에 뜨거운 분노의 눈물이 차오른다.

"그럴 순 없지. 네놈이 아무리 많은 금을 바친다고 해도 그 애는 못 돌아오니까."

"뭐야?"

사타니크는 붉게 물든 눈으로 원수를 노려보며 오랫동안 입 밖으로 내지 않던 이름을 읊조린다.

"…에스카딘."

그 이름을 듣는 수르카라의 머릿속에 쥐를 몰던 깡마른 노예의 얼굴이 스친다. 사타니크는 자신의 허리춤에서 날카로운 단도를 꺼내 든다. 그는 벌레처럼 땅을 기며 자신에게서 도망치려는 수르카라의 목을 붙잡는다.

"다행히 네놈이 그 애를 기억하는 모양이군. 그럼 긴말이 필요 없겠지."

"자, 잠깐!"

"푹!"

사타니크의 단도가 가차 없이 수르카라의 왼쪽 눈을 관통한다.

"끄아아악!"

수르카라의 외마디 비명과 함께 그의 눈에서 흘러나오는 검붉은 피가 바닥을 적신다. 경련을 일으키던 수르카라는 나머지 한 눈도 감지 못하고 픽, 고개를 돌려 그대로 숨을 거둔다.

"……."

사타니크는 점점 번지는 검붉은 핏자국을 응시하며 중얼거린다.

"긴 세월 동안 여러 가지 방법을 생각해 봤는데 이게 제일 깔끔한 것 같아서. 역시 좋은 선택이었군."

그는 단도가 꽂힌 채로 피가 줄줄 흐르는 수르카라의 머리를 옆으로 돌려 한 발로 지그시 밟는다. 그리고 바닥에 떨어진 황금 가면을 집어 든다.

'참 허무하기 그지없구나. 이렇게 하찮은 놈이었는데….'

횃불이 일렁거리는 저 멀리에서 노예상들을 처단하고 있는 병사들의 함성이 들린다. 어둠 속에 혼자 선 사타니크는 잠시 숨을 고르며 하늘을 올려다본다. 드넓은 밤하늘을 가득 메운 별들이 말없이 빛난다. 쏟아지는 별들을 담는 그의 한쪽 눈에서 비로소 눈물이 흘러내린다.

'에스카딘, 드디어 오늘 밤이다. 저 별들에 네 이름을 남기고 우리 고향으로 갈 거다. 진짜 복수를 하러.'

그는 시선을 돌려 수르카라의 시체를 노려보더니, 이내 마음을 다잡고 다시 지카에 올라탄다. 그를 태운 지카가 병사들이 있는 곳으로 달리자 다른 지카 한 마리도 따라 돌아온다. 사타니크는 가면을 든 손을 번쩍 들어 올리며 외친다.

"봐라! 죄인 수르카라가 죽었다!"

"와아아아!"

그의 손에 들린 황금 가면을 본 병사들이 우레같은 환호성을 지른다. 노예상들을 처치하면서 사기가 잔뜩 올라 있는 그들을 둘러보며, 사타니크가 우렁찬 목소리로 명한다.

"자! 빨리 해치우자! 몸풀기를 마쳤으면 지체 없이 동쪽 호수로 가야 한다. 진짜 싸움은 거기서부터 이뤄질 것이다. 토치, 패치. 너희들은 미리 명단에 올려놓은 부대원들과 함께 여기 남아서 노예 해방을 도와라. 나머지는 작전대로 다시 배에 오른다."

"예, 사타니크 병사장님!"

예전에 보리얀과 사타니크와 함께 지오투스의 부대에 있던 쌍둥이 병사들이 목소리를 높여 대답한다. 토치는 숨을 조금 고르며 묻는다.

"병사장님, 그럼 예전에 말씀하신 대로 여기 묶여 있는 노예들도 다 데리고 가실 겁니까?"

"당연히 함께 가야지. 고향을 구하러."

사타니크는 자신이 수르카라를 해치운 곳을 쳐다보다가 고개를 돌리며 생각한다.

'진짜 복수는 제도를 엎는 것이다. 아직 갈 길이 멀다.'

노예상들을 처단한 후, 사타니크는 병사들 일부와 함께 동쪽 호수로 떠난다. 아누다르가야 동쪽에 남아 나머지 일을 맡게 된 토치와 패치는 막사 안에서 작전 회의를 시작한다. 그들은 중앙 섬 동쪽의 도시 지도를 들여다보며 골몰히 생각에 잠겨 있다. 패치가 미다스 궁이 그려져 있는 자리에 가위표를 쓱쓱 긋는다.

"미다스 궁이 사라져서 큰 도움이 되기는 하지만, 이곳 상인들의 저항이 만만치가 않을 것 같아. 하루아침에 자기네 노예들이 사라지게 생겼으니.”

“상단 대표들에게는 훌라르 님의 명을 전했잖아. 내일 아침이면 그들이 어떻게 나오는지 두고 볼 수 있겠지. 뭐가 됐든, 얼른 처리하고 사타니크 병사장님을 도우러 동쪽 호수로 가야 하지 않겠어? 그곳으로 간 우리 병사들의 실력이 아무리 뛰어나다고 해도 수적으로 불리할 텐데.”

토치의 말에 패치는 조금 한숨을 내쉰다.

“글쎄, 그래야 할 텐데…. 나는 우리가 있는 이 지역이 왠지 좀 걱정된단 말이지.”

“왜?”

“여기 상인들이 어떤 놈들인지 알잖아? 차루타스를 비롯해서 바르벨루스에 저항하는 도시들은 이미 황금 대신 다른 화폐들을 쓰기 시작했는데, 여긴 아직도 황금을 쓰고 있어. 완전히 바르벨루스에 딱 붙어서 먹고살겠다고 작정한 놈들이라고. 게다가 차루타스보다 인구는 좀 적을지 몰라도, 노예들을 데리고 있는 사람들이 압도적으로 많지. 그런 놈들이 순순히 노예 해방에 찬성할 리가 없잖아?”

“흐음, 맞는 말이야. 차루타스는 그래도 시종이나 하인 개념으로 노예들을 데리고 있지만 여긴 다르잖아. 지금껏 공짜로 부려 먹던 노예 장인들의 기술과 노동력을 쉽게 포기하지 않을 텐데. 상인들의 저항에 대비는 해야겠군.”

패치는 지도를 툭툭 두드리더니 걱정스러운 얼굴로 말한다.

“병력이 모자란 게 문제다. 우리가 작전의 대장으로 세워지기는 했지만 사실상 병사장님도 안 계시고…. 자라트라에 병력을 더 요청할 수도 없는 노릇이잖아? 바르벨루스로도 진군해야 할 텐데, 그럼 요새를 지키는 병사들의 수가 너무 줄어들 거야. 시간도 오래 걸리고."

"만약 상인들이 말을 안 듣는다면 노예 장인들을 동요시켜서라도 우리 편을 끌어모으는 수밖에 없을 것 같은데? 여기서 거느리고 있는 노예 수가 가장 많은 상단이 어디지? 그쪽에 먼저 군사들을 몰래 보내서, 노예들에게 해방 소식을 알리자. 그들이 다른 노예들에게 퍼트릴 수 있게."

"그래. 노예 장인들이 우릴 돕게 만들어야겠어. 시간이 없으니 병사들을 바로 준비시켜야겠다. 나갈까?"

토치와 패치는 자리에서 일어서고 막사 밖으로 나온다. 토치는 하품을 하고 기지개를 켠다.

"흐아암! 밤을 꼴딱 새워버렸군. 그래도 신기하지 않아? 우리가 자라트라 병사로 이런 일을 하게 될 줄 누가 알았겠냔 말이야. 아누다르가야 동쪽에서 요새로 팔려 간 세공사의 아들들이 노예 해방을 위해 여길 다시 오다니…."

"아버지께서 살아계셨음 기뻐하셨겠지. 항상 주인집 상인 놈에게 물건을 만들어 바치시느라고 고생만 하셨는데. 여기 있는 장인들은 대부분 상인 소유잖아. 거의 우리 아버지 같은 처지에 놓인 사람들이니, 가족을 구하는 마음으로 구해내자."

"그래야지."

토치는 머리 위로 빛나는 새벽별들을 바라보며 말을 잇는다.

"휴우, 어머니가 어디 계신지만 알아도 좋을 텐데. 아버지께서 돌아가시고 나서 어디로 팔려가신 걸까? 우리 엄마…."

패치는 슬픈 눈으로 중얼거리는 토치를 마주 본다. 쌍둥이들은 서로 씁쓸한 미소를 짓고, 병사들을 깨우기 위해 다른 막사 쪽으로 걸음을 옮긴다.

아직 새벽빛이 찾아들기 전의 늦은 밤, 바르벨루스의 탑 꼭대기에서는 스루딘이 방문을 슬쩍 연다. 그는 아르테스가 쓰던 방에 머물고 있다. 문밖을 둘러보던 스루딘은 보초병들에게 웃으며 묻는다.

"듣자 하니 여기 있는 공중 정원이 그렇게 아름답다지? 라델린 님이 계실 때는 그분의 차지였다고 들었는데. 구경 좀 갈까 해서. 어때, 나와 같이 가겠나?"

"아직 밤이 깊습니다. 다시 침소에 드시지요."

"에이, 궁금해서 잘 수가 있어야지. 자네들은 어차피 나를 감시해야 하지 않나? 따라나서게."

"저, 그게…. 공중 정원은 신성하신 무니안님들만 들어가실 수 있는 곳입니다."

"그래? 그렇다고 해도 난 꼭 봐야겠네. 이미 아르테스 님께서 쓰셨다는 최고 무니안의 방을 내게 내주셨는데, 그쯤이야 솔리디몬 님께서도 허락해 주시겠지."

스루딘은 뜻 모를 미소를 지으며 밖에서 방문을 잠그는 척하고 열쇠를 주머니에 집어넣는다. 그러자 노예병 중 하나가 그에게 열쇠를 달라는 듯 손을 내민다.

"주시지요. 문을 여닫는 건 저희의 일입니다."

"괜찮네. 중요한 열쇠는 내 손에 쥐고 다니는 편이라서. 자, 그럼 어디 한 번 가볼까?"

스루딘이 저벅저벅 걸음을 옮기자 보초를 서던 노예병들은 서로 눈치를 보며 어쩔 수 없이 그를 따라서 나선다. 닫힌 방문 옆으로 횃불만이 타닥이며 정적을 메우는데 잠시 후 누군가의 그림자가 어른거린다. 어둠 속에 서 있던 그는 소리 없이 다가와서 몰래 방문을 연다. 이어서 문이 열리는 것을 확인하고는 속으로 안도의 한숨을 내쉬며 생각한다.

'휴, 다행이다. 작전대로 되고 있군.'

횃불에 비치는 것은 노예병의 옷을 입고 있는 켄트라다. 그는 주위를 살피며 살금살금 방 안으로 들어간다. 그리고 커다란 방의 크기에 조금 놀란 듯 두리번거리더니 곧 침대 근처로 걸음을 옮긴다. 품속을 더듬던 켄트라는 곱게 접은 종이 다발을 꺼내서 베개 밑 깊숙한 곳에 밀어 넣는다.

'이제 됐다. 관리 장교님께서 이 자료를 보시고 요새에 서신을 보내시겠지.'

뿌듯한 표정으로 미소를 짓던 켄트라는 서둘러서 자리를 뜬다.

스루딘과 그의 감시자들은 불침번을 서는 노예병들과 몇 명의 하급 슈라문을 지나, 탑 맨 꼭대기에서 공중 정원까지 이어져 있는 다리에 다다른다. 스루딘은 탑 내부에서부터 공중 정원 바깥까지 이어져 있는 다리 아래를 쳐다보며 중얼거린다.

"휴, 아찔하군. 자네들은 여기서 기다리게. 잠시 둘러보고 나올 테니."

"알겠습니다. 금방 오셔야 합니다."

다리를 건넌 후, 드디어 공중 정원의 입구에 도착한 스루딘은 문대신 드리워져 있는 반투명한 천을 젖힌다. 거추장스럽다는 듯 천을 치우고 정원으로 들어선 그는 독특한 나무들과 꽃들을 둘러본다. 그리고 몇 걸음 옮기며 마치 누군가 이미 정원 안에 와 있다는 것을 알고 있다는 듯이 묻는다.

"항상 궁금했는데, 도대체 왜 바르벨루스에는 이렇게 너풀거리는 반투명한 천이 많은 것입니까?"

"신성한 모크샤의 날개를 상징하기 때문이지."

대답과 함께 모습을 드러내는 이는 무니안 페키우스다. 스루딘은 미소를 지으며 그에게 인사를 올린다.

"안녕하십니까, 페키우스 님."

"드디어 탑 안에서 보는군, 스루딘."

스루딘은 주변을 둘러보며 낮은 목소리로 말한다.

"시간이 없으니, 거두절미하고 중요한 부분만 말씀드리지요. 아까 솔리디몬을 설득하는 데에 성공했습니다. 그가 내일 여기 계신 세 분과 함께 오찬 시간을 가지자고 할 것입니다. 그때 우리의 계획을 실행하면 되지 않을까 싶습니다만."

"알겠네. 내 하급 슈라문들과 노예병들을 준비시키겠네. 솔리디몬이 독약에 취할 정도가 되면 들이닥쳐서 그놈을 잡아들라고 명하면 되겠지."

"그런데 아까 보니 솔리디몬이 매우 화가 나 보이던데요? 자신에게 귀중한 물건이 없어졌다면서…. 페키우스 님을 의심하는 것 같았습니다."

"예상했네. 아마 내일 모이는 자리에서 그것에 대해 추궁하겠지."

"그 물건이 무엇인데 그러십니까?"

"……."

페키우스가 잠시 말없이 스루딘을 응시하더니, 쓸쓸한 표정으로 얼버무린다.

"지금은 알 필요 없네. 일단 솔리디몬을 처치하고. 만찬에는 물론 자네도 참석하겠지?"

"별로 그러고 싶지는 않지만, 아마도 그래야겠지요."

스루딘은 빙긋 미소를 지으면서 덧붙인다.

"실수로라도 제 컵에 독을 바르지만 않으셨으면 합니다."

이후 스루딘은 다시 자신의 방으로 돌아온다. 소리 없이 침대 주변을 살펴보던 그는 베개를 들치고 서신 뭉치를 찾아낸다. 켄트라가 알아낸 탑의 병력과 노예병들의 배치, 무기 현황에 대한 자료들이다. 스루딘는 빠르게 서신을 작성하여 방금 있었던 무니안들과의 만남에 대한 내용을 적고, 그것을 켄트라의 자료와 함께 단단히 묶는다. 창밖에는 마치 스루딘을 기다리는 것처럼 보이는 까마귀가 한 마리 앉아 있다. 어느새 푸르스름하게 밝아오는 새벽하늘을 바라보며, 그는 까마귀에 서신을 묶어 보낸다.

"푸드덕!"

열린 창문 틈으로 검은 새가 날아가는 모습을 바라보는 스루딘이 미소 띤 입가로 중얼거린다.

"낮말은 새가 듣고, 밤말은 쥐가 듣고, 모든 말은 보리얀이 듣지. 누가 알았겠어? 그 애한테 이런 신기한 능력이 있었을지…"

그는 은색 별들이 떠 있는 하늘을 바라보며 생각에 잠긴다.

'보리얀이 통신망을 장악해 준 덕에 일이 한결 수월해졌군. 이제 투르 씨가 탑에 대해 알아야 할 것을 다 파악하시겠지. 그럼 자라트라의 님로덴 책임 선장과 차루타스에 있는 지오투스 병사장이 각각 부대를 꾸려 올라올 테고, 그렇게 작전대로 서쪽과 남쪽에서 바르벨루스를 포위할 수 있다면 탑은 독 안에 든 쥐가 될 거다. 북쪽은 무니안들이 유배 보낸 자들로 가득한 케파르카 지

역인 데다가 아누다르가야 동쪽의 미다스 궁은 이미 사라졌으니….'

스루딘은 눈을 반짝이며 창문을 닫고 중얼거린다.

"우리 병사들을 맞이하기 전에 탑 안을 미리 손봐야겠지? 오찬 자리가 아주 기다려지는군."

스루딘이 있는 탑 꼭대기로부터 까마득한 아래, 탑의 지하에서는 솔리디몬의 가마가 보인다. 경비가 삼엄한 지하 감옥 안에는 독방으로 옮겨진 은색 빡빡머리 병사 퓨라가 공포에 떨고 있다. 솔리디몬은 그 앞에 서서 낡은 종이 한 장을 들여다보며 웃음을 흘린다.

"하하, 다시 봐도 정말 놀랍군. 루딘이라는 놈의 말투와 행동 하나하나까지 기억하고 있다니. 게다가 그림 실력까지 뛰어나고. 이걸 직접 그려서 품고 다녔다지? 병사들 사이에서 유명해질 정도로 말이야."

그는 들고 있던 종이를 퓨라의 앞에 던진다. 종이에는 섬세한 솜씨로 그려진 루딘의 초상화가 담겨 있다. 퓨라는 그것을 차마 똑바로 보지 못한다. 솔리디몬은 재미있다는 표정으로 그에게 조금 고개를 기울이며 묻는다.

"예쁘장하게 생긴 놈이기는 하다만, 사내인 게 마음에 걸리지는 않던?"

"……."

퓨라가 잠시 아무 말을 하지 못하다가 고개를 젓자 솔리디몬은 웃음을 터트린다.

"하하, 네놈이 그런 취향을 가지고 있었구나. 아무튼 네 순정이 나에게 큰 무기를 선물해 주었다. 썩 즐거웠으니 고통스럽게 죽이지는 않으마."

"저, 저를 죽이시려고요?"

"쓰임을 다한 도구는 살 가치가 없는 법이거든. 게다가 입이 달린 도구는 발설의 위험이 있으니, 빨리 처리하는 것이 상책이다. 그래도 탑의 대의에 쓰였다고 생각하며 자랑스럽게 가거라."

솔리디몬은 문가에 서 있던 노예병에게 고갯짓하며 명을 내린다.

"깔끔하게 잘 처리해라."

노예병은 알았다는 듯이 고개를 숙인다. 이어서 솔리디몬이 나가고 문이 닫히자 고통에 찬 퓨라의 비명이 들린다. 솔리디몬은 그 소리를 들으며 피식 웃고 중얼거린다.

"하, 병사 중에 또 저런 물건이 있었을 줄은 몰랐군."

노예병들은 그의 가마를 번쩍 들고 계단을 오르기 시작한다. 솔리디몬을 태운 가마가 한 층씩 탑을 올라가고, 그는 이런저런 생각에 미간을 찌푸린다.

'지금껏 모든 무니안 놈들을 다 내 손으로 세웠거늘…. 쯧쯧. 다들 너무 오래 살려둔 것이 문제로구나. 그나저나 즈로이아 이 천한 것은 도대체 무슨 생각인 게지? 수액을 가져오라고 그렇게 서신을 넣었는데, 왜 여태껏 소식이 없는 것인지….'

그는 이해할 수가 없다는 듯이 고개를 갸웃하다가 회심의 미소를 짓고 중얼거린다.

"어쨌든 이제 저 물건이 완성되었으니, 스루딘은 확실히 내 손아귀에 들어올 것이다. 그럼 나머지 자잘한 것들을 해결하는 건 시간 문제지."

솔리디몬은 음흉한 미소를 짓고 편하게 고개를 뒤로 기댄다. 그는 눈치채지 못했으나 아래에서 힘겹게 가마를 받치고 있는 노예병 중 하나가 그의 말을 유심히 듣는다. 그는 비지땀을 쏟고 있는 켄트라다. 켄트라는 후들거리는

다리에 애써 힘을 주며 생각한다.

'물건이 완성되다니, 무슨 꿍꿍이지? 지하에서 도대체 무슨 일이 벌어지고 있는 거야?'

한편, 훌라르와 보리얀을 태운 비샤다는 샤테이드를 향해 날아가고 있다. 남쪽 해상에 가까워지는 그들의 앞에는 점점 짙은 안개가 드리워진다. 저 위의 어두침침한 구름 사이에서는 푸른 번개 빛마저 번쩍거린다. 축축하고 차가운 공기를 뚫고 나아가는 비샤다의 위로 까마귀 떼의 소리가 들려온다. 가만히 그 소리를 듣던 보리얀이 뒤에 있는 훌라르에게 말한다.

"새들이 전한 이야기로는 요새에 첩자들이 꽤 많았던 것 같아요. 바르벨루스에서 네카루트 무기소에 접촉하려 했다네요. 다행히 자라트라에서 그것을 미리 알고, 투르 파견사님이 거짓 서신들을 작성해서 바르벨루스 쪽에 되보내고 있대요."

"당연히 솔리디몬이 첩자를 심어놨겠지. 우리가 서신 새들을 장악했으니, 바르벨루스에서는 지금 자신들이 고립되고 있다는 것도 모를 거야. 스루딘 관리 장교의 주변에도 새들을 보내놓았다고 했지?"

"네. 언제든지 무니안들의 눈을 피해서 서신을 보내실 수 있게요. 그나저나 이제 곧 병사들이 출정할 때가 다가오겠군요. 부디 모두 무사해야 할 텐데…."

보리얀이 말하는 그때, 까마귀 한 마리가 부산하게 비샤다의 뒤를 좇아 오더니 그녀의 어깨에 내려앉는다. 까마귀의 몸 안에서 무언가 투명하고 말캉말캉한 것이 튀어나오며 보리얀만이 들을 수 있는 목소리로 중얼거린다.

'어휴우, 멀미 나! 역시 날짐승들은 적응이 잘 안 돼.'

보리얀이 깜짝 놀란 얼굴로 작게 탄성을 지른다.

"웹실론!"

'보리얀 자기야아아…!'

웹실론은 퐁, 하고 보리얀의 품에 쏙 안기며 반갑다는 듯이 더듬이 같은 촉수를 그녀의 팔에 비비적댄다.

자기야, 내가 얼마나 많은 거칠고 험난한 여정을 거쳤는지 몰라, 응. 정신 차리고 보니까 어떤 커다란 날짐승이 자기를 데려가고 있길래, 아주 큰 일 났다 싶었지. 그래서 일단은 괴물을 피해서 물고기들을 타고, 그 물고기를 잡아먹는 물새들에 타고, 그 물새들이 자기가 나를 찾고 있다면서 멀미 날만큼 빠른 까마귀에 태워준 거야! 그런데 자기는 또 어떻게 여기 위를 날고 있는 거지?'

"이렇게 다시 만나다니! 너를 영영 잃어버린 줄만 알았어."

보리얀이 기뻐하는 사이, 훌라르는 그녀의 손에 들린 투명하고 꼬물거리는 것을 미심쩍은 얼굴로 쳐다본다. 웹실론은 곧 그를 발견하고 경계하듯 더듬이 같은 촉수들을 바짝 세운다. 그러자 훌라르가 조금 당황하여 묻는다.

"저, 저게 뭐야?"

"웹실론이에요. 제 오랜 친구."

보리얀이 고대 '샤'의 생명체인 웹실론과 어떻게 알게 되었지에 대해 말해주자, 훌라르는 놀란 눈으로 그들을 쳐다본다. 웹실론은 그가 기억난다는 듯 소리친다.

'어! 그 마에린 작자다!'

웹실론은 퐁, 하고 보리얀의 어깨 위로 튀어 올라서 훌라르를 향해 더듬이를 휘적거린다.

"뭐야? 이거 왜 이러는 거야?"

'이거라니? 에잇, 성품하고는. 웝실론은 물건이 아니라고!'

웝실론이 투덜거리며 훌라르에게 쏘아붙이자, 보리얀은 웃으며 웝실론을 두 손에 안아 든다.

"자자, 진정해. 훌라르 님하고 나는 지금 샤테이드로 가는 중이야."

보리얀이 웝실론에게 그동안의 일을 얘기해 주는 사이, 검푸른 구름이 걷히며 마녀들이 사는 섬의 모습이 드러난다. 그 장엄하고 괴기스러운 섬의 모습에 훌라르가 조용한 목소리로 중얼거린다.

"드디어 도착했군."

높게 솟아오른 기암괴석의 암초에 시커먼 파도가 부딪혀 창백한 물보라로 사라진다. 사방이 절벽인 섬은 마치 매끈한 흑요석으로 이루어진 듯 물에 젖어서 번들거린다. 새들도 편히 앉을 수 없을 만큼 뾰족한 난간들이 셀 수 없이 높게 솟아 있고, 그 틈마다 해초류처럼 보이는 이름을 알 수 없는 덩굴식물들이 곳곳에 늘어져 있다.

가파른 절벽 맨 꼭대기에는 성의 입구처럼 입을 벌린 집채만 한 대왕 조개가 있는데, 테두리에 있는 난간들은 모두 촘촘한 줄로 연결되어 있다. 그 위에는 거대한 불가사리, 붉은 따개비와 은빛이 나는 고둥 등이 다닥다닥 붙어 있다. 깊이를 알 수 없는 입구 속에서는 침침한 불빛들이 새어 나온다.

조개 성 주변으로 여러 성채의 모습이 보인다. 그 근처의 평평한 바닥에는 라플라들이 한 줄로 묶여서, 미동도 없이 어둠 속에 정박되어 있다. 기이하게 솟아 있는 성채 중 가장 높은 곳에서는 등대처럼 환한 빛이 강렬하게 쏟아져 나온다. 짙은 안개 속을 일직선으로 꿰뚫는 그 빛은 마치 길을 안내하는 것처럼 비샤다를 비춘다.

"까악! 깍, 까악!"

까마귀들이 경고를 하듯 불안한 울음소리를 낸다. 훌라르는 지그시 눈을 찌푸리고 앞을 응시한다. 난생처음 보는 배인지, 새인지 모를 것이 좁은 해변을 따라 창살에 주욱 묶여 있다.

"저 요상한 것들이 바로 라플라인가 보군."

보리얀은 고개를 끄덕이고 조개 성안을 들여다본다.

"이상하네요. 라플라가 죄다 묶여 있고, 아무런 공격 준비도 안 되어 있다니."

"흐음. 그러게. 마치 우리가 올 줄 알았다는 것처럼 보이는군."

섬에 가까워질수록 정신이 아득해질 만큼 알싸하면서도 은근히 향기로운 냄새가 가까워진다. 그때 보리얀의 마음속에서 웝실론이 말하는 소리가 들린다.

'어? 자기야, 여긴 옛날에 메르모니아들이 모여 살던 곳이야! 왜, 그 모테라라는 괴물로 변해버렸다는 존재들 말이야. 몇천 년 전만 하더라도 엄청 아름다운 곳이었는데, 마라트의 기운을 읽고 알려주던 곳이 이렇게 변해버렸네….'

'모테라?'

보리얀이 놀란 얼굴로 묻는 순간, 비샤다는 천천히 대왕 조개의 입구 쪽으로 하강한다. 그녀는 순간 엄습해오는 불안감을 느끼며 웝실론에게 묻는다.

'설마, 여기 모테라들이 있지는 않겠지?'

'걱정하지 마, 자기야. 불을 쓰는 남정네가 옆에 있잖아. 메르모니아들은 뜨거운 열기를 가진 존재들을 아주 싫어했거든. 모테라들도 비슷하지 않겠어?'

보리얀은 조금 긴장한 얼굴로 고개를 끄덕인다.

"펄럭, 펄럭-"

비샤다는 점점 속도를 늦추며 거대한 조개 성의 입구에 조심스럽게 내려앉는다. 보리얀과 훌라르는 비샤다에서 내린다. 젖은 바람이 실어나르는 물기 때문에 번들거리는 바닥은 축축하지만 생각보다 부드럽다.

겉에서 봤을 때와는 다르게 조개 성벽의 안쪽은 온통 휘황찬란한 빛깔로 가득 차 있다. 사방에서는 붉은 보랏빛으로 빛나는 광석들이 자라고 있으며, 드높고 둥근 천장은 마치 형형색색의 유약을 섞어놓은 듯 번쩍인다. 벽과 천장 곳곳에는 자연적으로 형성된 듯 보이는 반투명하고 둥근 요철들이 보이고, 그것들 속에서는 영롱하고도 신비로운 푸른 빛이 은은히 뿜어져 나오고 있다. 훌라르는 경계어린 목소리로 말한다.

"저기, 누가 오는군."

성의 내부 저 멀리에서 그에게 꽤 귀에 익은 목소리가 들려온다.

"손님을 모시고 오셨군요, 훌라르 님."

한 무리의 마녀들이 점점 다가온다. 가장 앞에는 즈로이아가 서 있다. 보리얀은 생전 본 적이 없는 아리따운 여인의 모습에 입을 다물지 못한다. 황금처럼 빛나는 긴 갈댓빛 머리칼을 가진 즈로이아는 그런 보리얀을 잠시 바라보더니, 눈빛을 반짝이며 알 수 없는 미소를 짓는다.

"기다리고 있었습니다."

훌라르와 보리얀은 곧 커다란 응접실로 안내받는다. 흑요석으로 둘러싸인 기괴한 모양의 천장 아래에는 커다란 진주들이 박혀 있는데, 그 영롱한 보석에서는 따뜻하면서도 은은한 빛이 새어 나온다. 즈로이아는 잠시 마녀들을 물리고 손님에게 앉을 자리를 권한다. 훌라르는 의심스러운 눈초리로 보리얀을 자신의 곁에 바짝 붙인다. 그 모습을 보며 즈로이아는 흥미롭다는 듯 입꼬리를 올린다. 이내 그녀는 마음을 정리하듯 숨을 한 번 들이쉬고, 거두절미하겠다며 차분한 목소리로 이야기를 꺼낸다. 그리고 샤테이드가 품어온 어두운 비밀에 대하여 풀어 놓는다. 지금껏 무니안들의 명령으로 자행된 끔찍한 일들에 대해.

"……."

응접실에는 무거운 침묵이 흐른다. 즈로이아의 예상치 못한 태도와 그녀가 들려준 비밀에 놀란 보리얀과 훌라르는 굳은 표정으로 앉아 있다. 이야기를 마친 즈로이아는 그들을 묘한 표정으로 바라보며 옅은 미소를 짓는다.

"제 말을 믿지 못하시는 것 같군요, 훌라르 님."

"당신의 말을 어떻게 믿겠나? 여기서 수액을 만들며 자행된 악행을 늘어놓더니, 사실은 무니안들에게 원수를 갚을 때를 기다리고 있었다고? 그게 말이 되는 소리인가?"

"호호. 당연히 혼란스러우시겠지요. 하지만 지금껏 훌라르 님을 보호하신 높으신 분께 이런 말씀을 종종 들어보지 않으셨습니까? 모든 것에는 때가 있는 법이다."

즈로이아는 한쪽 다리를 꼬고 앉으며 말을 잇는다.

"얼마 전 라델린 님을 뵈었습니다. 그분이 미다스 궁을 그 거대한 나무로 거의 부수고 가셨거든요. 제가 여기서 훌라르 님을 기다린 것도 그분의 조언 때문이랍니다. 내 아들을 죽인 원수이자, 내 생애에서 가장 큰 원수를 처리해 준 은인을 말이지요."

보리얀은 그 말을 듣고 이해할 수 없다는 얼굴로 묻는다.

"그게 무슨 소리지? 훌라르 님이 그쪽의 아들을 죽이다니?"

"흐음, 이 루에린 여인은 아직 모르나 보군요. 애야, 카슘이 제카르슘의 아들인 건 알고 있겠지? 그 카슘이라는 자가 내 배를 빌려 나왔단다. 어때, 놀랍지 않니?"

"……!"

충격을 받은 보리얀을 보며 즈로이아가 말을 잇는다.

"오래전, 수액 때문에 바르벨루스의 탑에 불려 갔을 때가 있었지. 사람들의 눈을 피해서 나를 부른 제카르슘은 시답지 않은 것으로 시비를 걸더구나. 언성이 조금 높아지다 보니 그놈이 낳게 한 아들에 대한 얘기까지 나왔지 뭐니. 그런데 그 일이 있고 얼마 후, 그 망할 놈이 사색이 되어 미다스 궁으로 찾아온 거야. 칼라르의 손자인 마에린 애송이에게 들켰다고. 아무도 들어서는 안 될 그 대화를…."

즈로이아가 한쪽 입꼬리를 올리며 훌라르를 보고 묻는다.

"어렸을 때 꽤나 짓궂으셨나 봅니다? 어른들의 말을 엿듣는 건 예의가 아닌데 말입니다."

그러자 훌라르는 냉기가 흐르는 눈빛으로 즈로이아를 응시하며 조용히 대꾸한다.

"그 대가는 톡톡히 치렀지. 내 말을 듣고 제카르슘을 끌어내리려 했던 모든 이가 불에 타 죽었으니."

입을 다물지 못하는 보리얀의 머릿속에 윕실론의 목소리가 들린다.

'어쩐지 이상하다 했어! 자기야, 저 에린의 후손은 보이는 게 다가 아니야. 생긴 건 엄청 젊은 여자인데, 느껴지는 기운은 죽을 때가 가까운 노파야!'

"어…어떻게…."

보리얀이 믿기지 않는다는 듯이 즈로이아를 바라보자, 즈로이아는 빙긋 웃더니 자신의 얼굴을 서서히 보리얀의 모습으로 바꾼다. 그러자 훌라르가 당황하며 소리친다.

"뭐, 뭐하는 짓이야? 당장 그만둬!"

"저 여인이 궁금해하는 것 같아서요. 제가 가진 능력으로 어떻게 이 모습을 유지하는지 보여주는 것뿐입니다. 뭘 그리 호들갑을 떠시는지."

그녀와 마주 앉아 있는 보리얀은 멍하니 그 모습을 응시한다. 그리고 신기하다는 듯 중얼거린다.

"…역시, 우리만 있는 게 아니었어. 신성한 힘을 가진 사람들이 더 남아 있었구나."

"후훗. 여기 있는 내 자매들은 다 조금씩 그런 힘을 가지고 있었기에 잡혀 온 사람들이란다. 그 능력을 가진 피를 무니안들의 속을 채우는 수액으로 바쳐야 했지만. 그런데 '우리'라니, 혹시 너도 능력을 가지고 있는 거니?"

보리얀은 잠시 고민하다가 고개를 끄덕인다.

"난 동물들과 소통할 줄 알아."

"그래? 고대 루에린의 힘이라…. 그렇단 말이지…."

즈로이아의 눈이 묘하게 반짝이더니 그녀의 얼굴에 환한 미소가 감돈다. 즈로이아는 홀라르를 보고 말한다.

"기다린 보람이 있군요. 라델린 님께서 해주신 말씀이 맞았네요. 정말 우리가 기다리던 예언의 실현이 다가오고 있는 모양입니다."

"그게 무슨 소리야?"

"오늘은 샤테이드에서 역사적인 날이 될 것입니다. 일단 저를 따라오시지요. 자세한 것은 이 여인이 직접 보게 될 것이니."

즈로이아는 자리에서 일어서며 예전에 그녀가 가지고 있던 셰트린의 모습으로 돌아온다. 보리얀과 홀라르는 미심쩍다는 얼굴로 서로를 쳐다본다. 즈로이아가 재촉하듯 뒤를 돌아보자, 그제야 결국 자리에서 일어난 두 사람이 뒤를 따라 방에서 나간다.

수많은 흑요석 계단으로 이루어진 통로의 무늬들이 은하가 수 놓인 듯 화려하게 빛난다. 보리얀은 작은 우주 속에서 다른 시간이 흐르는 공간을 유영하는 듯한 느낌으로 발을 내디딘다. 이어서 일행이 성의 중심부 가까이에 도착하자, 고둥의 입구처럼 둥글게 생긴 거대한 문이 그들 앞에 보인다.

"나의 자매들아. 우리가 기다리던 손님이 오셨단다. 문을 열어주렴."

즈로이아의 말에 문을 지키고 서 있던 마녀들이 조심스럽게 자리를 비킨다. 그러자 마치 그들의 뜻을 알아듣기라도 하는지, 문이 마치 살아 있는 유기체의 일부인 것처럼 저절로 열린다.

"구구구궁-"

안은 생각보다 매우 널찍하고, 바닥에는 깊이 모를 검은 물이 찰박거리는 속으로 알 수 없는 생명체들이 움직이고 있다. 즈로이아는 천천히 그 속으로 들어간다. 곧 그녀의 발목은 어두운 물속에 잠겨 사라진다. 즈로이아는 잠시 물의 기운을 느끼는 듯 눈을 감고 숨을 들이쉬더니, 천천히 보리얀을 돌아보고 그녀에게 손을 내민다.

"너는 이곳에 발을 들이는 첫 번째 외부인이란다. 샤테이드의 '영혼의 물'에 대해서 들어봤니?"

보리얀은 고개를 젓는다.

"그래? 그럼 이제 곧 알게 되겠지. 아 참, 그러고 보니 아직 네 이름도 모르는구나. 널 뭐라고 불러야 하니?"

"보리얀."

"오호, 예쁜 이름이구나. 내 손을 잡아보렴, 보리얀."

즈로이아는 그녀에게 내민 손을 좀 더 뻗으며, 들어오라는 듯 손짓을 한다. 훌라르는 경계하는 눈으로 막아서며 묻는다.

"무슨 수작이야?"

"훌라르 님, 저는 이제부터 중요한 사실을 두 분과 공유하려고 합니다. 하지만 안타깝게도 훌라르 님께서는 불의 기운이 너무 강하여 샤테이드의 가장 큰 비밀이자, 보물 앞에 서실 수가 없어요. 그러나 우리가 기다리던 예언에

나온 것처럼 마침 고대 루에린의 힘을 가진 보리얀이 당신의 옆에 있군요. 제게 잠시 이 여인을 맡기십시오. 오래 걸리지는 않을 것입니다."

훌라르가 안 될 소리라는 듯 보리얀을 붙잡는다.

"내가 당신을 어떻게 믿고?"

"이곳에는 예언을 전하는 신성한 존재가 살아계십니다. 라델린께서도 이미 알고 계시지요. 두 분이 찾아오신 것을 보니, 이제야 이해가 됩니다. 라델린 님께서 왜 훌라르 님과 손을 잡으라고 하셨는지 말입니다. 마에린과 루에린이라! 저뿐만 아니라 이곳의 모든 자매가 이 순간을 오랜 시간 동안 기다려 왔습니다. 언젠가 예언처럼, '불꽃을 몰고 오는 까마귀'가 찾아오기를⋯."

즈로이아는 다시 보리얀을 바라본다.

"보리얀, 내 손을 잡으렴. 세상의 운명이 달린 일이야."

즈로이아의 말을 온전히 이해하지는 못했으나, 보리얀은 그녀의 눈에서 진심 어린 간절함을 본다. 마음을 먹은 보리얀은 고개를 끄덕이며 훌라르에게 조용히 말한다.

"괜찮을 거예요. 갔다 올게요."

훌라르는 걱정스러운 얼굴로 그녀를 응시한다. 보리얀은 이내 즈로이아를 향해 물속으로 발걸음을 옮긴다.

"찰박, 찰박."

물속에 잠긴 보리얀의 발밑으로 알 수 없는 생물들이 스르르 기어간다. 보리얀은 미끄러운 느낌에 조금 움찔거리면서 자신을 향해 내민 즈로이아의 손을 잡는다. 보리얀의 손을 잡은 즈로이아는 그녀를 이끌고 물 한복판으로 스르르 들어간다. 점점 수심이 깊어지며 소용돌이 같은 힘이 그들을 끌어당긴다.

"어어…."

보리얀은 무어라고 말을 하려고 하나 곧 물이 그녀의 허파를 채우며 사방이 고요해진다. 두 여인의 머리끝까지 물이 차오르자 그들은 어딘가로 빨려 들어가듯 사라진다. 이어서 수면은 아무 일도 없었던 것처럼 다시 잠잠해진다. 그 광경을 지켜보던 훌라르는 불안한 표정으로 발걸음을 떼려 한다.

"안 되겠군. 내가 따라 들어가야겠어."

그러자 주변의 마녀들은 재빨리 그를 막아 세운다. 즈로이아를 보필하는 히신스가 간곡한 목소리로 부탁한다.

"훌라르 님께서는 매우 강한 불의 기운을 가지고 계십니다. 그것은 과거에 무니안을 태워버릴 수도 있었겠지만, 이 순간에는 아주 중요한 것을 망쳐버릴 수도 있습니다. 그러니 부디 기다려 주십시오. 즈로이아 님은 지금 그 루에린 여인에게 큰 은혜를 베푸시는 것입니다."

훌라르는 매서운 눈빛으로 묻는다.

"그럼 이 상황이 이해되게끔 설명이라도 좀 해주지 않겠나? 내가 이곳을 다 태워버리기 전에."

"샤테이드는 살아 있는 공간입니다. 이 섬의 모든 것은 스스로 증식하고, 소멸하며 변화합니다. 성벽과 방, 그리고 계단들까지…. 그리고 그 생명의 중심에 있는 것은 바로 지금 두 분이 들어가신 '영혼의 물'입니다. 마녀 중에도 가장 뛰어난 영혼을 가진 이들만이 저 아래에서 '샤'에 대한 비밀을 지닌 고대의 신성한 존재를 만날 수 있습니다. 즈로이아 님은 분명 저 여인에게서 예언의 실현을 보셨을 겁니다. 그러니 기다려 보십시오. 반드시 필요한 것을 알게 되실 것입니다."

훌라르가 의심스러운 눈으로 마녀들을 바라보는 가운데, 뒤에서 누군가가 그의 등을 살짝 찌르며 속삭인다.

"저 말은 사실입니다. 마녀들이 저기서 예언을 받고 그러는 걸 봤거든요."

훌라르는 휙 뒤를 돌아본다. 그가 도착했다는 걸 언제 알고 찾아왔는지, 꼬질꼬질한 모습의 피트레온이 서 있다. 그때 훌라르를 막고 서 있는 마녀 중 하나가 그를 발견하고 엄한 표정으로 말한다.

"어허, 여기는 노예들이 들어올 수 있는 곳이 아니다! 당장 내려가지 못할까?"

피트레온은 억울한 표정으로 무슨 말이라도 좀 해보라는 듯 훌라르를 쳐다본다. 그러자 훌라르는 속으로 피식 웃고, 그 마녀에게 괜찮다는 듯 손을 들어 올린다.

"자, 자. 알겠네. 여기서 잠자코 기다려 보지. 대신 저 노예는 내버려 두게. 나중에 내가 데려가야겠어. 물론 대가는 지급하겠네. 아니면 원하는 다른 걸 주던지."

마녀들은 조금 당황한 얼굴로 훌라르를 쳐다본다.

"아니, 왜…."

훌라르는 손사래를 치고 말을 돌리며 짐짓 성난 표정으로 묻는다.

"일 잘하게 생겨서 마음에 드는군. 더 이상 묻지 말고, 내 질문에 대답이나 하게. 왜 갑자기 무니안들에게서 등을 돌린 건가? 우리와 손잡으려는 이유가 뭐지? 우리는 거의 원수에 가까울 텐데."

그러자 한 마녀가 훌라르의 앞으로 나서서 고개를 숙인다.

"바얀 호의 일은 유감입니다. 하지만 그때 우리도 수많은 자매를 잃었습니다. 지금 행방은 묘연하지만, 아마 그 배에 아주 강력한 고대 루에린의 힘을 가진 자가 타고 있었다고 추측된다는군요. 어쨌든 분명한 건 우리의 적이 같다는 것입니다. 바르벨루스의 탑에 있는 무니안들 말이지요."

그 옆에 있던 다른 마녀도 고개를 끄덕인다.

"맞습니다, 훌라르 님. 우리는 하루아침에 무니안들에게서 등을 돌린 것이 아닙니다. 진정한 복수를 위해 평생을 기다려 온 것이지요. 지금껏 우리 자매들은 기회를 노리며 무니안들의 손아귀에서 영혼을 팔았고, 목숨까지 내던져야 했습니다. 즈로이아 님께서 이제 그 기회가 찾아왔다고 하시니, 우리는 최선을 다하여 따를 것입니다."

그러자 훌라르는 피트레온을 슬쩍 옆에 두며 말한다.

"글쎄. 우리가 서로 원수인지 아닌지는 보리얀이 어떤 상태로 나오느냐에 달려 있겠지. 두고 보자고."

일렁거리는 영혼의 물속에는 별빛도, 달빛도 아닌 오묘한 푸른 빛들이 떠돈다. 즈로이아의 손을 잡고 있는 보리얀은 마치 허공에 떠 있는듯한 느낌에 사로잡힌다. 허파에 물이 가득 찼는데도 이상하게 숨이 막히지 않는다. 즈로이아는 보리얀을 이끌고 더 깊은 곳으로 들어간다. 곳곳에 고대의 산호초들과 알 수 없는 거대한 조개들이 자라나고 있다. 청보라 빛 물결을 타고 공중을 날듯 헤엄치는 보리얀의 곁으로, 곧이어 어떤 신비로운 생명체가 고요하게 물살을 가르며 다가온다.

생명체의 상체는 사람을 닮아 있으나 어딘지 모르게 더 길쭉한 느낌이다. 매끄러운 곡선으로 이루어져 있는 허리 아래로 커다랗고 휘황찬란한 꼬리가 달빛을 받은 진주처럼 영롱하게 빛난다. 청보라 색 살결은 얼굴로 가까워질

수록 옅은 분홍빛을 띠고 있다. 커다란 두 눈은 짙은 자수정과 같이 빛나고, 자잘한 비늘들로 이루어진 듯 보이는 머릿결은 마치 겨울의 첫눈처럼 새하얗다. 순간 보리얀의 머릿속에 이런 매혹적인 목소리가 들린다.

"루에린 여인이여, 반가운 친구를 데리고 왔구나."

그때 보리얀의 몸에서 퐁, 하고 웝실론이 튀어나오더니 놀라움에 외친다.

"오옹, 이럴 수가! 메르모니아가 살아 있었어?"

신기하게도 웝실론의 목소리가 영혼의 물을 통해 생생히 들린다. 즈로이아는 웝실론을 요상하다는 듯 쳐다본다. 메르모니아라는 신비로운 생명체는 웝실론을 향해 손을 내민다. 웝실론은 생명체에게 다가가 반가워하듯 그 주변을 빙글빙글 돈다. 보리얀은 믿을 수 없다는 듯 중얼거린다.

"메르모니아?"

생명체는 웝실론을 고이 어깨에 받쳐 들고 보리얀에게로 가까이 다가온다. 그리고 손을 뻗어 그녀의 머리를 천천히 쓰다듬어 준다. 보리얀은 깊은 슬픔에 잠겨 있는 자수정 같은 두 눈을 들여다본다.

"어, 어떻게 남아 있었나요? 다른 이들은 괴물들이 되었는데…."

"셀 수 없는 나날을 슬픔으로 채우다 보니 나의 눈물로 터전을 만들게 되었구나. 마라트의 기운이 변하며 '샤에 뿌리를 두었던 물의 생명들이 모두 괴물이 되었으니, 이곳에서 벗어나면 나 또한 나의 옛 형제들과 같이 본 모습을 잃게 되리라."

메르모니아가 보리얀과 즈로이아의 주변을 빙글 돌자 즈로이아가 말한다.

"예언의 어머니시여, 부디 이 여인에게 은혜를 내려주시옵소서. 과거의 진실을 보여주시고 미래의 문을 열어주십시오."

즈로이아의 말에 메르모니아는 물끄러미 보리얀을 바라보더니 답한다.

"셰트린 여인이여, 이 루에린 여인에게는 오래된 영혼의 줄기가 흐르고 있구나. 그대의 원수이자 은인이며, 모든 고통의 시작과 끝을 품고 있는 이가 바로 이 여인이로다. 그대는 이 여인을 통해 알고자 했던 것보다 더 많은 것을 알게 될 것이다. 하지만 그것을 감당할 수 있어야 하리라. 그렇지 않으면 진실은 저주가 될 것이니."

이어서 메르모니아는 투명한 물갈퀴가 달린 기다란 손가락으로 보리얀의 뺨을 어루만지며 말한다.

"가장 강력한 루에린의 힘을 가진 여인이여, 운명이 그대를 나에게 데려다주었구나. 드디어 나의 영혼이 담아왔던 이야기를 그대에게 전하리라."

메르모니아는 보리얀의 얼굴을 두 손으로 감싸 쥐고 그녀의 두 눈을 들여다본다. 두 눈동자에 짙은 석영 같은 보랏빛이 차오르자, 보리얀은 갑자기 심연으로 빨려 들어가는 느낌을 받는다. 주변에 있던 푸른 빛들이 마치 별똥별이 쏟아지듯 보리얀과 메르모니아에게 모인다. 즈로이아는 자기도 모르게 그들에게서 물러나 중얼거린다.

"…나의 원수이자 은인?"

메르모니아는 우아한 춤을 추듯이 보리얀과 함께 빙그르르 돌기 시작한다. 환한 빛으로 둘러싸인 보리얀은 몸이 점점 가벼워지는 것을 느낀다. 마치 육신이 있다는 것을 잊은 듯, 그녀는 전혀 새로운 감각의 세상으로 빠져든다. 어디선가 마음속을 가득 채우는 웅장한 선율이 들려온다. 지금껏 한 번도 들어본 적 없는 황홀한 노랫소리를 따라서, 보리얀은 먼 과거로의 여행을 시작한다.

화려하게 뒤섞이는 곡조 사이로 메르모니아의 목소리는 보리얀을 이천 년 전의 어느 날로 인도한다. 노랫소리에 귀를 기울이니 눈앞에 동이 트는 하늘이 그려진다. 그때는 모크샤 샤카르문이 천년의 세월을 마무리하고 떠나는 날의 아침이다. 순리대로라면 그날 저녁에 달이 떠오르기 전, 새로운 모크샤가 탄생해야만 한다. 하지만 안타깝게도 그렇지 못할 것을 예견한 샤카르문은 희생으로서 마지막 은혜를 베푼다. 떠오르는 태양 빛과 함께 장엄하게 울리는 샤카르문의 음성이 생생히 들려온다.

"나의 사람들이여. 오늘 초승달이 뜰 때까지 새로운 모크샤가 깨어나지 않으면, 그대들은 앞으로 나의 영혼을 모아 다시 아누다르가야의 분화구에 넣어야 할 것이다. 그대들의 힘으로 '세상에서 가장 귀한 진주'를 구해야지만, 천 년에 한 번씩 돌아오는 언젠가 비로소 모크샤가 깨어나리라."

샤카르문은 떠오르는 태양과 함께 거대한 불새가 되어 온몸을 활활 태운다. 그의 타오르는 날개들은 환한 하늘을 덮는 구름이 되고, 찬란한 색색의 빗방울들로 온 세상에 모두 뿌려진다. 땅에 떨어진 방울들은 금세 증발하여 무지개가 되어버리나, 물에 닿은 방울들은 모두 다채롭고 영롱한 진주처럼 변하여 가라앉는다. 사람들은 그것이 어떤 의미인지는 알지 못하고 모크샤의 마지막 은혜에 감탄한다. 아무도 감히 그 진주 같은 결정체에 손을 대지 못하는 가운데, 누군가의 손이 커다란 흑진주 하나를 집어 든다. 그자는 진주를 자신의 눈 가까이에 대고 살펴본다. 그 두 눈동자가 흑갈색으로 빛난다.

이어서 곡조가 어둡게 바뀌더니, 메르모니아의 노랫소리는 붉은 초승달이 뜬 밤으로 보리얀을 이끈다. 샤카르문을 이을 모크샤의 알이 깨져버렸다. 에린의 후손들은 그게 마라트의 사주를 받은 '샤'의 물속 생명체들의 짓이라고 생각하고 있다. 햇불을 든 사람들이 분노에 사로잡혀 호수로 들어온 '샤'의 생물들을 닥치는 대로 죽인다. 그 생물들은 지금 보리얀이 알고 있는 괴물이 아니다. 신비롭게 생긴 메르모니아와 같이, 그들에게는 모두 영혼과 의식이 있다. 호수는 피로 붉게 물들고 죽음의 기운만이 가득하다. 참을 수 없는 고통이 보리얀의 마음을 채운다.

그다음에 이어지는 곡조는 강렬한 복수심으로 보리얀의 마음을 이끈다. 사람들에게 반격하는 물속 생물들의 분노한 모습이 느껴진다. 호숫가의 배들이 뒤집혀 박살이 나고, 어부들은 떼죽음을 당한다. 사방에서 부모를 잃은 아이들의 곡소리가 울려 퍼지며 사람과 물속 생물들의 사체가 해변 곳곳에 널려 있다.

이제 더욱 거센 선율이 보리얀의 머릿속에 들리며, 보리얀은 그 시대 바르벨루스의 모습을 본다. 거대한 흰색 탑에서 걸어 나오는 한 사내의 모습이 보인다. 그는 루에린이지만 최고 무니안의 옷을 입고 있다. 그리고 만반의 전투 태세를 갖추고 있다. 알 수 없는 예감으로, 보리얀은 강렬한 영혼적인 끌림을 느끼며 그 사내를 응시한다. 그러자 마찬가지로 무언가를 느낀 듯 루에린 사내는 뒤를 돌아본다. 메르모니아의 높은 선율이 가늘게 떨리는 가운데, 보리얀의 영혼이 그의 영혼과 눈이 마주친다. 그 순간 그녀의 마음속에는 갑자기 아무 소리도 들리지 않는다.

시간조차 멈추어버린 것 같다.

"……!"

아주 찰나의 순간이었지만, 둘의 영혼은 분명히 서로를 마주 본다. 보리얀은 그의 눈에서 많은 것을 읽는다. 그는 금기의 장소인 '샤'로 나아가려고 한다. 그리고 자신이 꿈꿔온 일을 끝내려 한다. 보리얀의 영혼은 그가 치러는 상대가 누구인지 알아차린다. 그것은 '샤'에 있는 마라트의 기운 그 자체다. 그는 자신이 마라트의 기운을 소멸시킬 수 있을 것이라고 굳게 믿고 있다. 보리얀은 그의 눈동자에서 강력한 고대 루에린의 힘을 느낀다. 사내는 고개를 살짝 갸웃하더니, 다시 뒤를 돌아서 발을 옮기려 한다.

"안 돼!"

보리얀의 영혼이 외치자 몇 걸음을 떼던 사내는 멈칫한다. 이어서 그는 어떤 강렬한 느낌을 받았는지, 잠시 생각에 잠기더니 반대 방향으로 걸음을 옮긴다.

보리얀의 영혼은 옅게 들려오는 메르모니아의 노랫가락을 따라 필사적으로 그를 따라간다. 그는 바르벨루스에 있는 자신의 별채로 향한다. 그곳에서는 아기를 가져서 배가 동그랗게 부른 한 루에린 여인이 놀란 얼굴로 그를 마주한다. 그녀는 무니안인 그 사내의 비밀스러운 연인으로 보인다. 사내가 그 여인에게 부드러운 목소리로 말한다.

"…그냥, 가기 전에 마지막으로 들릴까 했다. 왠지 그래야 할 것 같더라고."

그러자 여인은 간절히 부탁한다.

"칼마사라 님, 아직 늦지 않았습니다. 부디 마음을 돌리십시오."

하지만 루에린 사내는 그저 말없이 웃는다. 그리고 그녀를 바라보다가, 무슨 생각인지 자신이 하고 있던 목걸이를 빼서 그녀의 목에 걸어준다. 그것은 영롱히 빛나는 흑진주 목걸이다.

"샤카르문께서 진주로 변하여 이 땅에 내리셨을 때, 황송하여 아무도 그것을 줍지 못하더군. 나는 그것에 감히 손을 댄 최초의 사람이지. 그리고 이제

'샤에 나갈 최초의 사람이기도 해."

"……."

여인이 말없이 그를 바라보자, 칼마사라는 미소 지으며 속삭인다.

"나는 언제나 이것을 지니고 있는 이와 함께 있을 것이야. 알겠지?"

여인은 멀어지는 그의 뒷모습을 슬픈 눈으로 바라보며 목걸이를 쓰다듬는다. 보리얀은 그 목걸이를 바라보고 깜짝 놀란다.

'이, 이건 아버지 쪽에서 대대로 내려오던 거잖아? 그 책하고 같이…'

보리얀이 샬리타가 옛날에 읽어주던 책을 떠올리자, 메르모니아의 목소리는 그 책을 들고 있는 사람의 모습을 보여주며 또 다른 시간대로 그녀를 이끈다. 바르벨루스의 거대한 탑 꼭대기에 라플라 한 마리가 앉아 있다. 짙은 망토를 입고 모자를 쓴 칼마사라의 연인이 황급하게 라플라에 올라탄다. 산달에 가까운지 그녀의 배가 많이 불러있다. 옆에는 그녀의 탈출을 돕는 이가 있다. 그는 조심스럽게 여인을 라플라에 태운다. 살짝 드러난 그의 소매에서 루에린 사내가 입었던 옷과 같이, 최고 무니안들의 상징인 모크샤의 깃털 무늬가 빛난다. 그의 얼굴은 보이지 않으나 목소리는 어딘가 낯익다.

"슈라문 세피네. 내 말을 명심해라. 너와 칼마사라의 고향인 동쪽 호수로 가지 말고, 반드시 서쪽 호수로 가서 새로운 터전을 잡아야 한다. 내가 준 것은 챙겼느냐?"

흑진주 목걸이를 한 여인의 얼굴이 어두침침한 등불에 드러난다. 그녀는 젖은 눈으로 고개를 끄덕이며, 품에서 보리얀의 눈에 익은 책을 들어 보인다.

"네, 사르낫 님. 역사를 기록해 오는 이 책에 반드시 진실을 적어 내리겠습니다. 말씀해 주신 것처럼 그 빛을 보는 것이 제 자손들, 혹은 그 자손의 자손이 될지라도···. 지금껏 제가 중앙 도서관의 상급 슈라문으로서 살아왔던 세월이 부디 쓰임이 있기를 바랄 뿐입니다.”

사르낫이라는 최고 무니안은 고개를 끄덕이고 여인을 태운 라플라를 서쪽 호수로 날려 보낸다. 라플라가 퍼덕거리며 저 하늘 멀리 사라지고, 아래에서는 물속 생물들과 사람들이 서로를 죽이는 소리가 들려온다. 원래 호수에 있었던 물고기들을 제외하고, ‘샤’에서 온 생물들의 모습은 뒤틀린 마라트의 기운에 의해 괴기스럽게 변해 있다. 사르낫이라는 최고 무니안은 아래에서 들려오는 살육의 비명을 들으며 슬픈 목소리로 읊조린다.

“샤카르문 님이시여, 이것이 정녕 우리가 가야 하는 길이란 말입니까.”

그의 한숨을 따라 메르모니아의 노랫소리가 정점에 다다른다. 보리얀의 영혼은 그 목소리를 타고 다시 육신의 세계로 돌아온다. 천천히 정신을 차리는 보리얀은 다시 흑갈색으로 돌아온 눈으로 메르모니아의 보랏빛 눈동자를 응시한다.

“······.”

어느새 노래를 그친 메르모니아는 아무 말 없이 보리얀을 바라본다. 저 옆에 우두커니 서 있던 즈로이아는 무슨 일이 일어났는지 아직 모르는 눈치다. 보리얀의 몸이 충격으로 떨린다. 메르모니아는 그런 그녀를 차분히 놓아주며 이렇게 속삭인다.

“진주가 깨어나리라. 드디어 세상에서 가장 귀한 진주가 깨어나리라···”

그 소리를 듣고 즈로이아는 놀란 표정으로 보리얀을 쳐다본다. 속삭이던

소리는 사방에서 들려오듯 점점 커진다. 이어서 온갖 영혼들이 입을 모아 소리치듯, 쩌렁쩌렁한 외침이 물속을 가득 메운다.

"동쪽 호수의 뿌리를 가진, 세상에서 가장 귀한 진주가 마침내 깨어나리라!"

"불꽃을 몰고 온 까마귀가 세상에서 가장 귀한 진주로 모크샤를 깨우리라!"

그 소리를 듣고 가슴이 벅차오른 즈로이아는 감격스러운 표정으로 입술을 떨며 생각한다.

'저 예언…! 역시, 테타이야가 죽어가며 전했던 말이 맞았구나. 내가 예언을 제대로 해석했어! 역시 마에린인 훌라르가 불꽃이며, 루에린인 보리얀이 까마귀였던 거야! 그런데 저 애가 어떻게 세상에서 가장 귀한 진주로 모크샤를 깨운다는 거지?'

보리얀은 자신의 목에 걸려 있는 흑진주를 바라본다. 그리고 자기도 모르는 강렬한 느낌에 이끌려 고대 루에린의 주문을 외운다.

"이에트 로쿰부르사이 (나의 형제여)

이에아트 라시밀 스문다라 하팀 (너의 마음을 활짝 열어라)

예르닌 만 호르 우브 아이틸 리흐(우리는 온 세상 위에 하나가 되리)"

주문은 그 어떠한 울림보다도 크게 뻗어간다. 물속에 있던 알 수 없는 생명체들이 그녀의 몸 주위를 감싸고 돈다. 메르모니아는 예를 표하듯이 고개를 숙인다.

"공기가 닿는 곳에서, 공기와 물의 경계에서, 그리고 물속에서. 드디어 고대 루에린의 주문이 모든 곳에서 완성되었으니, 이제 그 어떠한 영혼도 그대의 눈을 피할 수 없으리라."

　메르모니아의 말에 보리얀은 처음으로 이 주문을 통해 까마귀 떼를 불러 모았던 것을 기억한다. 그곳은 공기가 닿는 땅 위였다. 이후 그녀가 주문을 외었던 바얀 호는 공기와 물의 경계에 있었다. 그리고 이제 그녀는 영혼의 물속에서 다시 한번 그 주문을 되뇌었다.

　그런데 그 순간, 감격에 차 있던 즈로이아가 당황하여 중얼거린다.

　"고대 루에린의 주문을 알고 있다고? 그럼 설마 네가 바얀 호에 타고 있었던…!"

　그녀의 머릿속에 라플라 부대의 마녀들을 전멸시킨 자에 대한 소식이 스친다. 그 힘이 동쪽 호수에서는 한 번도 발견되지 않은 강도였기에, 마녀들은 그자가 혈액에서 신성한 기운을 단 한 번도 빼앗기지 않았을 것으로 추측했다. 즈로이아는 사건의 전말을 알기 위해 루에린의 힘을 가진 마녀들을 동원하여 새들의 기억을 읽게 했다. 그러자 바얀 호에 타고 있던 루에린이 어떤 고대의 언어로 주문을 외쳤다는 흔적을 알아낼 수 있었다. 하지만 그자가 괴물에 죽었을지, 아니면 살아서 어디로 향했을지는 행방이 묘연했다.

　"내 생각이 짧았구나. 배에 타고 있는 병사였을 것이기에 사내라고 생각했더니…."

　그 말을 들은 보리얀은 즈로이아에게 천천히 고개를 돌린다. 두 여인은 서로의 마음 깊숙한 곳에서 차마 숨길 수 없는 분노와 복수심을 발견한다. 보리얀의 마음속에서는 샤테이드에서 라플라들을 보는 순간부터 억눌러왔던 분노가 금세라도 터질 듯하다. 즈로이아는 자신의 자매를 잃게 한 장본인이 바로 앞에 서 있다는 생각에 꼭 쥔 두 손을 바르르 떤다. 서로 마주 보고 있는 두 여인에게 메르모니아의 목소리가 들린다.

"감당할 수 없는 진실은 저주가 되리라."

메르모니아는 두 여인을 남겨두고 점점 심연 깊이로 사라진다.

"……."

숨 막힐듯한 침묵 속에서 긴장감이 흐르는 그때 어디선가 낭랑한 웹실론의 목소리가 들려온다.

"호오, 저 메르모니아는 내성적인 성격인가? 왜 하고 싶은 말을 끝까지 안 하나 몰라. 암튼 여긴 영혼의 물이니까 저 셰트린 노인장도 내 목소리가 들리겠지? 자기들아, 한번 잘 생각을 해봐. 지금 자기들은 서로한테 화를 낼 상황이 아니야. 화는 메르모니아가 더 내야겠지, 안 그래? 예전에 에린의 후손들이 자기 형제자매들을 다 때려잡았는데도, 이렇게 그 후손인 자기들한테 정보를 내주잖아. 그건 메르모니아가 진정 자기가 원하는 게 뭔지 알기 때문이라고. 아까 슬쩍 들어가서 보니까, 모크샤가 탄생해서 자기 형제들을 되돌려 놓길 바라고 있던데."

즈로이아는 보리얀과 자신 가운데에 껴서 조잘거리는 이상한 생명체를 바라본다. 그러자 웹실론은 촉수 같은 더듬이를 이리저리 휘적이며 그녀의 얼굴에 대고 말한다.

"그래, 세트린 노인장. 나는 그대의 내면 모습이 다아 보인다고. 솔직히 우리 보리얀 자기가 탄 나무 판때기를 건든 건 큰 실수였지, 암 그렇고 말고. 아까 그대가 멍하니 있을 때 머릿속을 잠깐 들어갔다 왔거든? 무슨 일인지는 알겠고 이해도 되는데, 그래도 잘못은 먼저 한 거야. 아무리 무니안인가 머니안인가들이 시켰어도 그렇지."

"……."

즈로이아는 웁실론을 멀뚱히 쳐다본다. 그러자 웁실론은 보리얀에게 고개를 돌려서 달래듯 말한다.

"보리얀 자기야, 우리 자기가 얼마나 힘들었을지 다 알아, 휴우…. 그 시끄러운 애도 사라지고, 아버지도, 나무 판때기들도, 다른 에린의 후손들도 다 사라졌으니. 안타깝게도 그건 돌이킬 수가 없지. 하지만 자기가 바꿀 수 있는 건 있어. 아까 메르모니아 안에 들어가서 알아냈는데, 모크샤가 탄생하면 마라트의 기운을 바로잡을 수 있대. 그래야지 균형이 이루어진다는데? 그럼 괴물들이고 뭐고, 고민할 필요가 없어지는 거야. 나는 그 세월 동안 잠들어 있어서 몰랐지만 그 메르모니아는 이천 년간 그 꼴을 다 보느라고 팍삭 늙었지 뭐야. 암튼, 자기야. 이제 이 소란을 다 마무리할 수 있다잖아!"

웁실론이 퍼붓는 말에 두 여인은 잠시 할 말을 잃는다. 이어서 보리얀은 생각에 잠기더니 자신의 앞에 있는 즈로이아에게 묻는다.

"나를 여기에 데리고 온 이유가 뭐지?"

즈로이아는 가만히 보리얀을 쳐다보다가 엷은 미소를 짓고 읊조린다.

"나의 원수이자 은인이라. 훌라르에 이어, 너까지…. 내 운명은 참으로 대차게 사납구나."

생각에 잠긴 얼굴로 보리얀을 응시하던 즈로이아는 천천히 손을 내민다.

"그래. 바얀 호의 일은 미안하게 됐다. 말로 사과할 수 있는 일은 아니겠지만. 제카르슘 그놈 때문에 참 여러 사람이 피해를 봤구나. 어쨌든 네가 데리고 다니는 저 이상한 민달팽이의 말이 맞지 않니? 여기서 우리가 싸우는 건 별 소득이 없어. 일단 여기서 나가자꾸나. 훌라르가 그 불같은 성질로 무슨 일이라도 내기 전에 말이다.”

보리얀은 잠시 즈로이아가 내민 손을 바라본다. 그녀의 말대로 지난 일들은 돌이킬 수 없다. 하지만 지금 저 손을 잡지 않는다면 이곳이 전쟁터가 될 게 뻔하다.

‘…안 되지. 그렇게 되면 이곳까지 온 보람이 없어.’

즈로이아를 노려보던 보리얀은 이내 마음을 다잡고 찌푸렸던 미간을 편다. 그리고 천천히 그녀에게 자신의 손을 내민다. 보리얀의 손을 잡는 즈로이아는 씩 웃는다.

“흠, 감정 정리가 빠른 게 마음에 드네. 왠지 우린 닮은 구석이 좀 있는 것 같군.”

“감당할 수 없는 진실은 저주가 된다며. 난 이제 저주는 지긋지긋해서 말이야.”

들어왔을 때 일어났던 것과 같은 소용돌이가 두 여인을 감싸고 돈다.

“촤르르르–”

윕실론은 재빨리 보리얀의 어깨 속으로 쏙 들어가고, 보리얀과 즈로이아는 다시 위를 향해 빨려 올라간다. 이어서 거센 물보라 소리에 모든 것이 파묻힌다. 보리얀은 물살 속에서 자신의 목에 걸린 흑진주의 무게를 느낀다.

‘그 책, 엄마가 가지고 계신 그 책을 다시 봐야겠어. 거기에 답이 있을 거야.’

그 시간, 먼동이 터 오는 케파르카에서는 한적한 하늘 위로 옅은 새털구름이 흐른다. 거대한 나무뿌리에 걸터앉은 아파라티 할아버지는 고요함 속에 눈을 감고 가만히 앉아 있다. 그러다가 어떤 강력한 느낌에 서서히 눈을 뜨더니 빙그레 미소 짓는다.

'드디어 네 운명을 보게 되었구나, 보리얀. 다들 바쁘게 각자의 소명을 찾아가고 있는 중이니, 너도 곧 이곳으로 오게 되겠지.'

그는 끙차 일어나며 떠오르는 태양을 지그시 바라보고 중얼거린다.

"다시 만날 생각에 이 할아버지는 벌써 기쁘단다."

2장
{ 예언의 칼끝이 향하는 곳 }

"크억!"

햇살이 비쳐드는 바르벨루스의 아침, 방에서 나갈 준비를 하던 페키우스가 기침을 하며 흰 수건으로 입을 틀어막는다. 그는 비틀거리며 탁자를 짚는다. 수건에는 붉은 피가 묻어 있다. 페키우스는 숨을 가다듬고 손을 부르르 떤다.

'수액이 없으면 허파와 장기들부터 무너져 내린다고는 들었는데 생각보다 고통이 상당하구나. 헤테르만 님에게도 이제 증상이 나타나고 있다. 지샤치 님은 이미 눈까지 붉어졌고. 아무리 생각해도 전에 비해서 수액의 효과가 별로인 것 같은데…'

그는 자세를 바로 하고 옷매무새를 다듬은 다음 즈로이아를 생각하며 읊조린다.

"이 고약한 계집. 아직까지 내 서신들에 묵묵부답이라니. 오늘 오찬 자리에서 솔리디몬을 처리하고, 직접 라플라를 이끌고 미다스 궁으로 가 봐야겠군."

중앙 도서관으로 향하는 통로의 구석진 곳에서는 미샤틴과 켄트라가 비밀리에 만난다. 미샤틴은 주위를 둘러보더니 조용히 속삭인다.

"이제 곧 만찬이 열릴 것이네. 나는 지금 중앙 도서관에 발이 묶여 있으니, 오늘까지만 솔리디몬의 가마병 노릇을 하며 조금만 더 염탐해 주게."

"알겠습니다. 그런데 좀 이상한 것을 발견해서 말입니다. 혹시 탑의 지하에 무엇이 있는지 아십니까?"

"글쎄, 지하는 솔리디몬만 들어갈 수 있기에 자세히는 모른다네. 내가 알기로는 비밀리에 카우는 라플라 몇 마리와 가끔 노예병들을 고문하는 감옥이…."

미샤틴은 말을 하다가 갑자기 무언가 생각이 난 듯 경악스러운 표정을 짓는다.

"아, 그러고 보니!"

그녀는 다급하게 켄트라를 붙잡고 말을 잇는다.

"훌라르 님이 차루타스를 움직이실 때부터, 솔리디몬은 탑에서 병사로 쓸 노예들을 더 많이 차출했다네. 그러면서 무기 제조에 소질이 있는 이들을 따로 모았지. 그들이 탑 어딘가에 있을 거라고 생각은 했지만…."

"그럼 그들이 지하에 있을 수도 있겠군요?"

"그럴 확률이 높을 것 같네. 거기 힐리안이 있을지도 모르겠어."

"힐리안이요?"

"내 집안에서 생활하던 노예인데 무기 제작에 뛰어난 사람이었다네. 하필이면 지원자들을 노예 신분으로부터 해방해 준다는 솔리디몬의 꼬임에 넘어가서…."

미샤틴이 걱정스러운 표정으로 말끝을 흐리자, 켄트라는 그녀를 조금 안심시키듯이 말한다.

"오늘 오찬이 끝나면 제가 그쪽으로 가보겠습니다. 힐리안이라는 사람도 찾아보지요. 지하에 좀 오래 있을 수 있도록 도와주십시오."

"알겠네. 그럼 이렇게 하는 게 어떻겠나?"

미샤틴이 켄트라에게 무언가 소곤거린다. 켄트라는 그것을 주의 깊게 듣고 고개를 끄덕인다.

샤테이드의 응접실에서는 타닥타닥 타들어 가는 난롯불 소리가 정적을 메운다. 사방에서 자수정들이 자라고 있는 기이한 공간 한가운데 따뜻한 불이 활활 타오르고 있다. 물에서 나온 보리얀은 훌라르가 벗어준 망토를 덮어쓰고 앉아서 아무 말이 없다. 그저 무언가 심각하게 생각하고 있을 뿐이다. 즈로이아는 그들을 마주 보고 앉아 있다. 훌라르는 의심스러운 얼굴로 묻는다.

"보리얀이 괜찮은 것 맞나? 왜 아까부터 아무 말도 안 하는 거지?"

"아까 저 여인이 자기 입으로 말했지 않습니까, 자긴 괜찮고 조금 추울 뿐이라고. 그걸 듣고 훌라르 님께서 저렇게 불을 피워내시고선."

그때 창가에서 까마귀의 울음소리가 들린다. 까마귀는 푸드덕거리며 보리얀의 무릎에 앉는다. 모두의 시선이 그 검은 새에게로 쏠린다. 보리얀은 까마귀를 쓰다듬으며 귀를 기울여 그 새가 전하는 말을 듣는다. 이어서 그녀가 수고했다는 듯 고개를 끄덕이자 까마귀는 다시 창가 쪽으로 사라진다. 보리얀은 자신을 향해 있는 두 사람의 궁금한 눈길을 번갈아 쳐다본다. 그리고 즈로이아에게 조용히 묻는다.

"무니안들의 수액이 얼마나 갈 것 같아?"

"글쎄, 무니안들마다 다르기는 한데. 왜 그러지?"

"……."

보리얀이 아무 말 없이 빤히 쳐다보자 즈로이아는 선심을 쓰듯 말을 잇는다.

"제카르슘이 가장 강한 놈 중 하나였는데, 알다시피 죽었지. 나머지는 어차피 거의 다 늙어 죽을 때만 기다리다가 수액으로 연명만 하는 꼴이었어. 아마 지금쯤 다들 그 기운이 떨어져서 골골거릴 테지. 내가 수액의 효력을 점점 더 낮추고 있었거든."

보리얀은 고개를 살짝 끄덕이고 훌라르에게 말한다.

"그렇다면 일단 무니안들은 스루딘 관리 장교님에게 맡겨야 할 것 같아요. 지금 괴물들이… 엄청난 수의 괴물들이 중앙 섬을 향해 쳐들어오고 있어요. 모크샤의 알을 노리는 것 같아요."

즈로이아는 보리얀의 말을 듣고 입을 샐쭉거리며 중얼거린다.

"흥, 저렇게 존댓말을 잘도 하면서 나한테는 반말이라니."

그러자 훌라르가 피식 웃고 즈로이아에게 말한다.

"보리얀은 상대가 자기 맘에 안 들면 존댓말을 안 쓰더군. 나한테도 처음에는 반말을 했거든. 그리고 겉보기에는 당신과 나이 차이도 얼마 안 나 보이는데, 뭐. 그냥 칭찬이라고 생각하라고."

즈로이아는 훌라르에게 눈을 흘기며 대꾸한다.

"아무튼, 이제부터 저와 함께 일을 도모하실 거라면 계획 수립을 위해서라도 정보를 공유하는 게 좋을 겁니다. 미다스 궁도 없앴겠다, 영혼의 물에까지 초대했겠다. 이제 와서 저를 못 믿을 이유가 무엇이겠습니까?"

그러자 보리얀은 곰곰이 생각하다가 즈로이아를 쳐다본다.

"진짜 신뢰를 얻고 싶으면 일단 라플라 부대를 다룰 수 있는 전권을 줘."

"……."

즈로이아는 기가 막힌다는 표정으로 보리얀을 쳐다본다. 그리고 어이가 없다는 듯이 묻는다.

"하하, 내 자매들을 네 손에 다 맡기라는 얘긴가?"

보리얀은 고개를 끄덕인다.

"까마귀들이 계속 얘기해 주고 있어. 사방에서 괴물들이 올라오고 있다고. 해상에서 그들을 막아줄 사람들이 필요해. 하지만 일반 병사들로는 역부족일 테고…. 훌라르 님이나 당신처럼 신성한 힘을 가진 사람들이 도와야 할 거야. 여기 있는 마녀들이 그런 사람들이라며? 우리가 바르벨루스를 정복한다고 하더라도, 모크샤의 알을 노리는 괴물들이 아누다르가야를 점령하게 된다면 아무 의미가 없어. 그럼 온 세상이 모두 쑥대밭이 될 테니까."

즈로이아는 팔짱을 끼고 보리얀을 쳐다보며 미소 띤 얼굴로 중얼거린다.

"흐음, 아마 내 손으로 키웠으면 엄청난 마녀가 되었을 텐데. 이곳의 자매들이 네 능력의 반 정도만 가지고 있었더라도, 라플라를 타고 그렇게 고생하며 돌아다니지 않아도 되었겠지."

"그게 무슨 소리야?"

"자라트라 요새에 정찰 명령 보고서를 내리는 바르벨루스 놈들…. 그들이 어떻게 중앙 섬으로 오는 괴물의 행방을 알 수 있었는지 알아? 바로 지금껏 우리 자매들이 라플라를 타고 해상을 돌아다니며 상황을 보고했기 때문이야. 비밀리에 이루어진 우리의 역할은 모두 무니안들이 신성한 힘으로 이룬 공로가 되어버렸지. 늘 그렇듯 세상은 이름 없는 자들을 기억하지 않는 법이니까."

즈로이아는 팔짱을 끼고 낮은 목소리로 말을 잇는다.

"아무튼 이렇게 엉망이 된 세상을 구할 모크샤가 깨어나기 위해서는, 아까 너도 영혼의 물에서 들었겠지만 '세상에서 가장 귀한 진주'가 필요해. 예언을 따르자면 네가 그것을 찾는 사람일 것 같던데?"

보리얀이 신중한 표정으로 생각에 잠기더니 이내 고개를 끄덕인다.

"당신이 나를 영혼의 물에 데려간 이유가 그 진주 때문이지? 동쪽 호수에 뿌리를 두고 있다는 그 진주가 뭔지는 아직 잘 모르겠어. 그런데 어쩌면 내가 그것에 대해 더 알아낼 수는 있을 것 같아. 그래서 나도 당신의 도움이 필요하다는 거야. 괴물들을 저지할 수 있도록 라플라 부대를 해상으로 보내 주고, 우리와 같은 고대 에린의 힘이 있는 사람들을 모아줘. 그동안 난 케파르카를 거쳐 동쪽 호수로 가야겠어. 진주가 그곳에 뿌리를 두고 있다고 했으니."

그러자 지금껏 잠자코 이야기를 듣던 훌라르가 놀라서 묻는다.

"케파르카? 북쪽에 있는 수행자들의 도시 말이야?"

"네. 거기에서 확인할 것이 있거든요. 어떤 책인데, 어머니께서 가지고 계실 거예요. 자세한 이야기는 가는 길에 해드릴게요. 아무래도 라플라보다는 비샤다가 더 빠를 텐데. 함께 가실 거죠?"

훌라르는 당연하다는 듯 고개를 끄덕인다. 보리얀은 즈로이아를 잠시 바라보더니 그녀에게 부탁하듯이 말한다.

"당신은 일단 자라트라로 가줘. 거기 내가 아는 이들 중, 꽤 강력한 고대 유피린의 힘을 가진 사람이 있거든."

"자라트라에 그런 사람이 있다니? 그게 누구지?"

"아주 어릴 때 여기서 힘을 빼앗겼지만, 기적적으로 능력을 잃지 않은 사람."

"그래? 그럼 노예 출신일 테군. 나를 달갑게 여기진 않을 텐데. 이름이 뭔가?"

보리얀은 즈로이아의 쓸쓸한 얼굴을 바라보며 대답한다.

"…데리에크."

시간이 흘러 정오의 태양이 바르벨루스의 탑을 비춘다. 오찬이 열리는 연회장으로 향하는 솔리디몬의 발걸음 소리가 바닥을 울린다.

"뚜벅, 뚜벅."

연회장 앞에는 노예병들과 하급 슈라문들이 주욱 서 있다. 그들은 솔리디몬을 보고 예를 갖추며 연회장의 문을 연다. 그러자 커다란 둥근 탁자에 서로 멀찍이 떨어져서 앉아 있는 세 무니안들과 스루딘의 모습이 보인다. 솔리디몬은 안으로 들어서며 빙긋 미소 짓는다.

"벌써들 모여 있었군."

"기다리고 있었습니다. 원래 연회의 진짜 주인은 가장 늦게 도착하시는 법이라지요?"

스루딘이 말하며 비밀스러운 미소를 짓고 솔리디몬을 맞이한다. 이어서 솔리디몬이 자리에 앉자, 페키우스가 스루딘을 응시한다. 그와 눈이 마주친 스루딘은 살짝 미소 지어 보이며 고개를 끄덕인다.

"흐음, 그럼 오찬을 시작해 보도록 할까?"

솔리디몬이 손뼉을 한번 치자, 하급 슈라문들이 줄을 맞추어 잔을 나르고 붉은 술을 따른다. 스루딘은 보석으로 치장된 솔리디몬의 황금 잔을 유심히 살핀다. 솔리디몬은 미소를 짓고 잔을 들어 올린다.

"새로운 에실린 군주를 맞이하는 자리에 좋은 술이 빠질 수 없지. 자, 다들 탑을 위하는 마음으로 잔을 들자고."

스루딘과 다른 무니안들은 솔리디몬을 따라서 잔을 들어 올린다. 스루딘은 미소짓는 얼굴로 솔리디몬을 바라보며 생각한다.

'잔을 입에 대거라, 어서….'

솔리디몬은 잔을 입 근처에 가져가는 듯하더니, 다른 무니안들이 먼저 술을 마실 때까지 기다린다. 헤테르만과 지샤치, 페키우스가 솔리디몬을 바라보며 먼저 한 모금을 들이킨다. 스루딘까지 술을 마시자 비로소 솔리디몬 또한 잔을 입술에 댄다. 그 모습을 본 페키우스는 속으로 비웃듯이 생각한다.

'당연히 마실 것을 의심할 줄 알았지. 지금껏 이 탑에서 그런 식으로 독살된 자들이 벌써 몇이더냐? 제 잔을 채우는 것만 살피고 정작 그걸 담는 그릇은 보지 못하다니. 네놈도 오랜 세월 동안 많이 무뎌졌구나.'

잔을 내려놓은 솔리디몬이 세 무니안들을 돌아보며 입을 연다.

"내가 오늘 특별히 이런 자리를 마련한 것은 탑의 새로운 시작을 알리기 위해서다. 쓸모없어진 것들은 치워버리고, 싱싱한 새것을 들이는 기념이지. 그래서 조금 색다른 음식을 오찬 거리로 내라고 했는데 말이야…."

솔리디몬이 다시 박수를 한 번 치자 뒤에서 다른 하급 슈라문들이 음식을 대령한다. 탁자 위로 덮개가 닫힌 둥근 접시가 올라간다. 솔리디몬은 알 수 없는 미소를 짓는다.

"어디, 열어들 보거라."

무니안들은 미심쩍은 표정으로 덮개를 연다. 날것 그대로 핏빛처럼 붉은 술에 절인 커다란 석굴들이 접시에 담겨 있다. 손바닥보다 조금 큰 껍질 속에 담겨 있는 생굴의 모양이 마치 핏덩어리들이 웅크리고 있는 것 같다. 세 무니안들은 그 괴기스러운 형체에 자신도 모르게 조금 몸을 뒤로 물린다. 페키우스가 굳은 표정으로 솔리디몬을 보는 순간, 웃으며 말하는 스루딘의 목소리가 끼어든다.

"하하, 솔리디몬 님께서 정말 신선한 음식을 준비해 주셨군요. 이런 것은 어디에서 나는 것입니까? 서쪽 호수나 자라트라에서는 보지 못하던 것인데요."

"키테스라고, 차루타스 해변의 한 외진 마을에서 들여온 것이지. 아직 껍질이 단단해지기도 전의 어린 굴들을 탑 안으로 들여왔던 기억이 나는군. 탑에 있는 지하의 수족관 안에서 내가 직접 키웠다네. 아주 오랜 시간 동안, 정성 들여서…. 그런데 너무 오래 두었더니 이제는 잡아야 할 때를 조금 놓쳤지 뭔가."

"키테스요? 그곳은 페키우스 님과 헤테르만 님의 고향이라고 들은 적 있는 것 같은데요?"

스루딘의 말에 솔리디몬이 고개를 끄덕이며 묘한 미소를 짓는다.

"그래. 그리고 지샤치의 조부모가 슈라문이 되기 전에 고기를 잡던 곳이기도 하지."

솔리디몬이 아무 말 없이 세 무니안들을 노려보자 스루딘은 잔을 들어 올리며 빙긋 웃는다.

"아하, 다른 무니안님들을 위하여 고향의 음식을 준비해 주셨군요. 사려 깊으신 솔리디몬 님을 위해 잔을 드는 건 어떻겠습니까?"

스루딘을 따라 세 무니안들은 잔을 다시 들어 올린다. 솔리디몬도 따라서 잔을 들자, 페키우스는 슬며시 미소를 짓는다. 그리고 솔리디몬이 잔을 들어 술을 마시는 것을 보고 생각한다.

'지금쯤이면 잔 안에 발라놓은 독이 술에 더 많이 퍼졌을 테지. 조금만 더, 한 모금만 더 들이켜라.'

음료를 마시던 솔리디몬은 잔을 내려놓으며 세 무니안을 노려본다. 그리고 차분한 목소리로 말한다.

"아무튼 그렇게 키워놓았더니, 하나같이 이 물렁한 굴 덩어리보다도 못한 놈들이 되었어. 감히 내 물건에 손을 대다니…. 배은망덕한 놈들. 그렇다고 네 놈들이 얼마나 더 살 수 있을 것 같으냐? 이미 늙은 몸뚱어리에서 수액의 기운이 죄다 빠져나가고 있을 테지."

'수액의 기운?'

스루딘의 머릿속에 훌라르에게서 몰래 서신으로 전달받았던 내용이 스친다. 피트레온이 샤테이드에서 알아냈던 무니안들의 거짓 신성함의 원천이자, 그들이 생명을 유지하는 수단. 그 순간, 솔리디몬이 커다란 원형 탁자를 쾅 내리치며 무니안들을 보고 이를 간다.

"앞의 접시를 똑똑히 보거라! 지금 네놈들의 속에서 문드러지고 있는 위장과 비슷한 모양새일 게야. 네놈들을 처리한 후에는 상해가는 창자를 끄집어내어 다시 그 접시 위에 올려주마."

"……."

연회장 안에는 팽팽한 긴장이 흐른다. 정적을 깨는 것은 가만히 앉아 있던 페키우스다. 그는 솔리디몬의 말을 듣고 웃기 시작한다. 옅은 미소로 시작하던 그의 웃음은 점점 커지더니 연회장을 울린다. 한참 웃던 페키우스는 솔리디몬을 노려보며 말한다.

"하하, 글쎄. 접시에 올려지는 것은 썩어빠진 네놈의 혓바닥일 것이다."

그러자 상황을 살피던 지샤치가 가래가 끓어오르는 듯한 목소리로 힘껏 외친다.

"지금이다! 솔리디몬을 포박하라!"

그러자 문이 활짝 열리더니 노예병들이 척척 발을 맞추어서 들어온다. 세 무니안들은 회심의 미소를 지으며 솔리디몬을 쳐다본다. 그런데 이게 무슨 일인지, 노예병들은 솔리디몬 대신 세 무니안들을 묶기 시작한다. 헤테르만은 깜짝 놀란 얼굴로 소리를 지른다.

"아, 아니…!"

이어서 노예병들을 뒤따라 들어온 솔리디몬의 하급 슈라문이 그들을 향해 명령을 내린다.

"저기 세 반역자를 당장 끌어내려라!"

활짝 열린 연회장의 문 뒤로, 세 무니안들을 보필하는 슈라문들이 이미 포박되어 있는 것이 보인다. 페키우스는 저항하다가 손을 뒤로 묶이며 그만 그릇에 얼굴을 박고 만다. 붉은 석굴이 으깨져서 그의 오른쪽 뺨을 뒤덮는다. 그는 핏물을 뚝뚝 흘리는 듯한 얼굴로 고개를 들어 스루딘을 노려본다. 가만히 이 상황을 바라보는 스루딘의 입꼬리에는 미묘한 미소가 감돌고 있다.

그 모습을 망연자실하게 바라보던 페키우스와 다른 무니안들은 순식간에 연회장에서 끌려나가고, 곧이어 방 안에는 스루딘과 솔리디몬 두 사람만이 남는다. 죽음과 같은 침묵이 감돌자 스루딘은 태연한 표정으로 솔리디몬에게 말한다.

"성공하실 줄 알았습니다. 이제 계획대로 저들을 공중 정원에 가두어 두실 것입니까?"

솔리디몬은 연회장의 문이 다시 닫히는 것을 바라보며 말한다.

"그래야겠지. 저들은 자네의 손으로 직접 처리하는 게 좋겠군. 아무래도 새로운 에실린 군주가 본보기를 보여야겠지?"

솔리디몬의 말에 잠시 멈칫하던 스루딘은 곧 미소를 지으며 고개를 끄덕인다. 그러더니 자신의 앞에 있는 접시에서 징그러운 석굴을 한 조각 썰어서, 보란 듯이 입안에 넣고 씹어서 꿀꺽 삼킨다. 솔리디몬은 한쪽 눈썹을 조금 올리고 그 모습을 바라본다. 붉게 물든 입가를 닦아 낸 스루딘이 옆에 있는 잔을 들어 올리며 태연하게 말한다.

"새로운 미래를 열기 위해서라면, 핏물에 젖은 과거를 집어삼킬 정도의 배포는 있어야겠지요?"

"하하, 그렇지."

솔리디몬은 씨익 웃으며 자신의 잔도 들어 올린다. 스루딘은 술을 마시며 솔리디몬이 잔을 완전히 비우는 것을 지켜본다. 흡족한 표정으로 빈 잔을 내려놓던 솔리디몬은 이내 자신의 손이 약하게 떨리고 있음을 눈치챈다.

'…뭐지?'

이어서 그는 심한 현기증을 느낀다. 심상치 않은 표정으로 입술을 떠는 솔리디몬을 바라보며, 스루딘이 잔을 내려놓고 태연히 묻는다.

"왜 그러십니까? 어디 불편하십니까?"

독 기운이 퍼지며 점점 호흡이 힘들어지는지, 솔리디몬은 숨을 고르며 가슴을 부여잡는다. 스루딘은 그저 옆에서 그 모습을 가만히 지켜본다. 그런 그를 쳐다보며 아무런 말을 하지 못하는 솔리디몬은 자신의 앞에 있는 접시를 짚으며 고꾸라진다. 생굴들이 바닥으로 떨어지고, 붉은 술이 그의 흰옷에 마구 튄다.

"으, 으으윽…!"

솔리디몬은 부릅뜬 눈으로 스루딘을 쳐다보고 무슨 말을 하려고 한다. 하지만 말을 내뱉지 못하고, 결국 가쁜 숨을 내쉬며 기절하고 만다.

"……"

기절한 솔리디몬의 모습을 잠시 응시하던 스루딘은 그의 목에 손가락을 가져다 댄다. 맥박이 뛰고 있는 것이 느껴지자 그는 미간을 찌푸리며 생각한다.

'그래도 살아 있군. 명줄도 질기지.'

그는 굴을 썰어 먹었던 식기를 들어 솔리디몬의 얼굴을 베어본다. 하지만 날카로운 끝이 그의 피부 위에서 튕겨 나가며 상처를 내지 못한다. 스루딘은 기절한 솔리디몬의 몸을 뒤로 젖히고 그의 품을 뒤진다. 그리고 그의 옷깃 속 깊숙한 곳에 숨겨져 있는 주머니를 발견한다. 그 속에는 수액이 반쯤 들어 있는 병이 하나 있다.

'하, 이게 그 수액인가 본데…. 아직 약 기운이 다 떨어지지 않은 모양이군.'

스루딘은 병의 마개를 열어 수액을 접시에 부어버리려다가 잠시 행동을 멈춘다. 그러더니 잠깐의 고심 끝에 병을 자신의 품속에 단단히 집어넣는다. 그는 마음을 가다듬기 위해 한번 숨을 내쉰다. 그리고 다급한 표정으로 밖에 있는 하급 슈라문들을 부른다.

"이보게들! 여기 큰일이 났네! 문을 열어보게!"

문이 벌컥 열리고, 노예병들과 하급 슈라문들은 깜짝 놀란다. 솔리디몬의 하급 슈라문 하나가 어쩔 줄 모르며 소리를 지른다.

"소, 솔리디몬 님!"

기절한 솔리디몬의 얼굴에는 푸르스름한 핏줄이 점점 불거져 나온다. 노예병들은 그 끔찍한 모습에 당황하다가 다급하게 그를 들어서 가마에 옮기고,

의원을 부르러 급히 계단을 내려간다.

스루딘은 문 앞에 서 있는 미샤틴을 발견한다. 그는 시치미를 떼고 그녀에게 다가가 묻는다.

"어? 그대는 전에 중앙 도서관에서 보았던 슈라문이 아니십니까. 여긴 어떻게?"

미샤틴은 고개를 끄덕이고 비밀스러운 눈짓으로 가마가 있는 곳을 가리키며 말한다.

"연회장에서 급한 일이 생겼다길래…."

스루딘은 미샤틴의 눈길을 따라, 솔리디몬의 가마병 중에서 켄트라를 발견한다. 스루딘을 바라보고 있던 켄트라는 그를 보고 살짝 고개를 끄덕인다. 이어서 가마에 솔리디문을 태운 하급 슈라문이 가마병들에게 출발하라는 신호를 보내자, 몇 걸음을 떼던 켄트라는 일부러 바닥에 주저앉으며 우당탕 넘어진다.

"아이고!"

정신을 잃은 솔리디몬은 가마가 크게 휘청거리는 바람에 그만 바닥으로 내동댕이쳐진다. 놀라서 숨이 막힌 사람들의 시선이 모두 가마로 향하는 그때, 미샤틴이 스루딘의 손에 종이쪽지를 몰래 쥐여준 다음 솔리디몬 쪽으로 뛰어간다. 바닥에 넘어진 켄트라는 일부러 어쩔 줄 모르는 표정을 지으며 말한다.

"아휴, 죄송합니다. 갑자기 다리에 쥐가 나는 바람에…."

"네 이놈!"

가마를 이끄는 하급 슈라문이 켄트라를 향해 채찍을 휘두르려고 하자, 미샤틴이 그를 막아 세우며 말한다.

"잠깐. 일단은 솔리디몬 님을 빨리 모셔드려야 하잖소. 이놈은 내가 당장 지하 감옥으로 연행하겠소."

그 말에 가마병들은 서둘러 다시 솔리디몬을 태우고, 하급 슈라문은 급히 그들을 이끌며 무니안의 처소로 향한다. 미샤틴은 켄트라를 일으켜 세워, 그를 데리고 계단을 내려간다. 스루딘은 그 모습을 보고 자신을 감시하는 노예병들에게 넌지시 말한다.

"허허 참, 오찬 시간이 이렇게 번잡해서야. 여기 더 있다간 나까지 어떻게 될지 모르겠군. 이만 돌아가지."

그는 유유히 연회장을 빠져나온 후 자신의 방에 돌아오자마자 서둘러 미샤틴이 건넸던 작은 쪽지를 펼쳐 본다.

스루딘 님, 지하에서 솔리디몬이 무슨 일을 꾸미고 있는 것 같습니다.
켄트라를 지하 감옥 쪽으로 보내서 정보를 알아낼 계획입니다.
또한 오늘 저녁에 슈라문들의 비밀 모임이 열립니다.
저는 그곳에 직접 참석해서 소식을 전달해 드리겠습니다.

쪽지를 읽은 스루딘은 창밖에 머물고 있는 까마귀들을 바라보며 미소 짓는다.

'미샤틴…. 훌라르 님께서 사람 하나는 제대로 심어놓으셨어.'

태양이 따사롭게 내리쬐고 있는 아누다르가야 동쪽에서는, 지카를 탄 병사 한 명이 저 멀리서 흙먼지를 일으키며 다급히 달려온다. 막사 앞에 있던 토치와 패치는 햇살에 눈살을 조금 찌푸리고 그를 응시한다. 토치의 앞에 도착한 병사가 지카를 멈춰 세우고 급하게 보고한다.

"상인들이 명령에 불복하여 봉기하고 있습니다. 노예들은 그들에 맞서 일어서고 있고요. 밤사이에 침투한 병사들은 지금 지원을 기다리며 노예들 사이에 숨어 있습니다."

토치는 고개를 끄덕이고 옆에 있던 패치를 바라본다.

"일단 내가 선발 부대를 이끌고 먼저 갈 테니, 연락이 올 때까지 후발 부대와 막사를 지키고 기다려. 가장 크게 저항하는 상단 대표들부터 잡아들일 테니까."

패치는 알겠다는 듯이 한숨을 쉬고 도시 쪽을 응시하며 중얼거린다.

"결국 무력 충돌을 피할 수가 없겠군…."

서둘러 준비를 마치고 지카에 오른 병사들은 앞장선 토치의 지시에 따라 도시를 향해 달려간다. 그 위로 까마귀들이 분주히 날아간다. 새들은 병사들보다도 빠른 속도로 도시에 닿는다. 화려한 황금 장식과 석부조가 돋보이는 건물들을 지나, 복잡한 미로 같은 골목마다 온통 혼란스럽고 시끌벅적한 소리로 가득하다.

"노예 해방 만세!"

"이제 자유다! 해방이다!"

한 무리의 까마귀들이 커다란 기둥들 위에 앉아서 길가의 상황을 파악한다. 다른 무리는 그곳을 지나, 새파란 안료로 칠해진 으리으리한 건물 맨 위의 작은 창틀에 내려앉는다. 어두운 건물 내부에서는 독한 약초를 태우는 매캐한 냄새가 머리를 어지럽힌다. 까마귀들은 두리번거리며 안을 둘러본다. 방 한가운데에서는 휘발성 향을 풍기는 말린 잎들이 작은 금 향로에서 타들어 가고 있고, 금붙이로 단장한 여인들과 도시의 상단을 이끄는 자들이 앉아 있다. 그중 상단 대표들의 우두머리로 보이는 사내가 한숨을 내쉰다.

"봉기하는 노예들은 잡아서 손목을 잘라버리라고 명했는데도 놈들이 저렇게 날뛰고 있군. 손재주로 먹고사는 놈들에게는 가장 두려운 형벌일 텐데. 지금 우리를 위협하는 병사들의 수는 대충 얼마나 되는가?"

그러자 그의 옆에 앉아 있는 다른 상인이 대답한다.

"아직 정확히는 모르지만, 한 가지 분명한 건 우리 상인들보다는 적을 거라는 사실이지. 다른 상인 조합들도 싸울 준비를 하고 있네. 순 도둑놈들이 아닌가? 지금까지 우리가 누려온 것을 한순간에 빼앗다니, 말도 안 되는 소리."

"맞아. 노예들은 엄연히 우리의 재산인데, 바르벨루스가 무슨 권리로 그걸 빼앗는다는 건가! 차루타스가 독립을 외친 것처럼 우리도 성명을 발표하세. 독립을 하게 되면 노예들의 문제도 우리 마음대로 해결할 수 있겠지."

"아니야, 그건 오히려 더 위험할 수도 있어. 그러다가 무니안님들의 눈 밖에 나면 어떻게 하려고? 정확히 따져서 우리가 맞서야 하는 대상은 탑에 계시는 분들이 아니고, 라델린의 명을 대신 집행한다는 훌라르잖나. 그 망할 마에린 상급 슈라문 놈…."

상인들이 서로 앞다투어 말하자 지금껏 조용히 앉아 있던 나이 든 여인이 입을 연다.

"그보다도 미다스 궁 소식은 들으셨지요? 궁전도 사라진 데다가 우리를 도울만한 노예상들까지도 죄다 처형당했다는데."

그러자 상단의 대표가 씩 웃는다.

"걱정 마시오. 궁전이야 새롭게 다시 세우면 되지. 오히려 이번에 그 주인 자리에 우리가 앉는 기회가 될 수도 있지 않겠소?"

창가에 앉아서 대화를 듣던 까마귀들은 다시 푸드덕 날아서 도시 변두리로 향한다. 화려하게 꾸며진 건물들 뒤로 좁고 아담한 골목이 나온다. 골목 사이 사이에는 작은 목공소와 각종 세공 작업을 하는 공간들이 빽빽하게 자리 잡고 있다. 그중 한 보석상 앞에서 어떤 노예 사내가 해방 운동을 장려하는 벽보를 붙이고 있는데, 뒤이어 누군가 뛰어온다. 그 노예의 주인으로 보이는 중년의 상인이다. 수수한 옷을 입고 있는 상인은 노예 앞에 멈춰 서더니 걱정스러운 목소리로 말한다.

"아이고, 한참을 찾았네. 여기서 그런 것을 붙이고 있으면 어떡해? 내가 너를 풀어준다고 해도 다른 상인들에게 잡히면 넌 큰일 날 거야!"

노예 사내는 꿋꿋하게 벽보를 붙이며 대답한다.

"저는 운이 좋게도 가족 같은 주인님을 만나, 오랜 세월 동안 잘 지냈지요. 하지만 이 도시에는 주인님 같지 않은 상인들이 훨씬 많습니다. 그들은 절대로 제 동료들을 놔주지 않을 거예요. 이제 드디어 기회가 왔으니 저 또한 다른 노예들을 위해 힘을 보태야 합니다."

"휴우. 나는 다른 상인들과 다르게 케파르카 출신이잖아. 그래서 애초부터 이 제도가 잘못되었다고 생각했던 사람이니까 그렇지. 네 마음을 이해한다만, 부디 조심해라. 너처럼 귀한 재능을 가진 사람의 손이 잘리는 꼴을 보고 싶지 않단 말이다."

노예 사내는 고개를 끄덕이며 미소 짓는다. 그런 그의 어깨를 토닥거려주는 상인의 뒤로, 저 앞쪽의 큰 길가에서 다른 노예 출신 장인과 기술자들이 외치는 소리가 들린다.

　"우리의 손목을 자를 테면 잘라 보라고 합시다! 동쪽 호수 놈들같이 맥없이 당하는 부류가 아니라는 걸 확실히 보여주자고요! 비록 신분은 노예일지 몰라도 우리는 기술력을 가진 장인들입니다. 우리의 손이 없으면 상인들이 내다 팔 것도 없단 말입니다!"

　"옳소! 지금까지 우리를 부려먹은 상인 놈들을 잡아 가둡시다! 볼모로 잡아서 본보기를 보입시다!"

　상인은 그 소리를 듣고 자리를 피한다. 공중을 빙빙 돌며 그 모습을 보던 까마귀들은 하늘 높이 날아오른다. 그리고 북쪽의 케파르카를 향해 날아가고 있는 비샤다의 방향으로 힘껏 날갯짓한다.

　해가 서서히 기울기 시작한다. 붉은 석양이 드리워진 중앙 호수 아누다르타의 남쪽 해상에서는 라플라 부대가 차루타스의 해변을 향해 날아가고 있다. 마녀들의 맨 앞에서 날던 즈로이아는 뒤따라오던 히신스에게 말한다.

　"훌라르와 보리얀이 하칠소아라는 히드린에게 미리 서신을 넣어놨다. 너는 그자를 찾아서 자매들과 합류시키거라. 차루타스에서 의원직을 맡고 있는 하길웨인의 아들이라니까 찾기 어렵진 않을 것이야. 난 그동안 요새로 가서 데리에크라는 사람을 데려오겠다."

　"네, 알겠습니다."

　즈로이아는 자라트라가 있는 서쪽을 향해 방향을 틀고, 히신스는 잠시 과거를 떠올리며 미소를 짓는다.

'그분을 찾는 것은 걱정 마세요. 제가 어떻게 하칠소아 님을 잊겠습니까.'

그런 히신스의 마음을 알 리 없는 즈로이아는 입꼬리를 올리며 중얼거린다.

"후훗, 오랜만에 투르를 다시 보겠군."

같은 시간, 자라트라 요새에서는 투르가 연단 위에 서 있다. 그의 손에는 스루딘의 서신이 들려 있다. 아래에서는 병사들이 발을 맞추어 바르벨루스로 진군하는 중이다. 특수 지휘관으로 임명된 책임 선장 님로덴 옆으로 자라트라의 편에 선 노예병들을 이끄는 테사닌이 보인다. 각오 어린 얼굴로 바르벨루스를 향해 나아가는 그들의 모습에 투르의 마음이 결연해진다.

'드디어 결전의 날이 다가오는구나. 이미 차루타스에 있는 지오투스의 군대도 움직이기 시작했겠지. 두 번 다시 없을 이 기회에, 반드시 모크샤의 알을 탈환하고 탑을 정복해야 한다.'

그는 자랑스러운 눈으로 병사들을 쳐다보며 중얼거린다.

"부디 우리에게 행운이 있기를. 탑 안에서 잘 버텨 주게, 스루딘."

핏빛 석양의 끝자락이 붉게 비쳐드는 바르벨루스의 탑 안, 스루딘은 솔리디몬의 방 앞에 서 있다. 그는 주변의 하급 슈라문들과 노예병들에게 안타깝다는 듯 연기를 한다.

"이런, 아직까지 솔리디몬 님께서 의식이 없으시다니…. 도대체 무슨 일인지조차 모른단 말입니까?"

"그 자리에 있던 건 자네이니, 가장 잘 아는 사람도 자네가 아니겠나?"

갑옷을 입고 있는 한 에실린 상급 슈라문이 의심스러운 눈빛으로 스루딘을 바라본다. 그는 탑의 밖을 지키고 서 있는 하급 슈라문들을 통솔하다가 급박한 일이 생겼다는 부름을 듣고 내부로 들어왔다. 스루딘은 그를 보고 빙긋 웃으면서 대답한다.

"그 자리에서 가장 놀란 것도 접니다. 그래서 이렇게 묻는 것입니다만."

그러자 상급 슈라문은 아니꼽다는 투로 말한다.

"나와 다른 상급 슈라문들이 처리할 일이니 신경 끄게."

"흐음, 물론 슈라문님들께서 솔리디몬 님을 잘 보필해 주실 것을 믿습니다. 저는 그저 그분께서 남기신 말씀 때문에 생각이 많아져서 서성거리고 있는 것입니다."

"솔리디몬 님께서 자네에게 말씀을 남기셨다고?"

"네. 아주 큰 명을 내리셨지요. 그 누구도 아닌, 제가 직접 세 반역자를 처단해야 한다고 말씀하셨거든요."

"뭐, 뭐라? 그게 무슨…. 한낱 관리 장교가 무니안들을 처단하는 게 말이 되는가!"

"당연히 안 될 말씀이지요. 그래서 저는 이 탑에서 관리 장교가 아닌, 새로운 직책을 맡게 되었습니다."

스루딘은 미소를 띤 얼굴로 말을 잇는다.

"솔리디몬 님께서 저더러 새로운 에실린 군주로서의 본을 보여야 한다고 하셨거든요."

"……!"

"그럼 저는 세 반역자를 추궁할 겸, 그들을 살피러 공중 정원으로 올라가 보겠습니다. 부디 솔리디몬 님 곁을 잘 지켜주십시오."

스루딘은 뜨악하게 그를 쳐다보는 상급 슈라문과 그의 무리를 뒤로하고 유유히 발걸음을 옮긴다. 슈라문들은 아무 말도 못 하고 그의 뒷모습을 바라본다. 그가 시야에서 사라진 후, 비로소 하급 슈라문들이 작은 목소리로 다급하게 말한다.

"솔리디몬 님께서 기어이 스루딘을 새로운 군주로 정하셨나 봅니다! 이제 어쩌면 좋겠습니까?"

"이해할 수가 없군요. 변방의 자일리아샤에서 선장질이나 하던 미천한 자를 어찌!"

잠시 구겨진 얼굴로 입을 다물고 있던 상급 슈라문은 나지막한 목소리로 중얼거린다.

"처음부터 저놈을 탑에 들이면 안 되는 것이었어. 오늘 밤에 열기로 한 회의를 조금 앞당겨야겠다. 다들 중앙 도서관으로 모여라."

그때, 그 말을 들은 한 여인이 계단을 올라오며 말한다.

"마침 중앙 도서관을 다 비워두길 잘했군요. 지금 가시지요."

계단에서 모습을 드러내는 것은 미샤틴과 그녀와 한편인 몇 명의 하급 슈라문들이다. 미샤틴은 솔리디몬의 방 앞에 모여 있는 슈라문들을 보고 시치미를 떼며 묻는다.

"다들 표정이 좋지 않으시군요. 또 무슨 일입니까?"

상급 슈라문은 그녀를 흘긋 보더니 대답 없이 중앙 도서관 쪽을 향해 걸음을 옮긴다. 미샤틴이 이상하다는 듯이 그 모습을 바라보자, 지금껏 솔리디몬의 방문 앞에 있었던 한 하급 슈라문이 가까이 다가오며 넌지시 말한다.

"미샤틴 님, 새로운 에실린 군주에 대한 예언은 아시지요?"

"탑 내에 있는 이들 중에 그걸 모르는 사람이 어디 있단 말입니까."

"그렇지요. 한데, 그 자리가 왜 상급 슈라문님 중 한 분이 아니라 스루딘에 게 갔을까요?"

"네? 솔리디몬 님께서 그자에게 정식으로 임명이라도 내리셨다는 말씀입니까?"

"거의 그런 셈이지요. 쓰러지시기 전에, 그자에게 새로운 에실린 군주로서 세 무니안들을 처리하라고 하셨대요!"

그 말을 들은 미샤틴이 놀란 표정을 짓자 옆의 하급 슈라문이 중얼거린다.

"흥, 두고 보세요. 틀림없이 스루딘은 여기서 살아나가지 못할 것입니다. 오늘 회의 때 어떻게 그자를 처리할지 결론이 나겠지요."

"…그렇겠군요."

미샤틴은 표정을 숨기고 하급 슈라문을 따라서 걸음을 옮긴다.

그 시간, 지하로 내려가 있던 켄트라는 다른 노예병들과 함께 굳게 봉쇄된 방 앞을 지키고 서 있다. 그는 다른 이들 몰래 한숨을 내쉰다.

'아니, 도대체 이곳에 뭐가 있길래 이렇게 빈틈없이 경비가 삼엄한 거지? 문 앞만 지키고 서 있다가 시간 다 버리겠네. 어떻게 하면 저길 들어갈 수 있을까…'

초조하게 서 있던 그는 누군가 지하 계단을 내려오는 소리를 듣는다. 곁눈질로 살펴보니, 검은 물약을 들고 있는 한 하급 슈라문이다. 그가 문으로 다가오자 노예병들이 자리를 비킨다. 켄트라도 따라서 자리를 비키며 하급 슈라문이 굳게 잠긴 문을 여는 것을 바라본다.

"끼이익–"

이어서 갈라지는 듯한 쇳소리와 함께 문이 열린다. 켄트라는 그 틈을 놓치지 않으려고 방의 내부를 빠르게 살핀다. 그리고 두 눈을 믿지 못하겠다는 듯 숨을 몰아쉰다.

"철컥!"

방 안으로 들어선 하급 슈라문은 다시 안에서 문을 잠근다. 찰나의 순간이었지만 켄트라는 빠른 시선으로 그 안에 갇혀 있는 사람을 똑똑히 보았다. 마치 약에 취한 것처럼 힘없이 방 안에 갇혀 있는 에실린 청년. 구불거리는 머리와 열리는 문을 응시하던 커다란 은회색 눈동자.

'하, 하지만 루딘 병사장은 이미…'

깜짝 놀란 켄트라의 눈빛이 마구 떨린다. 그는 다른 노예병들 몰래 식은땀이 나는 두 손을 꼭 쥔다.

잠시 후, 하급 슈라문이 다시 나온다. 그의 손에 들려 있는 약병이 비어 있다. 슈라문은 노예병들을 스윽 둘러보더니 위협적인 목소리로 명령한다.

"오늘부터 탑 안과 밖의 경비를 더욱 강화한다. 이곳을 지키는 놈 중, 내 허락 없이 자리를 이탈하는 자는 즉각 감옥에 처넣을 것이다. 수상한 행동을 하는 놈이 있다면 바로 보고해라. 알겠나?"

"네, 알겠습니다."

노예병들은 슈라문의 말에 고개를 숙이며 대답한다. 켄트라의 머릿속에는 걱정이 스친다.

'큰일 났다. 관리 장교님께 이걸 어떻게 알리지?'

저녁 별들이 하나둘 뜨기 시작하는 공중 정원에서는 스루딘이 세 명의 무니안을 마주하고 있다. 그는 묶여 있는 무니안들을 보고 안타깝다는 듯이 말한다.

"어떻게 이런 일이…. 조금만 버티십시오. 우리의 계획에 조금 차질이 생긴 모양입니다."

이미 지쳐서 쓰러진 지샤치의 주변에는 그가 쏟은 검붉은 핏자국이 선명하다. 헤테르만은 붉어진 눈으로 스루딘을 쳐다보며 묻는다.

"우리를 보필하는 슈라문들은 어떻게 됐나? 왜 한 놈도 보이지를 않는 것이야?"

"하아, 그것이…. 아마 다들 지하 감옥에서 처리되었을 겁니다. 이미 솔리디몬 쪽에서 손을 써놨던 것 같습니다."

"솔리디몬은? 죽었나?"

"아직 깨어나지 않은 상태입니다. 살아는 있고요."

스루딘의 말에 페키우스가 중얼거린다.

"그놈이 수액을 더 가지고 있었나 보군. 독이 죽이지를 못한 것을 보면."

"……."

스루딘은 자신의 품 안에 있는 수액 병의 무게를 느낀다. 그리고 모른 체하며 페키우스에게 말한다.

"아무튼 조금만 기다리십시오. 제가 어떻게서든 그놈을 끝내겠습니다."

"그래, 그래야지…."

페키우스는 고개를 끄덕이더니 쿨럭거리며 피를 토한다. 걸쭉한 검붉은 액체가 주변의 풀잎들에 흩뿌려진다. 그 끔찍한 모습을 바라보던 스루딘은 잠시 할 말을 잃는다. 그러자 페키우스는 자조스러운 목소리로 큭큭 웃더니, 자신이 뱉어놓은 핏자국을 보고 중얼거린다.

"오장 육부가 녹아서 썩은 피가 바다처럼 흐르고…. 지나간 세월은 모두 비수가 되어 돌아오는 밤이로구나."

잠시 숨을 가다듬던 페키우스는 그를 바라보며 옅은 미소를 짓는다.

"이보게, 새로운 에실린 군주. 그거 아나? 모든 것은 탑을 위한 것이었네."

"무슨 말씀이신지요?"

"더 높이, 더 높이! 더 오래, 더 오래! 이 탑이 이렇게 높아지기까지, 얼마나 많은 무니안들이 증축 공사를 했는지 아는가? 몇십 년이 몇백 년이 되고, 천 년이 이천 년이 될 때까지…."

스루딘은 갑자기 무슨 소리냐는 듯 페키우스를 쳐다본다. 그러자 페키우스는 가늘게 한숨을 내쉬며 말을 잇는다.

"이제는 너무 늦었지. 너무 늦었어. 우린 모두 이 탑에 잡아 먹혔거든. 이제 곧 자네도 마찬가지겠지."

"갑자기 왜 이러시는 겁니까?"

"연기는 그만하게. 자넨 처음부터 우리와 손을 잡을 생각도, 솔리디몬을 죽일 생각도 없었던 게야."

"허허, 그게 무슨…."

"탑을 믿지 말게. 그자가 건네는 그 어떠한 것도 믿어서는 안 되네. 그 아무리 손에 잡힐 듯이 생생한 것이라도…. 그놈이 내미는 것은 절대로 손에 잡히지 않아. 알아듣겠나?"

"……."

스루딘은 아무 말 없이 페키우스를 쳐다본다. 입에서 흐르는 피를 스윽 훔치는 페키우스는 힘이 빠지는지 숨을 조금 가쁘게 몰아쉰다.

"나도 한때는 자네처럼 젊었다네. 탑을 사랑하는 젊은이였다고. 탑을 가지고도 싶었고, 바꾸고도 싶었고, 한편으로는 증오하기도 했지. 하지만 알지 못했어. 탑이 약속을 지키지 않는다는 것을…. 이곳에서 충성은 복종이 되고, 열정은 욕망이 되며, 생명은 죽음이 되거든. 우리의 모습을 보게. 솔리디몬의 손을 잡는다면 자네도 똑같은 꼴이 날 거야."

잠시 페키우스를 응시하던 스루딘은 조용한 목소리로 묻는다.

"왜 제게 그런 말씀을 해주시는 겁니까?"

"자네는 미래니까. 우리를 대신하여 에실린의 탑을 새롭게 할 기회이자, 솔리디몬을 내칠 수 있는 에실린 군주니까!"

페키우스의 말에 헤테르만은 겁에 질린 표정으로 그를 말리며 속삭인다.

"지, 진정하세요, 페키우스 님. 왜 이러시는 겁니까? 스루딘이 그놈을 처단한다지 않습니까? 그때까지 기력을 남겨두셔야지요."

그 말에 스루딘은 지금껏 입가에 걸치고 있던 억지 미소를 풀고 담담한 목소리로 말한다.

"사실, 제가 처리하는 것은 세 분이어야 합니다. 솔리디몬이 제게 반역자들을 직접 처리하라는 명을 내렸거든요. 그런데 꼴꼴들을 보아하니 제가 할 일은 없는 것 같습니다. 곧 있으면 정말 솔리디몬이 오찬 때 말한 대로 그 석굴들과 비슷한 신세가 되시겠어요. 다만 관을 접시 삼아 눕고, 흙을 뚜껑 삼아 덮겠지만."

그는 차가운 눈빛으로 세 무니안들을 둘러보더니 말을 잇는다.

"그리고 페키우스 님, 여전히 잘못 알고 계신 것 같습니다. 저는 탑의 미래를 책임질 사람이 아닙니다. 애초에 탑에 머물 생각 조차가 없었거든요. 그래도 솔리디몬은 처리할 것이니 걱정 마십시오. 그놈을 해치우기 위해 굳게 마음먹고 이 구역질 나는 곳에 들어왔으니."

헤테르만은 스루딘을 노려보며 핏줄이 선 눈을 부릅뜨고 외친다.

"스, 스루딘 네 이놈!"

스루딘은 아랑곳하지 않고 무니안들에게 가볍게 인사를 한다.

"시간이 별로 없는 관계로 저는 이만 가봐야겠습니다. 이렇게 헤어지면 언제 다시 뵐 수 있을지 모르겠군요. 물론 그립지는 않겠지만."

"이대로 가버리겠다고? 정녕 우리를 배반하겠다는 게야?"

"애초에 권력에 눈이 멀어 세상을 배반한 것은 당신들입니다. 그래도 떠나가는 과거에게 건네는 작별 인사 삼아, 이런 말씀은 드리고 싶군요. 이제 그만 탑을 버리라고. 그게 저물어가는 목숨으로 할 수 있는 마지막 저항의 기회일 테니."

"⋯⋯."

"두려워하면 결국 지는 것이라던데. 끝까지 탑에서 떨어질까 봐 오들오들 떨며 생을 마무리하고 싶습니까? 아니면 아직 선택의 기회가 있을 때 당신의 의지로 뛰어내리시겠습니까?"

스루딘은 차분한 목소리로 질문을 남기더니 이내 자리를 떠나버린다.

그렇게 다시 무니안들만 남은 공중 정원에는 침묵이 흐른다. 간혹 들려오는 풀벌레의 울음소리가 정적을 메운다. 신체의 고통이 점점 심해지는지, 헤테르만은 가슴팍을 부여잡으며 기침을 해댄다. 페키우스는 그저 망연자실한 얼굴로 하늘을 바라본다. 연회장에서 끌려 나오면서 보았던 스루딘의 옅은 미소가 머릿속에서 떠나지를 않는다.

한참 후, 페키우스는 조용히 중얼거린다.

"헤테르만 님, 우리의 죄가 무엇인지 아십니까?"

"…예에?"

헤테르만은 눈에서 핏기가 어린 진물이 흘러나오는 줄도 모르고 겁에 질린 목소리로 묻는다. 그러다가 목이 타는지 켈럭거리며 대답한다.

"죄라면…. 사, 사람들을 죽인 거요?"

페키우스는 고개를 젓는다.

"그럼, 마녀들을 동원해 수액을 마신 거요?"

페키우스는 다시 고개를 젓는다. 그리고 팔이 묶인 채, 떨리는 다리로 천천히 자리에서 일어나며 말한다.

"우리의 죄는 너무 절실했다는 겁니다. 절실함에 눈이 멀어 힘을 가지고자 탑에 들어왔고, 절실함에 귀가 멀어 수액을 마시라는 탑의 목소리에 무릎을 꿇었고…."

페키우스는 후들거리는 다리로 공중 정원의 가장자리로 향하며 말을 잇는다.

"절실함에 입이 멀어 탑에게 바른말을 하지 못하였으며, 절실함에 코가 멀어 수많은 목숨이 흘린 피의 냄새를 맡지 못했지요. 그리고 절실함에 감각까지 멀어 과거를 죽이러 온 미래의 칼끝을 느끼지 못했으니, 권력의 자리에 앉은 자로서 그보다 큰 죄가 어디 있겠습니까."

"……."

헤테르만은 아무 말도 하지 못하고 페키우스를 쳐다본다. 이어서 공중 정원의 끝자락에 선 페키우스는 허탈하게 웃으며 발을 조금 내디딘다. 그의 발 끝에서 이끼가 부서져 허공으로 떨어져 내린다. 잠시 아래를 내려다보던 그는 쿨럭거리며 피를 토하고, 가르릉거리는 목소리로 말한다.

"세월이 지나며 무뎌진 건 솔리디몬 뿐만이 아니었나 봅니다. 망망대해를 표류하는 이들의 절실함이 바닷물을 들이키게 하듯이···. 모두, 이 탑의 새로운 에실린 군주가 될 자를 들이마시려고 애쓰며 하나같이 무뎌져 버린 것입니다. 스루딘의 얕은 속임수도 알아보지 못할 만큼."

헤테르만은 떨리는 눈으로 페키우스를 바라보더니 한껏 긴장된 목소리로 묻는다.

"뭐, 뭐 하시려는 겁니까? 왜 거기 서 계시는 거예요?"

그러자 페키우스는 피에 젖은 이빨을 들어내고 괴기스럽게 웃는다.

"탑에게, 마지막 복수를 하려고요."

페키우스는 하늘을 한번 응시한다. 보석처럼 총총히 박혀 있는 별들이 두 눈을 가득 채운다. 손만 뻗으면 닿을 수 있을 것 같다. 그는 하늘을 향해 뛰어오르듯 공중 정원 밖으로 몸을 던지며 생각한다.

'반짝이지만 닿을 수 없는 것, 닿으려고 하면 점점 멀어지는 것.'

"헉! 페, 페키우스 님!"

잠시 후, 탑 아래에서는 병사들의 비명이 들려온다.

암흑 같은 시간이 흘러 고요한 아침이 찾아온다. 맑게 개어오는 하늘 위로, 작은 새들이 지지배배 지저귀며 날아오른다. 한 우람한 사내가 자라트라 요새의 동굴 밖으로 천천히 걸어 나온다. 그는 근처에 자리 잡고 있는 거대한 정원으로 가는 중이다. 길가에는 무성히 자란 덩굴 식물들의 붉은 열매가 탐스럽다. 사내는 투박한 손을 들어서 열매들을 살피더니 다시 걸음을 옮긴다. 한 병사장이 그에게 다가오더니 인사를 건넨다.

"데리에크! 좋은 아침일세."

"안녕하십니까, 병사장님."

"하하. 자네 덕분에 식량 걱정은 없겠군. 어떻게 맨땅에서 그렇게 비옥한 정원을 만들어 내는 건가? 참 신기해."

"땅속에는 씨앗들이 많습니다. 움을 틔우지 못하고 죽는 것이 대부분이지만요. 저는 그것들이 피어나도록 도와줄 뿐입니다."

데리에크는 병사장에게 예를 갖추어 인사를 올린 다음 걸음을 옮긴다. 정원에는 엄청난 양의 과실들과 곡물이 자라고 있다. 곳곳에서 나무들과 농작물을 관리하는 병사들이 데리에크에게 손을 흔든다. 정원 입구에 딸린 작은 간이 천막에서 두 애송이 고문관들이 나온다. 그들은 데리에크를에게 기쁜 표정으로 다가온다.

"휴우, 드디어 우리 손으로 이 정원을 다 돌볼 수 있을 것 같습니다. 남아 있는 병사들이 지금처럼 쭉 관리만 잘하면 문제없을 겁니다."

"다행이다. 이제 내 도움이 없어도 되겠구나."

"어, 그런데 저기…. 데리에크 님, 혹시 니벨림도 만드실 수 있습니까?"

"니벨림? 요정 말이냐? 그게 무슨 말도 안 되는 소리야?"

애송이 고문관이 정원의 입구 쪽을 가리키며 말한다.

"아니, 저기에 하나 서 있는 것 같은데…."

그러자 그의 옆에 있던 다른 사내가 중얼거린다.

"우와, 세상에. 저렇게 예쁜 여자는 처음 봅니다."

데리에크는 무슨 소리인지 모르겠다는 듯이 고개를 돌린다. 한 아름다운 셰트린 여인이 이쪽으로 다가오고 있다. 사뿐히 걸어오는 그녀의 자태가 마치 아침 이슬 속에서 태어난 고대 숲속의 요정, 니벨림 같다. 주변의 병사들은 여인의 미모에 모두 넋을 놓고 서 있다. 하지만 그녀를 본 데리에크는 왠지 모를 두려움에 표정이 굳는다.

"저 여자, 어디서 봤는데. 누구지?"

셰트린 여인은 데리에크를 보고 낭랑한 목소리로 묻는다.

"이봐, 네가 데리에크인가? 보리얀이 널 데려오라고 했다."

뜬금없이 나오는 보리얀의 이름에 데리에크는 영문을 모르는 표정으로 여인을 쳐다본다. 그녀의 뒤를 따라온 투르가 서신을 한 장 건넨다.

"데리에크, 훌라르 님께서 보리얀 병사장과 함께 그대를 찾는 모양이다. 이걸 한번 읽어 보게. 보리얀 병사장의 서신이야."

데리에크는 조금 놀란 눈치로 서신을 받아들고 읽는다. 서신에 적힌 것은 보리얀의 글씨체가 맞다. 예전에 본 그녀의 필체와 같기 때문이다. 서신을 다 읽은 데리에크가 심란한 얼굴로 묻는다.

"언제 가면 되겠습니까?"

"흠. 다급한 서신인 만큼 자네가 필요하다는 뜻일 테니, 준비되는 대로 가는 것이 좋겠지."

"알겠습니다. 그럼 지금 가겠습니다."

데리에크는 고개 숙여 대답하고 멀찍이 떨어져 있는 자신의 두 수하에게 말한다.

"애들아, 당분간 너희에게 여길 맡겨야겠다. 작물마다 수확 시기 놓치지 말고. 내가 적어놓은 대로 잘 관리해 보거라. 알겠지?"

애송이 고문관 둘이 입을 모아 대답한다.

"예에, 걱정 마십시오!"

데리에크는 간단히 짐을 챙기겠다며 바삐 자리를 뜨고, 즈로이아는 자신을 쳐다보는 주위 병사들을 둘러보며 빙긋 웃는다. 그리고 그들이 듣지 못하게 투르에게 넌지시 말한다.

"내가 이곳의 인재들을 얼마나 탐냈는지 잘 알지요? 난 늘 병사들을 가지는 게 소원이었거든. 그중에서도 특히 당신이 참 마음에 들었는데."

"……."

투르가 아무 말이 없자, 즈로이아가 심드렁한 얼굴로 한숨을 내쉰다.

"흐음. 보통 다른 남자들은 내게 다 넘어오건만 안타깝게도 당신은 아니었지. 그 이유가 뭔지 늘 궁금했어요. 오랜만에 본 김에 얘기나 해줄래요?"

"간단합니다. 여인이건, 사내건, 나는 내가 존경할만한 사람을 따르기 때문입니다."

즈로이아는 그 말을 듣고 피식 웃으며 중얼거린다.

"아아, 난 또. 내가 별로 안 예뻐서 그런 줄 알았지."

"그건 보통 여인들의 착각이지요. 진짜 중요한 건 그게 아닙니다."

"그래요? 그런 소리를 하는 걸 보니 나 말고도 여러 사람에게 퇴짜를 놨나 보네."

즈로이아는 정원에서 발걸음을 돌려 나가며 말을 잇는다.

"근데 그거 알아요? 보통 여인들도 존경할만한 사람들을 원한답니다. 문제는 그럴만한 이가 별로 없으니, 쓸모있는 자라도 얻으려고 하는 거지. 그마저도 없으니까 이 모양이지만."

즈로이아는 슬쩍 뒤를 돌아, 인사 대신 투르에게 빙긋 웃어 보이고 성큼성큼 정원에서 나간다. 곧 그녀의 눈에 저 해변 쪽에 우두커니 서 있는 데리에크의 모습이 보인다. 즈로이아는 그를 보고 큰 소리로 묻는다.

"이봐, 짐 싸러 간다며! 뭐 하고 있나?"

"......"

데리에크는 무언가 기억이 난 듯, 즈로이아가 타고 온 라플라를 노려보고 있다. 라플라는 그런 그가 조금 두려운지 주눅이 든 표정으로 움찔거린다. 부들부들 떨고 있는 데리에크의 눈에 뜨거운 눈물이 차오른다. 그 모습을 본 즈로이아는 한숨을 내쉬며 중얼거린다.

"흠. 기억이 났나 보군."

그녀는 저벅저벅 데리에크에게 걸어간다. 그는 공포와 분노가 담긴 눈으로 즈로이아를 응시한다. 그러나 즈로이아는 오히려 묘한 미소가 담긴 얼굴로 그를 쳐다보며 묻는다.

"너, 나를 아는구나. 그렇지?"

"......"

데리에크는 씨근거리며 아무 말도 하지 못한다. 즈로이아는 마치 오래전에 잃어버린 아이를 쳐다보듯 그를 찬찬히 살핀다.

"호호, 그래도 보람이 있네. 애써 살려서 내보낸 아이 중에 이렇게 잘 커서 또 만나는 사람이 다 있고. 물론 네 입장에서 내가 별로 반갑지는 않겠지. 그래도 어쩔 수 없다."

"다, 당신은…!"

데리에크가 말을 잇지 못하자, 즈로이아가 손을 들어 데리에크의 눈물을 닦아준다. 그는 흠칫 놀라서 뒷걸음질 친다. 그 모습을 바라보던 즈로이아가 나지막한 목소리로 말한다.

"말이 무슨 소용이겠냐마는, 구차하게 변명을 좀 해야겠구나. 예전에 네 힘을 빼앗아야 했던 건 미안하다. 나는 평생을 너처럼 고통받는 아이들을 보며 살았단다. 나 또한 어렸을 때는 그런 아이 중 하나였지. 하지만 바로 너 같이, 누군가는 다시 힘을 되찾아서 자기 인생을 살아내리라는 믿음에 아이들을 몰래 살려서 내보냈어. 그러느라고 목숨 걸고 무니안들의 명령을 거역했다고."

"무…무니안?"

"그래. 그놈들은 너와 나 같은 아이들의 피로 수액을 만들어서 자신들의 연명에 썼거든. 네가 속한 요새의 군대가 바르벨루스를 무너뜨리는 데 성공한다면 더 이상 그런 일이 없어도 되겠지. 보리얀을 만나면 더 자세한 얘기를 들을 수 있을 거다. 그 애는 내가 모르는 것까지도 알 수 있는 능력이 있으니까."

데리에크는 감정을 가다듬고 아까 읽은 서신의 내용을 떠올리며 묻는다.

"당신 같은 지독한 마녀가 보리얀을 돕는다고?"

그러자 즈로이아는 고개를 저으며 웃음을 터트린다.

"보리얀을 돕다니. 나는 그저 나를 돕고 있는 거야. 내가 지금껏 살며 깨달은 게 하나 있다면, 모든 사람은 결국 자기 자신을 도울 뿐이라는 거란다. 그런데 지금 나의 길이 그 보리얀이라는 애와 맞을 뿐이지."

즈로이아는 데리에크에게 다가가 살며시 그의 손을 잡는다. 그리고 그 손을 들어 하늘을 가리키며 짐짓 심각한 목소리로 말을 잇는다.

"지금 너의 눈엔 푸른 하늘밖에 보이지 않겠지. 하지만 나와 내 자매들은 언제나 달을 바라보고 있단다. 달이 점점 기울고 있거든. 다음 초승달이 뜨기 전까지 모크샤가 탄생하지 않는다면, 그렇게 또 다른 천 년이 흘러갈 거야. 마라트의 기운도 그걸 잘 알고 있다. 그러니까 그 전에 모크샤의 알을 어떻게든 없애려고 엄청난 괴물들을 보내고 있는 거지."

"……"

불안한 표정으로 서 있는 데리에크의 손을 놓아주며, 그녀는 어두운 표정으로 말한다.

"지금 이 땅으로 오고 있는 괴물들은 상상을 초월해. 여기 있는 일반 병사들이 그것들과 싸우는 건 자살행위야. 보리얀은 고대 에린들의 힘을 가진 자들을 모아서 그것을 막으려는 모양이다. 통할지는 모르겠다만 일단은 해 봐야 알겠지."

"그, 그럼 나도 힘을 합하라는 건가?"

당황한 듯 보이는 데리에크의 물음에 즈로이아가 고개를 끄덕인다.

"보리얀과 훌라르 님, 그리고 나와 같이."

그녀는 라플라의 고삐를 쥐고 그 배처럼 생긴 새를 슬쩍 쓰다듬으며 말을 잇는다.

"봐라, 늘 세상은 우리가 생각하는 것보다 빠르게 변해. 생각을 바꿔보면 나도 예전의 내가 아니고, 저 라플라도 예전에 탔던 라플라가 아니야. 알겠니? 이제 네가 살아야 할 세상이 바뀌었다고. 그러니 선택해라. 과거에 머무를지, 아니면 지금 나와 함께 갈지."

"……"

잠시 생각에 잠기던 데리에크는 마음을 먹은 표정으로 툴툴거리듯 중얼거린다.

"고문관으로 살다 보니 직업병이 생겼군. 딱 보아하니 거짓말 같진 않은데, 그래도 수틀리면 날아가다가 아래로 확 밀어버릴 테다."

즈로이아는 씩 웃고 라플라에 올라탄다.

"하하, 그러던지."

데리에크는 조금 머뭇거리다가 입술을 굳게 다물고 그녀를 뒤따라 라플라에 올라탄다. 즈로이아가 라플라를 몰 준비를 하며, 짐 싸는 것도 잊어버린 그에게 말한다.

"꽉 잡아라."

날개를 퍼득거리는 라플라가 모래바람을 일으키며 물가를 향해 나아간다. 그리고 어느 정도 파도를 헤치고 가다가 힘을 받았는지 곧 공중으로 날아오른다. 라플라의 아래로 물방울들이 반짝이며 떨어진다.

한편, 전속력으로 케파르카를 향해 날아온 비샤다는 피곤한 듯이 거대한 바위 위에 잠들어 있다. 그 아래로 걷는 두 사람의 발걸음을 따라 고운 흙먼지가 날린다.

"터벅, 터벅."

보리얀은 잠시 걸음을 멈추고 주변을 둘러본다. 서로 다른 높이의 기이한 바위들 사이로 깊이 모를 골짜기들이 나 있다. 아직 해가 온전히 들지 않아서 그런지 공기가 조금 쌀쌀하다.

함께 멈추어 선 훌라르는 가만히 보리얀의 손을 잡는다. 그는 조금 걱정스러운 표정으로 묻는다.

"…오는 내내 계속 말이 없네. 괜찮은 거야?"

보리얀은 잠시 엷은 미소를 지어 보이고 다시 발걸음을 뗀다. 훌라르는 심란한 표정으로 그녀의 뒷모습을 바라보다가 따라서 걸음을 옮긴다. 거대한 바위산들이 즐비하게 널려 있는 황무지의 절경 아래 두 사람의 모습이 작은 점들처럼 보인다.

그들은 한동안 말없이 걷는다. 이어서 버섯 모양 바위들이 많아지는 지점에 도착하자 훌라르가 입을 뗀다.

"세네칼 선생이 알려준 곳이 여기 어디쯤일 텐데. 주민들에게 물어봐야겠군."

고개를 돌려 주변을 살피던 보리얀이 근처 가장 높은 언덕 위를 응시한다.

그리고 뜻밖의 것을 발견하고는 놀라서 중얼거린다.

"어? 어떻게 이런 곳에 저렇게 큰 헤사티오 나무가 있지?"

그 소리를 듣고 위를 올려다보는 훌라르의 눈이 커진다. 언덕 위에 서 있는 거대한 나무를 보며, 그는 자신이 바르벨루스에서 보았던 나무의 주인을 떠올린다.

"설마…."

순간 보리얀은 코끝에 익숙한 향기가 맴도는 것을 느끼고 고개를 돌린다.

'헤사티오 차다!'

그녀는 자신도 모르게 은은한 향기가 나는 곳을 향해서 발걸음을 옮긴다. 근처에 있는 버섯 모양의 바위 집 중 단 한 곳의 문이 활짝 열려 있다. 그 안에서는 갓 우려낸 차 향기가 흘러나온다. 보리얀의 발걸음 소리가 가까워지자 한 여인이 집 안에서 나온다. 보리얀은 그 사람이 누구인지 자세히 보느라고 잠시 걸음을 늦추다가, 이어서 나지막이 외친다.

"…어, 엄마!"

보리얀은 샬리타를 알아보고 달리기 시작한다. 문 앞에 서 있는 샬리타는 마치 그녀가 올지 알았다는 듯 미소 짓는다. 붉어지는 눈시울로 자신에게 뛰어오는 딸을 보며 그녀는 떨리는 두 손을 내민다. 보리얀이 엄마의 품으로 와락 안기자, 샬리타는 가슴 속에서 올라오는 감정을 삼키며 마른 입술 사이로 속삭인다.

"힘들었지?"

보리얀은 볼을 타고 흐르는 눈물을 닦으며 엄마의 얼굴을 마주 본다. 샬리타는 대견하다는 듯 딸의 얼굴을 쓸어준다. 그녀는 맺히는 눈물을 닦으며 부드럽게 보리얀의 등을 토닥인다. 그리고 저쪽에서 천천히 다가오는 훌라르를 바라보며 미소 짓는다. 자라트라 요새에 당도하고 얼마 지나지 않아 자신을 찾아왔던 그의 모습이 떠오른다.

'항상 주위에 있겠다더니, 정말이었구나.'

문 앞에 당도한 훌라르는 샬리타에게 예를 갖추어 인사를 올린다. 샬리타는 그런 그에게 답례하며 따뜻하게 말한다.

"고맙습니다. 보리얀 곁을 지켜주신 것도, 이렇게 거처를 마련해 주신 것도."

훌라르는 복잡한 심경으로 샬리타에게 공손히 고개를 숙인다.

"제가 더 감사하지요. 그저 여러 가지로 죄송할 따름입니다."

샬리타가 두 사람을 안으로 이끌자, 보리얀은 신기하다는 듯이 그녀에게 묻는다.

"그런데 제가 올지는 어떻게 아셨어요? 저번에 보낸 서신에는 아직 적지 못했었는데…."

그러자 샬리타는 빙그레 미소를 짓는다.

"미리 귀한 손님이 오셔서, 다른 귀한 손님들이 올 것을 알려주시더구나."

헤사티오 차 향기가 물씬 나는 집 안은 단출하게 꾸며져 있다. 보리얀은 아늑한 집안을 둘러보며, 부엌 쪽으로 향하는 샬리타의 목소리를 듣는다.

"아네트는 잠시 볼일이 있어서 나갔단다. 점심 때쯤 돌아올 거야."

훤칠한 키 때문에 고개를 숙이고 문 안으로 들어선 훌라르는 벽을 파서 만든 선반 위를 둘러본다. 정갈하게 꽂혀 있는 서신들은 보리얀과 훌라르가 보냈던 것이다. 집의 중앙에는 돌을 조각해서 만든 투박한 탁자가 놓여 있고, 오래된 나무 기둥으로 만든 의자들이 있다. 작은 부엌이 있는 벽 너머에서 샬리타의 목소리가 들린다.

"제가 주전자를 들게요. 여기, 쟁반만 좀 옮겨주시지요."

그러자 낯익은 노인의 목소리가 들린다.

"그럴까요?"

이어서 쟁반 위에 네 개의 잔을 들고 오는 한 노인의 늙은 손이 보인다. 훌라르와 보리얀은 고개를 들어 그 노인을 응시하다가 깜짝 놀란 눈으로 각자 외친다.

"사르낫 님?"

"아, 아파라티 할아버지?"

그러자 노인은 빙그레 웃는 얼굴로 잔을 내려놓고 부드러운 목소리로 말한다.

"허허. 어떻게 불러도 좋단다. 다시 만나서 반갑구나."

"……"

훌라르는 영문을 모르는 눈으로 보리얀과 전설의 라델린을 번갈아 쳐다보고, 보리얀은 휘둥그레진 눈으로 자신이 예전에 알던 할아버지를 바라본다. 그때, 보리얀의 마음속에서 웹실론이 외치는 소리가 들린다.

'어! 저 에린의 후손! 내가 요상하다고 했던 그 에린의 후손이다. 흐음, 다시 봐도 역시 요상해. 근데 우리 자기, 괜찮아? 자기야?'

우두커니 서 있는 보리얀은 웹실론에게 아무런 대답을 하지 못한다. 노인은 의자에 끙차, 하고 앉는다. 그리고 다른 이들에게도 앉기를 권하며, 세월을 담은 얼굴로 말한다.

"자, 앉아보자꾸나. 우리 할 얘기가 많지?"

3장

{ 드러나는 진실의 무게 }

"저놈의 손목을 잘라라!"

아누다르가야 동쪽의 소란스러운 거리 한복판에 얼굴이 피투성이가 된 노예가 붙잡혀 있다. 노예 사내는 벗어나려 몸부림치지만, 상인들은 그의 손을 평평한 돌 위에 올린다. 양쪽으로 날이 넓게 나 있는 커다란 칼이 번뜩이며 그의 손목을 내리치려는 찰나, 사내를 에워싼 상인 무리의 틈에서 아이의 비명이 들려온다.

"아빠!"

다섯 살이나 되었을 법한 작은 아이가 상인들을 밀치며 사내를 향해 달려온다. 겁에 질린 표정으로 눈물범벅이 되어 자신을 찾는 아이를 보고, 사내는 목에 핏대를 세우며 외친다.

"가! 저리 가! 어서 도망쳐!"

그러자 주위에 몰려 있는 상인 중 하나가 아이의 뒷덜미를 붙잡아 들고 사내 앞으로 끌고 가며 잔인한 웃음을 흘린다.

"가긴 어딜! 여기서 네놈 아비의 손모가지가 날아가는 꼴을 똑똑히 보거라!"

번득이는 칼날이 노예 사내의 손목을 내리치려는 순간, 칼을 들고 있는 상인의 목에 화살이 날아와 박힌다.

"컥…!"

상인은 칼을 놓치고, 두 눈을 부릅뜬 채 목을 관통한 화살을 붙잡고 쓰러진다. 이어서 아이를 붙잡고 있던 상인의 등에도 화살이 꽂힌다.

"히르르렁!"

자라트라 병사들이 탄 지카들의 울음과 함께 발굽 소리가 현장을 뒤덮는다. 상인들은 병사들에게 덤벼들고, 병사들은 그런 상인들을 응징하듯이 능숙한 솜씨로 칼을 휘두른다. 노예 사내는 재빨리 아이를 안아 들고 힘껏 달린다.

"아빠 꼭 잡아. 알았지?"

그는 벽보들이 붙어 있는 구불구불한 골목길로 달려간다. 벽보에는 노예 해방을 선언하는 문구와 각오를 새기는 붉은 손바닥 자국들이 가득하다. 모퉁이를 돌자 노예들이 점령한 대장간이 나온다.

"쾅! 쾅! 푸쉬쉬—"

대장장이로 일했던 노예들은 날카로운 쇠붙이를 만들고 있고, 그 옆에서는 목공 장인으로 일했던 사람들이 나무를 깎아서 창대를 제작하고 있다. 뒤에 있는 세공 장인들은 창대 위에 쇠붙이를 단단히 끼우고 고정한다.

노예 사내의 발걸음은 대장간을 지나서 골목 깊숙한 곳의 집 앞에 멈춘다. 그곳은 노예들을 돕는 상인의 저택이다. 그 상인은 싸우다가 다친 노예들과 그들의 가족을 임시로 보호해 주던 중 그만 다른 상인들에게 잡혀가고 말았다. 노예 사내는 아이를 들여보내며 당부한다.

"돌아다니지 말고 엄마랑 여기 잘 숨어 있어. 아빠는 주인아저씨를 구해 와야 해.”

　사내는 아이를 안전한 곳에 옮긴 후 다시 뛰기 시작한다. 흘러내리는 땀과 뒤섞인 핏자국을 옷자락으로 닦아내자 비로소 그의 얼굴이 드러난다. 그는 자신을 걱정하는 주인 앞에서 벽보를 붙이고 있었던 사람이다.

　곳곳에서 집들이 화르르 불타고 건물의 잔해가 무너져 내린다. 노예 사내가 모퉁이를 돌자 골목 저쪽에서 소리가 들려온다.

　“배신자! 왜 노예 놈들 편에 서는 게야? 네놈이 케파르카 출신이라는 것부터가 마음에 안 들었다!”

　퍽 퍽-하며 주먹질 소리가 나고, 누군가 맞으며 고통스럽게 신음한다. 사내는 황급히 그쪽으로 뛰어가서 자신의 옛 주인을 때리고 있는 상인들을 덮친다.

　“으악! 웬 놈이냐?”

　사내는 대답 대신 그들을 죽일 기세로 덤빈다. 아까 상인들에게 붙잡혔을 때에는 그들의 수가 너무 많아서 저항하기 힘들었으나 이번에는 다르다. 사내는 자신의 옛 주인을 폭행하던 상인을 깔고 앉아, 핏줄이 시퍼렇게 선 주먹으로 그의 얼굴을 수차례 내리갈긴다.

　“윽! 억!”

　사내의 기세가 예사롭지 않은 것을 눈치챈 다른 상인은 결국 줄행랑을 치기 시작한다. 사내에게 맞던 자는 그만 피투성이가 되어 정신을 잃고 고개를 떨군다.

　“헉, 헉⋯.”

　숨을 가쁘게 쉬는 사내는 널브러져 있는 자신의 옛 주인을 일으켜 세우면서 묻는다.

"괜찮으십니까?"

"…휴우, 네 손목은 아직 잘 남아 있구나."

"안 그래도 방금 잘릴 뻔했습니다. 어디 계시는지 찾으러 다니다가 잡히는 바람에요."

사내의 주인이었던 상인은 숨을 돌리고, 무사해서 다행이라는 듯이 그의 어깨를 두드려준다. 그리고 부축을 받으며 저기 앞쪽에 있는 건물을 가리키고 걱정스러운 얼굴로 말한다.

"저기, 저 건물에서 도자기를 취급하던 인심 후한 상인 있지?"

"맨날 딸들 자랑을 하시던 그분이요?"

"그래. 그 사람이 죽고, 지금 집이 좀도둑들에게 털리고 있는 모양이야. 아직 식솔들이 남아 있다는 소리가 들려서 구하러 가려다가…."

"쿠과광!"

그때, 옆에서 불타던 건물이 무너져 내리는 바람에 파편들이 우수수 떨어진다.

"우선은 여기서 벗어나서 치료를 받으셔야 합니다."

마지못해 고개를 끄덕이는 상인은 노예 사내를 따라 걸음을 옮긴다. 그러다가 안타까운 표정으로 뒤를 돌아본다.

"콰지지직!"

불타오르며 쓰러지는 건물 몇 채 너머에는 커다란 저택이 있다. 깨진 도자기들이 담벼락 아래로 보이는데, 그것을 밟고 집의 마당으로 들어가는 세 사내가 보인다. 노예 출신으로 보이는 그들은 껄렁거리며 집을 둘러본다.

"맨날 먼 발치에서 보기만 했던 곳인데, 이렇게 들어와 보니 좋네? 한 몫 단단히 챙기자고.”

“부자 놈들은 이러고 사는구나. 우리는 더러운 길바닥에서 나앉아 있는데. 가만, 여기가 그 예쁜이들이 사는 데 아니야?”

“누구?”

“왜, 있잖아. 내가 말 안 했나? 내가 팔을 못 쓰는 척하며 구걸할 때 착하게 웃으면서 먹을 걸 주었던 처자들이 있다니까? 내가 딱 눈여겨보고 있었지. 이 기회에 내 걸로 만들든지 해야겠군, 흐흐.”

마당에는 층층이 쌓여 있는 커다란 항아리들이 보인다. 그 뒤로는 미처 도망가지 못한 두 젊은 여인이 웅크리고 있다. 큰 언니가 떨고 있는 동생을 보며 침착하게 입에 손가락을 가져다 댄다. 동생은 고개를 끄덕이고 떨리는 입술을 가만히 깨문다. 사내들은 마당을 둘러보며 괜히 항아리를 쓰러뜨리고 발로 차며 물건들을 망가뜨린다.

“와장창!”

항아리가 깨질 때마다 여인들은 움찔거린다. 사내들이 점점 그들이 숨어 있는 곳으로 다가오는 그때, 한 무리의 청년들이 들이닥치며 외친다.

“아가씨! 어디 계십니까?”

그들은 이 집에서 일했던 도예공들이다. 무기를 가지고 있는 건장한 청년들을 보고 세 사내는 당황한다. 청년 중 하나가 그들을 향해 무서운 목소리로 소리친다.

“거기! 뭐 하는 놈들이냐?”

“에잇, 나가자!”

사내들은 도망치는 쥐새끼들처럼 재빨리 마당을 빠져나간다. 청년들은 그들을 뒤쫓아서 항아리가 있는 곳 쪽으로 달려온다. 마침내 사내들이 사라진 것을 본 언니는 비로소 동생의 손을 잡고 항아리들 사이에서 일어선다. 두 여인을 보는 청년들의 표정에 안도의 한숨이 스친다.

"가시지요. 안전한 곳으로 모셔다드리겠습니다."

두 여인은 청년들이 이끄는 대로 깨진 항아리들을 넘고, 무너지는 집의 잔해들을 피하고, 빠르게 골목들을 지나서 한 상인의 집에 도착한다. 그곳은 아까 봉변을 당하다가 구조된 케파르카 출신 상인의 집이다. 언니는 동생을 안으로 들여 보내며 청년들을 고마운 표정으로 쳐다본다.

"우리 집에서 자네들을 풀어준 이후로 다 떠난 줄 알았는데…"

그러자 청년 중 하나가 미소를 지으며 말한다.

"아가씨들이 걱정되어서요."

그때 골목 저편에서 지카의 울음소리가 들린다. 상단의 우두머리 중 몇 명을 포박해서 끌고 다니는 병사들이 길을 터 달라고 소리친다.

"쫓아라! 나머지 상단 놈들을 놓쳐서는 안 된다!"

패치의 외침과 지카들의 발굽 소리가 바닥을 울린다. 매캐한 연기 사이로 도시 곳곳에서 벌어지는 참혹한 난투극이 펼쳐지고 있다. 패치가 넓은 광장 쪽으로 나오니, 골목 반대편에서 그를 발견한 병사들 몇 명이 그에게 달려온다. 그들은 온통 그을음을 뒤집어쓰고 있다.

"패치 대장! 큰일이 났소!"

"무슨 일인가?"

"그게…"

패치의 근처에서 숨을 고르는 병사가 떨리는 목소리로 말한다.

"토, 토치 대장이 저기…!"

"뭐?"

병사는 목이 메는지 아무 말도 하지 못하고 불타는 커다란 건물을 가리킨다. 푸른색 안료로 장식되어 있던 고급스러운 건물이 불길에 휩싸여 있다. 눈이 커지는 패치의 뒤로 불타는 건물이 와르르 무너져 내리는 소리가 들린다.

같은 시간, 바르벨루스에서는 페키우스가 사망한 소식에 온 탑이 술렁거리고 있다.

"정말이라니까! 그 시체를 내 손으로 직접 치웠어! 아직도 여기 핏자국이 선명하게 남아 있는 거 보이지? 아주 끔찍했다니까. 눈 뜨고 보기 힘들게 역겨웠는데, 오장 육부가 다 터져서는…."

"나도 직접 봤어. 어제 그 사건 이후에 몰래 도망친 노예병들이 얼마나 많았는지 알아? 슈라문들이 막지만 않았으면 아마 다들 탑을 버리고 떠났을 거야. 에잇, 나도 가야 했는데."

탑 밖에서 노예병들이 모여 수군거리자, 한 하급 슈라문이 채찍을 휘두르며 그들에게 다가와서 소리를 지른다.

"이놈들! 각자 위치로 돌아가지 못할까?"

노예병들은 서둘러서 걸음을 옮기려 하는데 아침 하늘이 갑자기 어두워지는 것을 보고 멈칫한다. 어디선가 몰려온 각종 새 떼가 까맣게 하늘을 메우고 있다. 그들은 공중에서 무언가를 떨어뜨린다.

"저게 뭐지?"

종잇조각들이 펄럭거리며 비처럼 내린다. 탑 주변을 에워싸고 있던 노예병

부대들과 슈라문들은 모두 넋을 놓고 위를 응시한다. 하급 슈라문이 떨어지는 종이를 잡아 들고 그 위에 찍혀 있는 내용을 본다.

"라델린의 말씀? 곧 옛 세상이 망하고 예언이 실현될지니, 살고자 하는 이들은 탑을 피해라…"

사방에서는 지카를 타고 채찍을 든 상급 슈라문들의 다급한 목소리가 들린다.

"줍지 마라! 종이를 읽는 놈들은 모조리 지하 감옥에 잡아넣을 것이야!"

그런데 슈라문들을 태우고 있던 지카들이 하나둘 큰 소리로 울더니 제자리에서 날뛰기 시작한다.

"히르르렁!"

급기야 몸을 흔들어서 슈라문들을 땅으로 떨어뜨린 지카들은 탑으로부터 빠르게 도망친다. 노예병들은 그 무서운 속도에 엉거주춤하며 길을 트는데, 널브러진 상급 슈라문 중 한 명이 그만 지카들의 발굽에 밟혀서 즉사한다. 그 모습을 본 하급 슈라문들과 노예병들은 더욱 겁에 질려서 불안한 표정으로 두리번거린다.

그 시간, 탑 안에서는 에실린 슈라문들이 스루딘의 방 앞에 모여 있다. 상급 슈라문 한 명이 앞에 있는 노예병의 멱살을 잡으며 소리친다.

"스루딘이 도대체 어디로 사라졌느냐?"

"새, 새벽에 솔리디몬 님의 명령이라고 해서 보내드렸습니다."

"뭐야? 솔리디몬 님께서는 깨어나지도 않으셨는데, 누가 데리고 갔단 말이냐!"

"미샤틴 님께서 급한 명이 있다고 하시길래…."

노예병이 겁먹은 얼굴로 대답하자 상급 슈라문은 그를 밀어 넘어뜨리며 고함을 지른다.

"당장 그 둘을 찾아내! 탑을 샅샅이 뒤져라!"

노예병들은 혼비백산하여 계단을 내려가고, 상급 슈라문은 주먹을 꽉 쥐며 중얼거린다.

"영악한 마에린 계집. 어제 회의 이후로 보이질 않더니."

한편, 미샤틴은 미로 같은 중앙 도서관 깊숙한 곳에 스루딘과 함께 숨어 있다. 웅크리고 앉은 그녀는 작은 목소리로 말한다.

"자라트라에서 병사들이 당도할 때까지 여기 있어야 할 것 같습니다. 지금으로선 탑 밖으로 나갈 방도가 없어요. 여긴 지정된 사람들이 아니면 함부로 들어오지 못하니 그나마 안전히 계실 수 있을 것입니다."

"이곳에 숨게 될 줄은 상상도 못 했군요. 그런데 여기 있는 칸들은 왜 이렇게 텅텅 빈 것입니까?"

스루딘이 거대한 책장의 빈 부분들을 가리키며 묻자 미샤틴은 나지막이 한숨을 쉰다.

"솔리디몬이 처리하라고 했던 금서들이 있었던 곳입니다. 저와 뜻을 같이하는 이들이 다른 곳으로 빼돌렸지요. 아까 입구에 놓여 있던 기름통들을 보셨지요? 솔리디몬은 탑을 빼앗기면 여길 불태울 생각을 하고 있습니다."

"그놈다운 짓이로군요. 한데 이제 미샤틴 님은 어떻게 하실 생각입니까? 저를 빼내 오시느라고 덩달아 위험해지셨으니…."

스루딘의 걱정스러운 물음에 미샤틴은 엷게 미소를 짓는다.

"제가 급할 때는 좀 물불을 가리지 않는 성격이라서요. 슈라문들의 비밀회의가 끝나고 나서 딱히 다른 방도를 택할 시간이 없었습니다. 다들 스루딘 님을 죽이겠다고 혈안이 되어 있었거든요. 오늘 아침에 공개 처형을 하겠다고 그랬는데, 그 전에 더 엄청난 일이 일어났네요. 페키우스가 그렇게 죽다니."

"……"

스루딘은 잠시 미샤틴을 바라본다. 전혀 다른 생김새를 가졌지만, 이 젊은 여인의 모습에서 예전에 그가 잃었던 누군가의 모습이 떠오른다. 그녀 또한 목숨을 내놓고 스루딘을 살렸던 사람이었다. 잠시 얼굴에 슬픔을 비추더니 스루딘은 이내 부드럽게 미소를 짓는다.

"감사합니다. 목숨을 빚졌네요."

"당연히 해야 할 일이었습니다. 스루딘 님께서도 이곳에 오시며 목숨을 걸지 않으셨습니까."

두 사람은 잠시 서로를 바라보며 빙긋 웃는다. 미샤틴은 스루딘을 보더니 묻는다.

"탑 안의 다른 사람들을 제쳐놓고, 왜 무니안들이 스루딘 님을 새로운 에실린 군주로 세우고 싶어 했는지 아십니까?"

"아뇨. 늘 궁금했습니다."

"에실린 군주에 관련된 예언이 탑에서 떠돌기는 했지만, 많은 사람이 그걸 정확히는 모르고 있지요. 저는 이 중앙 도서관에서 솔리디몬을 돕는 척하며 분명히 보았습니다. '유령 군대를 이끌고 오는 자가 옛 세상을 무너뜨린다.' 그 문장이 나온 예언의 서에는 이렇게 적혀 있습니다. 새로운 에실린 군주는 바르벨루스에서 태어나지 않은 사람이며, 마녀들이 그를 보살필 것이라고."

"마녀요?"

"신성한 힘을 가진 자들을 얘기하는 것이겠지요."

스루딘의 머릿속에 훌라르와 보리얀이 스친다. 미샤틴은 생각에 잠긴 그를 보며 말을 잇는다.

"솔리디몬이 페키우스의 하급 슈라문을 고문하며 알아낸 사실이 있습니다. 미다스 궁의 주인이었던 즈로이아가, 스루딘 님을 새로운 에실린 군주의 후보로 추천했었다는군요. 그 여인이 마녀라는 소문은 이미 널리 퍼져 있습니다. 그게 무니안들이 서로 스루딘 님을 이 탑으로 불러들이려 한 이유기도 했지요."

"즈로이아 궁주가 저를요?"

스루딘은 뜻밖의 이야기에 놀라더니 헛웃음을 지으며 생각한다.

'하, 궁에서의 호의를 거절했더니 이렇게 갚는군.'

미샤틴은 고개를 끄덕이더니 조금 걱정스러운 얼굴로 말한다.

"그나저나 지하에 있는 켄트라가 걱정입니다. 우리가 둘 다 이곳에 있으니…."

스루딘과 미샤틴이 중앙 도서관에 숨어 있는 그 시간, 지하에 있던 켄트라는 탑 밖으로 밀려나고 있다. 부족한 병력을 메꾸라는 명이 떨어진 것이다. 지하 감옥을 담당하던 하급 슈라문이 켄트라와 다른 노예병들의 등을 떠밀며 외친다.

"빨리 움직여라! 도망치는 노예병 놈들을 잡아야 한다!"

켄트라는 어쩔 수 없이 탑 밖으로 밀려 나오면서 앞에 펼쳐지는 풍경을 보고 입을 다물지 못한다. 새까맣게 하늘을 메운 새 떼가 공중에서 종이를 흩뿌리고 있고, 도망가는 지카들의 울음소리가 사방에서 들린다. 웅성거리는 노예병들과 겁먹은 하급 슈라문들, 그리고 필사적으로 그들이 도망치지 못하게 막는 상급 슈라문들의 고함이 아수라장을 이룬다. 그 혼란 속에서 켄트라의 눈을 사로잡은 것은 탑 주변에 배치된 하급 슈라문들의 가족과 그들을 모시던 시종들이다.

'어? 저건 민간인들 아닌가?'

켄트라는 자세히 보기 위해 고개를 빼고 그들이 있는 곳을 살핀다. 민간인들을 볼모로 잡아둔 상급 슈라문들이 하급 슈라문들을 향해 외친다.

"탑 없이는 바르벨루스도 없으며, 바르벨루스 없이는 슈라문의 자리도 없다! 슈라문의 명예를 버리고 도망치는 반역자들의 가족들은 모두 사형에 처할 것이다!"

그때, 저 멀리서 귀가 먹먹하게 들려오는 커다란 고둥 소리가 상급 슈라문들의 목소리를 덮는다.

"부우우우!"

상급 슈라문들이 당황한 표정으로 두리번거리는 가운데 켄트라의 얼굴에는 미소가 번진다.

'드디어 병사들이 도착했구나!'

다시 탑으로 들어가기 힘들다는 것을 알아차린 그는, 고민 끝에 우왕좌왕하는 노예병들을 헤치며 눈치껏 고둥 소리가 나는 곳을 향해 간다.

고둥 소리가 들리는 곳은 탑이 보이는 바르벨루스의 입구다. 차루타스에서 올라온 지오투스의 군대는 성문 대신 세워져 있는 거대한 반원 모양의 입구 앞에 서 있다. 그 위에는 신성한 영역의 시작을 알리듯, 영롱한 무지갯빛으로 빛나는 천들이 걸려서 하늘하늘하게 나부낀다. 지오투스의 곁에 서 있는 병사 피샤트가 묻는다.

"여, 여기가 입구라고요? 성문이 아예 없는데요?"

"이제껏 문이 필요 없었겠지. 그 어떠한 자들도 침범할 생각을 못 했으니."

지오투스는 낮은 목소리로 중얼거리더니 만반의 준비를 갖춘 병사들을 돌아보고 말한다.

"우리 부대는 우선 모크샤의 알을 탈환해야 한다. 탑의 방어를 뚫고 화산 분화구 근처에 배치되어 있는 슈라문들을 친 다음, 곧 자라트라에서 도착할 님로덴 책임 선장님의 군대를 돕는다. 알겠나?"

"네, 지오투스 병사장님!"

"전속력으로 가자!"

지오투스를 태운 지카가 앞장서서 달려 나가자, 병사들도 함성을 지르며 맹렬히 그 뒤를 따른다.

그 순간, 탑 위에서는 고둥 소리를 들은 솔리디몬이 두 눈을 번쩍 뜬다. 독약에 중독되어 수액의 기운이 거의 다 소진된 그의 두 눈은 시뻘겋게 충혈이 되어 있다. 그는 정신을 차리자마자 옷깃 속을 더듬는다.

'수액이…!'

분노로 일그러지는 그의 이마에 시퍼런 핏줄이 솟아난다. 솔리디몬은 누워 있던 자리에서 일어나서 천천히 창가로 향한다. 그리고 탑 아래의 상황을 내려다본다. 늘 차가운 평온을 유지하던 그의 두 눈이 휘둥그레진다.

"이, 이게 무슨 소란이야!"

그 소리를 들은 한 하급 슈라문이 급히 문을 열고 들어온다.

"솔리디몬 님! 정신이 드십니까?"

"스루딘, 스루딘은 어딨느냐?"

"그, 그게⋯."

조금 당황하던 하급 슈라문은 그들이 스루딘을 죽이려 했다는 것을 숨기고 답한다.

"솔리디몬 님께서 쓰러지신 후 어디론가 자취를 감췄다고 합니다. 안 그래도 다른 상급 슈라문들께서 찾고 계신 듯한데, 아직 탑 안에 있을 것입니다."

"뭐야? 그놈 하나 제대로 감시를 못 하다니, 이런 머저리 같은 것들!"

솔리디몬은 분노가 가득한 얼굴로 외치더니 골똘히 생각한다.

'시간이 없다. 일단은 지하 감옥에 숨겨둔 그놈을 데리고 피신해야겠군. 라플라를 타고 미다스 궁으로 가서 직접 수액을 받아 와야겠어. 즈로이아, 이 천한 계집. 지금까지 소식이 없었던 죄를 단단히 물을 것이야!'

솔리디몬은 하급 슈라문을 바깥으로 밀치며 명한다.

"대포를 쏘라고 전하고, 가마를 준비해라. 난 지하로 가겠다."

"⋯대포를요?"

"어서! 귀가 먹었느냐?"

하급 슈라문이 고개를 숙이고 서둘러 자리를 뜬다. 솔리디몬은 기절하기 전, 자신을 쳐다보던 스루딘의 태연한 표정을 떠올리며 시퍼레진 입술을 부들부들 떤다. 그는 피가 새어 나오는 잇몸 사이로 중얼거린다.

"스루딘, 네놈이 감히⋯."

"쾅! 콰쾅!"

솔리디몬이 탄 가마가 지하로 향하고 있는 중, 바르벨루스의 탑에 장전되어 있던 대포들이 발사되기 시작한다. 대포의 굉음이 울려오는 지하에는 두 노예병이 비밀리에 움직이고 있다. 그들은 다른 노예병들이 자리를 비운 틈을 타서 라플라가 있는 어두운 지하 연못으로 숨어든다. 한 사내가 쇠창살로 둘러진 연못에 묶여 있는 거대한 라플라들의 모습을 보고 놀라서 묻는다.

"배처럼 생겼는데? 저게 진짜 새라고?"

"새 맞다니까. 지하 감옥 관리병으로 배정받기 전에, 내가 여기서 보초를 섰어. 무니안들이 저걸 타고 비밀리에 왔다 갔다 하는 걸 봤거든. 놈들이 도망 못 가게 발을 묶어 놔야지."

열쇠를 꺼내든 사내가 자물쇠를 열자, 끼이익 하며 쇠창살로 만든 문이 열린다. 사내들은 라플라들을 서둘러 내보낸다. 라플라 세 마리가 미적미적 연못에서 나오며 사내들의 눈치를 본다.

"훠이! 가라니까!"

사내들이 손짓하며 그들을 밖으로 몰자, 그제야 라플라들은 지하에서 급히 달아난다. 퍼득거리며 계단을 올라가는 라플라들을 보고 열쇠를 든 사내가 말한다.

"자, 어서 나가자. 솔리디몬에 대한 복수는 이 정도로 하자고."

"그래. 덕분에 신기한 구경을 했다. 슈라문 놈들을 때려눕히면서 열쇠도 뺏어 보고."

두 사내는 서둘러 계단을 오르며 그곳에서 빠져나오는데, 비쳐드는 불빛에 보이는 그들은 빡빡머리 병사 퓨라와 그를 죽이라고 명을 받았던 노예병이다. 퓨라는 계단을 오르면서 미소 짓는다.

"생명의 은인과 함께하는 탈출이군. 다시 한번 고마워."

"아직도 그때 나한테 맞은 눈가가 시퍼렇구나. 미안하게 됐다."

"날 살리려면 그 방법밖에 없었잖아. 뭐라도 비명이 나야 했으니. 한데 너도 참 대단하다. 목숨을 걸고 나를 살리다니. 생판 남인데, 정말 내가 불쌍해서 구해줬다고?"

퓨라의 말에 사내는 조금 얼굴을 붉힌다.

"···여러모로. 그쪽이 좀 마음에 들었던 것도 있고."

"그랬군."

퓨라는 미소를 지으며 고개를 끄덕이더니 사내를 바라보고 묻는다.

"그런데 우리, 이 정도면 운명인 건가?"

퓨라의 물음에 사내는 그저 씩 웃는다.

오전의 태양이 기울고, 청회색 구름이 짙게 낀 로히라셰드에는 사타니크가 이끄는 부대가 도착한다.

"철썩, 철썩-"

검푸른 물결이 주변에 있는 낡은 나룻배들에 부딪힌다. 군사들을 이끌고 훌라르 호에서 내린 사타니크는 철벅 철벅 발걸음을 옮기며 주위를 둘러본다. 기다란 나무판자들로 엮어진 항구의 바닥과 얇게 구운 진흙 판으로 켜켜이 쌓은 건물들의 지붕, 그 사이사이로 자라나고 있는 푸른 이끼의 축축함이 기억 속에 있는 그대로다. 항구에 나와 있던 주민들은 겁에 질린 시선으로 그와 병사들을 바라본다. 사타니크는 배에서 함께 내렸던 한 노예에게 묻는다.

"채치트의 선술집이 아직 남아 있다고 그랬지?"

사타니크의 물음에 노예가 고개를 끄덕인다. 그는 사타니크가 아누다르가야 동쪽에서 구해낸 노예 중 하나다.

"예에. 이젠 이 동네에서 가장 큰 선술집이 되었습죠. 자라트라 병사들이여기 왔을 때 그쪽에서 숙식을 해결하기도 했습니다요."

"그래? 채치트가 그새 많이 컸군. 자네는 거기로 사람들을 좀 모아줘야겠어. 공표할 사항이 있으니."

노예 사내는 고개를 끄덕이고서 부리나케 앞서가고, 사타니크와 병사들은 항구 쪽을 벗어나 마을 사람들이 모여 사는 주택가 쪽으로 향한다. 오랜 친구를 다시 볼 생각에 사타니크의 입가에 미소가 어린다.

'흠. 얼굴 보면 반가워하려나.'

큰 물고기의 가죽으로 만든 반투명한 등이 줄줄이 매달려 어두운 하늘을 밝히고 있다. 깜박거리며 흔들리는 불빛 사이로 거리에 나앉아서 놀고 있는 루에린 아이들의 목소리가 들린다. 다 해진 옷을 입고 얼굴에는 거뭇거뭇한 때가 앉은 아이들이 깨진 조개껍데기를 가지고 놀고 있다.

아이들 뒤로 보이는 집들은 온통 삼각뿔처럼 생겼다. 바닥서부터 시작되는 지붕은 이끼와 버짐처럼 번진 희끄무레한 물곰팡이들이 피어 있고, 진흙을 구워서 만든 납작한 판들로 켜켜이 쌓여 있다. 나무로 만들어진 집들도 있는 한편, 돌담을 그럴싸하게 쌓은 집도 있다.

　그중 한 집에서 끼이익거리는 소리가 나더니, 낡은 나무문을 열고 루에린 여인이 하나 나온다. 노예로 보이는 그녀는 아이들을 데리고 들어가려다가 사타니크를 발견하고 멈칫한다. 사타니크는 그녀와 눈이 마주치자 고갯짓으로 인사를 건넨다. 여인은 그저 놀란 듯, 지나쳐가는 그의 뒷모습을 바라볼 뿐이다. 주변에서는 웅성거리는 소리가 들린다.

　"사타니크? 사타니크 맞지?"

　"자라트라 병사가 됐다더니, 정말인가 봐! 저거 병사장의 옷 아니야?"

　사타니크는 등불이 달린 좁은 골목을 따라서 마을의 중심가로 들어간다. 그를 보고 눈이 휘둥그레진 사람들이 하나둘 몰려든다. 사타니크는 낯익은 냄새가 코끝에 맵싸하게 와닿는 것을 느낀다.

　'…향신료 냄새. 이 동네는 변한 게 없군.'

　그는 채치트의 선술집으로 가는 길목의 상가들을 지난다. 아누다르가야 동쪽에서 온 상인들, 선박의 선장들과 노예들, 그리고 노예상들이 북적거린다. 흥정하다 싸우는 소리, 여인들이 웃는 소리, 아기가 우는 소리, 동물들이 내는 소리 등이 한데 어우러져 번잡하다. 가난한 어부의 집들보다 높게 솟아 있는 건물들의 아래층은 기둥만 있을 뿐 뻥 뚫려 있다. 길을 따라 주욱 붙어 있는 긴 건물들 아래로는 얼마나 오래되었을지 알 수 없는 검은 돌판들이 도로처럼 깔려 있다. 키 낮은 풀과 이끼들이 자라고 있는 그 위에서 잡화상들이 물건들을 펼쳐놓고 장사를 하다가 사타니크를 보고 호객을 뚝 멈춘다.

사타니크와 일행은 나지막한 목조 건물들을 지나 드디어 채치트의 선술집에 도착한다. 널찍한 공터에 커다란 가건물같이 들어선 그곳에는 특이한 광경이 펼쳐져 있다. 쓸모를 다한 돛들을 엮어 만든 커다란 사각 천막 안에서는 각종 요리와 술이 준비된다. 그 주변으로는 망가진 배들에서 떼어낸 나무판자로 만든 기다란 탁자와 의자들이 노상에 세워져 있다. 뻥 뚫린 하늘을 메우는 줄에 일렬로 주욱 매달린 등들은 나름의 운치를 더하고, 손님들이 몰리자 음식을 나르고 준비할 작은 천막들이 마치 점점 영역을 확장하는 하얀 버섯들처럼 여기저기 자리하고 있다. 노예 사내가 발 빠르게 모아 놓은 사람들과 사타니크를 보고 몰려든 사람들이 서로 웅성거린다.

"저기다! 저기, 사타니크 맞지?"

"이야, 진짜네!"

채치트를 찾으며 고개를 두리번거리던 사타니크가 큰소리로 외친다.

"주목!"

그러자 시끌시끌하던 소리가 고요해지며 모든 사람의 눈이 그를 향한다.

"나는 자라트라 요새에서 특명을 받고 온 사타니크 병사장이다. 바르벨루스의 상급 슈라문이신 홀라르 님의 명령을 대신 전하겠다. 이제 미다스 궁은 몰락했고, 노예 제도를 폐지하라는 라델린 님의 명이 실행되고 있다. 로히라 셰드에 있는 사람들 또한 모두 자유의 몸이 될 것이다!"

"……."

사람들은 무표정하게 두 눈을 끔벅거리며 사타니크를 쳐다본다. 뒤에 있던 한 병사가 넌지시 말한다.

"아마 실감이 안 나나 봅니다."

그러자 사타니크는 망토 속에 가지고 있던 황금 가면을 꺼내 들어 사람들의 앞에 내보인다. 곧 여기저기에서 놀란 듯 숨을 들이쉬는 소리들이 들린다. 그것이 무엇인지 알아본 사람들은 공포에 질린 얼굴로 서로에게 묻는다.

"저 가면…! 수, 수르카라?"

"설마, 그놈이 죽은 거야?"

사타니크가 그들을 둘러보며 다시 입을 연다.

"그래! 나와 여기 있는 병사들은 가장 악독하기로 소문난 미다스 궁의 노예 상들을 모두 처리했다. 그리고 곧 그들과 한패인 마을의 원로들을 칠 것이다."

사람들은 믿기 힘들다는 듯 겁에 질린 얼굴로 사타니크를 쳐다본다. 앞에 앉아 있던 사내 중 하나가 기어들어 가는 목소리로 그에게 묻는다.

"왜…. 이러는 겁니까?"

그러자 사타니크는 조금 어이가 없다는 듯 웃으며 대답한다.

"왜냐니? 당연히 자유를 찾기 위해서지."

"……."

그러자 사내는 그저 겁먹은 눈으로 사타니크를 바라보고, 다른 이들도 크게 동요되지 않은 표정으로 멀뚱히 그를 쳐다본다. 사타니크는 조금 의아한 듯 그들을 둘러보고 말한다.

"뭐야? 별로 기뻐하지 않는 내색이군."

그때 뒤에 있는 천막에서 선술집의 주인인 채치트가 나온다.

"그러니까, 이제 미다스 궁 대신 자라트라가 여길 다스린다는 거지? 그래도 우리한텐 크게 다를 건 없겠지, 뭐. 그래도 다시 보니 반갑네. 출세하니까 좋아 보여, 사타니크."

사타니크는 안 본 사이 더 늙고 살이 붙은 채치트를 바라본다.

"오랜만이군, 채치트. 정말 자네도 아무 느낌이 안 드는가? 이제 노예상들도, 원로들도 모두 없어질 것이라니까?"

그러자 채치트는 앞에 앉아 있는 사람들을 주욱 가리키며 말한다.

"보라구, 다들 자네를 보러 온 거야. 살아 돌아온 게 신기해서지. 노예상들이야 자기네들끼리도 늘 죽고, 죽이고 하는 건데 그게 크게 새로울 일은 아니고. 원로들이야 죽으면 바르벨루스의 명을 따라서 미다스 궁이 다시 내릴 텐데 별로 신경 쓸 것도 아니지."

"아까 말했지 않나? 미다스 궁은 몰락했다니까? 이제 더 이상 궁전 자체가 없어!"

"그래? 그럼 이제 자라트라가 여길 책임지겠지. 무슨 상관인가."

"……"

그의 태도에 사타니크는 할 말을 잃고 개탄스러운 표정으로 그를 쳐다본다. 그러자 채치트가 껄껄 웃으며 사타니크를 훑어보고는 다시 말을 잇는다.

"그래도 출세하더니 많이 변했군, 사타니크. 전에도 자네의 실력이 출중하다는 건 모두가 잘 알고 있었지. 근데 이젠 자네, 눈빛이 노예 같지가 않아. 열정이 있잖아. 뭔가를 하고 싶어 하는 게 보인다고, 응? 이제 자넨 우리가 아는 사타니크가 아니야."

그러자 사타니크는 채치트를 붙잡고 답답하다는 듯 소리친다.

"두 눈 똑바로 뜨고 봐. 난 자네가 기억하는 바로 그 사타니크야. 여기서 있었던 모든 일을 잊은 적 없고, 그렇기에 이곳을 구하기 위해 다시 돌아왔어. 이제 드디어 동쪽 호수가 자유로워질 수 있는 기회가 생겼다고. 그런데 왜 정작 자네들은 죽은 물고기들처럼 멍하게 앉아만 있나?"

"구한다…."

채치트는 중얼거리며 옆에 탁자에 놓여 있는 마른 생선포 조각을 씹더니 사타니크를 쳐다본다.

"오랜만에 영웅처럼 등장한 김에, 여기 있는 자들 술값이나 내주게. 그럼 오늘 하루는 자네가 우릴 구할 수 있겠지."

채치트가 껄껄 웃자 사람들이 그렇다는 듯 고개를 끄덕이며 실없는 웃음을 짓는다. 사타니크는 잠시 아무 말 없이 그 광경을 지켜본다. 그리고 허망함에 화가 치밀어 오르는 듯, 채치트의 품에 수르카라의 황금 가면을 턱 안겨주며 말한다.

"마음대로 하게. 술값은 이걸로 하지. 자네들에게는 이게 원수의 죽음이 아니라 그냥 귀한 황금 덩어리로 보일 테니."

채치트는 그것을 받아들고 물끄러미 바라보더니, 침을 퉤 뱉어서 더러운 소매로 가면에 묻어 있는 마른 핏자국을 벅벅 닦는다. 그러면서 사타니크에게 묻는다.

"자네는 자유로워 본 적이 있나?"

사타니크는 무슨 말이냐는 듯 심기 불편한 눈으로 그를 바라본다. 채치트는 조용히 그를 응시한다. 그리고 웃음기 없는 목소리로 다시 묻는다.

"자유가 뭔지는 알고 우리를 자유롭게 해 준다고 말하는 건가?"

"……"

사람들은 숨을 죽이고 채치트와 사타니크를 살핀다. 전에 사타니크와 잘 알았던 사이인 채치트는 그를 두려워하는 기색이 없다. 오히려 복잡한 표정으로 서 있는 사타니크를 보며 한편으로는 측은하다는 듯, 그저 담담히 말한다.

"여기서 그 개념은 이 번쩍이는 가면만큼이나 사치스러운 것이네. 우린 그걸 가질 여유가 없어. 그러니 무슨 명령을 받들고 왔건 간에, 그 일 수행이나 잘하시게. 그리고 우린 그냥 내버려 둬. 여기 사람들, 모두 다 지칠 대로 지쳤다고. 애부터 어른까지…. 감히 자넬 막을 사람들은 아무도 없을 거야. 하지만 열과 성의를 다해 자넬 따를 사람도 없다는 걸 알아두게. 하루하루 죽냐, 사느냐의 기로에 있는데 자유는 무슨."

사타니크는 세월에 찌든 채치트의 무표정한 얼굴을 가만히 바라본다. 갑갑한 침묵 속에서 조용히 앉아 있는 사람들은 서로 눈치를 보기 시작한다. 잠시 생각에 잠긴 사타니크는 피식하고 웃는다. 그리고 무언가 깨달았다는 듯 고개를 끄덕이며 중얼거린다.

"그렇군. 내가 자라트라에 너무 오래 있었어. 잠시 이 동쪽 호수가 어떤 동넨지 깜박했지 뭐야."

그는 사람들에게서 투지를 기대한 스스로가 가소로웠다는 듯 힘없이 웃는다. 그리고 숨죽여서 자신을 쳐다보고 있는 사람들을 둘러본다. 이내 그는 서슬 퍼런 표정과 함께 무섭게 변한 목소리로 말한다.

"좋다. 그렇다면 지금부터 명령을 조금 다른 방식으로 수행해야겠군."

그는 허리춤에 차고 있던 노예 장부를 뽑아 들며 말한다.

"미다스 궁에서 노예상들을 죽이고 빼앗은 장부다! 내 손으로 그들을 죽였으니, 이제 여기 적힌 이름들은 다 내 소속의 사람들이다. 이의 있는 놈은 앞으로 나와라."

"……."

사람들이 그의 눈을 피하자 사타니크는 매서운 눈빛으로 그들을 둘러보며 말을 잇는다.

"내가 호명하는 자들은 내일, 나와 함께 원로원을 친다. 동이 틀 때까지 이곳으로 작살이든 뭐든 무기가 될 수 있는 것을 챙겨 나와서 집합한다. 오지 않는 자는 명령에 불복하는 것으로 알고 처단할 것이다."

익숙한 공포감에, 사람들은 그제야 사타니크의 말을 알아듣겠다는 듯 고개를 끄덕인다.

"나머지 사람들은 원로들이나 다른 노예상들의 그 어떠한 말도 따르지 말고 집에 단단히들 숨어 있어라. 물론 그들의 편에 선 자들 또한 색출해서 그 가족까지 몰살할 것이다. 대신 원로원이 몰락할 동안 잘 견딘 자들에게는 그곳 식량 창고에 있는 것들을 나눠 받는 보상이 있을 것을 약속한다. 알겠는가?"

사람들은 모두 굽신거리며 고개를 끄덕인다. 채치트는 옆에서 가만히 그 모습을 지켜본다. 그리고는 사타니크를 바라보며 예를 갖춘 태도로 묻는다.

"사타니크 병사장, 그럼 그동안 채치트의 선술집은 뭘 하면 되겠소?"

그러자 사타니크는 그를 잠시 바라보더니 낮은 목소리로 말한다.

"부상자들이 나올 것에 대비해라. 이제부터 여길 기지로 삼겠다."

채치트는 미소를 지으며 사타니크에게 고개를 끄덕인다.

아누다르가야 동쪽에서는 연기가 자욱한 건물들의 모습이 보인다. 그을음을 뒤집어쓴 패치가 무너져 내리는 건물에서 누군가를 업고 황급하게 달려 나온다. 사방에 늘어져 있는 상인들과 노예들의 시신이 그의 발밑에 밟힐 때마다 물컹거린다. 패치의 등에 업힌 토치가 힘없이 중얼거린다.

"내, 내려줘…."

"조금만 버텨. 병사들이 있는 곳으로 데리고 갈게."

"우리 병사들은…?"

"많이 다쳤어. 그래도 살아남는 이들은 지금 안전한 곳에 모여 있으니까 걱정하지 마."

"내려줘 봐, 잠깐."

토치의 말에 결국 패치는 그를 등에서 내린다. 그리고 온몸에 화상을 입고 재투성이가 된 그의 고개를 받쳐 들며 안타까운 목소리로 묻는다.

"건물이 불타고 있었잖아. 왜 거기서 나오질 않았던 거야? 미련하게."

토치는 그저 아무 말 없이 패치를 바라보더니 입술을 달싹인다.

"도, 도망치려는 놈들 중에 그놈을 봤거든. 우리 엄마를 팔아넘겼던 놈."

"……."

패치는 가슴 아픈 얼굴로 대답 없이 토치의 몰골을 바라본다. 그의 머리카락은 죄다 타들어 갔고, 한쪽 볼은 불길에 오그라들었다. 토치는 패치를 보고 애써 웃으며 힘겹게 말한다.

"…이제 아무도 우리가 쌍둥이인지 모르겠다. 그치?"

패치는 그의 모습을 보고 눈물을 삼키며 자리에서 일어서려고 한다.

"얼른 가자. 지체할 시간이 없어."

그러나 토치는 떨리는 손으로 패치의 손을 잡으며 나지막이 중얼거린다.

"앞으로는 네가 좀 해 줘야겠다. 남은 일들…."

"왜 이래? 가자고, 응?"

"싸움은 쉽게 끝나지 않을 거야. 그래도 포기하지 말아줘. 알았지? 내가 없어도, 넌 잘할 수 있어."

"그게 무슨…."

"나, 나중에 또 만나자. 패치."

토치는 숨을 헐떡거리며 패치의 손을 잡는다. 패치는 점점 생명의 빛이 꺼져가는 토치를 받쳐 들고 떨리는 목소리로 외친다.

"토치? 토치!"

패치를 바라보던 토치의 시선이 멍하니 굳는다.

"……."

"…토치?"

패치는 토치를 흔든다. 패치를 잡고 있던 토치의 손이 힘없이 축 처진다. 눈도 감지 못한 토치의 얼굴을 살피던 패치는 가만히 그를 부둥켜안는다. 패치의 악다문 입술 사이로 흐느낌이 새어 나온다.

"흑, 흐으으윽…!"

심장의 반쪽이 떨어져 나간 듯한 슬픔에 패치의 몸이 떨린다. 피를 나눈 형제이자 제일 친한 친구를 동시에 잃은 아픔이 그의 가슴을 후벼 판다. 패치는 처절한 고통에 숨조차 제대로 쉬지 못한다. 토치를 끌어안고 숨죽여 오열하는 패치의 흐느낌이 연기가 자욱한 광장을 먹먹하게 메운다.

패치의 처절한 울음소리가 들리는 중앙 섬 동쪽과는 대조적으로, 고요함으로 가득한 케파르카에서는 해가 조금씩 기울고 있다. 아파라티 할아버지와 거대한 헤사티오 나무 아래 앉아 있는 보리얀의 표정이 어둡다. 그녀는 방금까지 그가 설명해 준 것들이 받아들이기 힘든지 아무 말이 없다. 노인은 그저 그녀가 말을 꺼낼 때까지 기다린다.

저녁을 맞이하는 새들의 소리가 들려온다. 보리얀이 점점 길어져 가는 바위 집들의 그림자를 쳐다보며 조용히 묻는다.

"이천 년을 넘게 사셨다고 그러셨죠?"

"그렇단다. 아주 기나긴 세월이었지."

"미래를 보시는 거라면, 혹시 메르모니아처럼 예언을 하실 수 있는 건가요?"

"글쎄…. 미래를 봐서 예언을 하기보다는, 알맞은 때에 올바른 일을 할 수 있기를 희망한단다. 내가 일어나리라고 느끼는 일들에 맞게 대응할 수 있도록 말이야."

"그런데 왜 제게 얘기해 주지 않으셨나요? 할아버지께서 최고 무니안 사르낫 님이시라는 걸."

"이렇게 알게 될 것인데 미리 얘기할 이유가 없지."

"……."

보리얀은 복잡한 심경으로 애써 차오르는 눈물을 삼키며 담담하게 묻는다.

"그럼 바얀 호의 일도 알고 계셨겠네요."

노인은 한숨을 내쉬며 하늘을 응시한다. 그리고 천천히 고개를 끄덕인다.

"루딘도 알고 있었단다. 심지어 자기가 목숨을 버리며 너를 살릴 거란 것까지도."

보리얀은 예상하지 못한 말에 노인을 쳐다본다. 노인은 지는 해를 바라보며 과거를 더듬듯 낮은 목소리로 말을 잇는다.

"그동안 나는 참 많은 이름으로 불렸지. 그리고 그 이름을 부른 사람들은 대부분 이천 년의 세월 동안 사라졌단다. 루딘이 알지 못한 나의 첫 이름은 사르낫이며, 나의 마지막 이름은 아파라티가 될 테지만…. 그 이름을 기억할 사람들 또한 모두 사라지겠지."

노인은 보리얀에게 고개를 돌리며 말한다.

"중요한 것은 그렇게 사라져간 사람들이 무엇을 남겼는지란다. 그날, 바얀과 루딘은 너를 남겼지. 그러니 너는 살아 있는 동안 그들의 이름을 기억하거라."

보리얀은 점점 기울어가는 태양을 망연히 쳐다본다. 그녀의 마음에 아버지와 루딘의 얼굴이 떠오른다. 보리얀은 떨리는 목소리로 묻는다.

"혹시, 제가 그 일을 막을 수는 없는 것이었을까요?"

"……"

노인은 보리얀을 물끄러미 쳐다본다.

"결국 일어날 일은 일어나게 되더구나. 그것을 한 사람의 힘으로 막을 수 있는 방법은 없지. 예전에 나는 미래를 볼 수 있으면 모든 것을 바꿀 수 있다고 생각했단다. 무고한 희생을 막고, 재해를 피하고, 사랑하는 사람들을 구하고…. 하지만 난 앞을 내다볼 수 있었음에도 결국 그 대부분 것을 할 수 없었단다. 미래를 보는 것과 미래를 만들어가는 것은 다른 일이거든. 나 혼자의 힘으로 막기엔 역부족이었던 게야. 피와 같은 붉은 초승달이 뜨던 밤, 그때 그 사건처럼."

"피의 초승달 사건… 혹시 제가 메르모니아에게 들었던 그 일인가요?"

"그렇단다. 그것을 말해주려면, 내가 진심으로 아꼈던 한 친구에 대한 이야기를 꺼내야겠구나. 들어보겠니?"

보리얀이 고개를 끄덕이자, 노인은 가만히 자신이 겪어온 역사의 일부분을 풀어놓는다. 낮게 깔리는 음성이 그녀의 귓가에 닿는다.

"떠나보낸 지 참 오랜 시간이 지났는데도, 아직도 나의 마음을 아프게 하는 사람이 하나 있단다. 그는 동쪽 호수 출신의 루에린이었어. 이천 년 전에는 노예 제도가 없었지만, 먼 옛날 '추락의 전쟁' 이후로 루에린에 대한 인식은 늘 좋지 않았지. 동쪽 호수에서 어려운 일을 많이 겪었던 그 친구는 중앙 섬으로 와서 꿈을 펼치려고 했어. 그는 무니안이 되어 루에린과 다른 에린들의 권리를 에실린들과 동등하게 만들고 싶어 했거든. 여러 우여곡절 끝에 그는 결국 무니안의 자리에까지 올랐고, 금기된 사항임에도 불구하고 자신과 같은 루에린이었던 한 슈라문 여인과 사랑에 빠졌단다. 그는 재능만큼이나 욕망이 많은 사람이었거든.

그 친구는 태어날 때부터 바르벨루스에서 살았던 나와는 모든 면에서 달랐어. 사안들에 접근하고 그것을 해결하는 방법까지도 아주 달랐지. 하지만 세상을 위하고 사랑하는 마음만은 같았단다. 그렇기에 우리는 서로를 믿었고 함께 좋은 정치를 펼치려 애썼어. 그래서 심지어는 겔리시온 시절에 전설적인 존재였던 두 에린, 라델린 '에뮤르닐'과 루에린 '샤에드릴'에 비유되기도 했단다. 하지만 막역한 사이였던 그들이 '추락의 전쟁'의 주역이 된 것은 너도 알고 있을 게다. 희한하게도 역사가 반복되는 것처럼, 우리에게도 엄청난 일이 기다리고 있었단다. 바로 '피의 초승달 사건'이었지. 에실린들에 의해 지금은 역사 속에서 사라진 그 끔찍한 사건….

모크샤 샤카르문 님께서 떠나시기 얼마 전, 나는 꿈에서 온 세상이 피바다가 되는 것을 보았어. 끔찍한 예지몽이었지. 이후 두려움에 떨며 샤카르문 님을 만나서 그 뜻을 물었단다. '샤카르문 님이시여, 당신이 떠나시고 난 후 온 세상이 핏빛으로 물들 것입니다. 이것을 어떻게 막으면 좋겠습니까?' 그러니까 그분이 말씀하시더구나. '너는 그것을 막을 수 없다.' 내가 그 이유를 다그쳐 물으니, 그분은 그저 '열 걸음 앞을 보지 말고, 산등성이 너머를 보아라.' 하고 말씀하시더구나.

나는 그것을 듣고 망연자실했지만, 그분의 말씀처럼 그날 이후로 점점 더 먼 미래의 일들을 보게 되었단다. 그래서 몇 날 며칠의 고민 끝에 결국 중대한 결정을 내렸어. 샤카르문 님께서 떠나시기 전날 바르벨루스를 떠나기로 한 것이지. 나는 내 피를 먹인 헤사티오 나무 열매 하나를 탑 위의 정원에 묻고서, 언젠가 장성한 나무와 함께 다시 돌아오겠노라고 했단다. 나는 알고 있었거든. 이 나무는 내가 있는 곳에서 함께 자랄 것이며, 내가 있는 곳을 늘 함께 따라다닐 것을.

샤카르문 님께서 떠나시던 날, 에실린 무니안을 중심으로 모인 간신배들은 엄청난 일을 저지르고 말았어. 새로운 모크샤가 태어나지 못하도록 알을 깨 버린 것이지. 한 모크샤가 이 세상에서 천 년을 보낸 후 동틀 녘에 떠나고 나면, 다음 모크샤는 보통 그날의 낮이 지나고 초승달이 뜰 때 탄생하잖니. 그들은 그간의 틈을 노렸던 거야. 그리고 알 속에 있는 모크샤의 영능을 에실린인 자신들이 흡수할 수 있을 거라고 믿었던 거지. 하지만 그 속에는 뜨거운 용암만이 가득 차 있을 뿐이었어. 그들은 몰랐던 게야. 모크샤의 정신은 천 년 동안 알 속에 잠들어 있지만, 그 형상과 영능은 모든 준비를 마친 후 알에서 깨어나는 찰나에 만들어진다는 것을. 갈라진 알에서 흘러나온 용암에 수많은 슈라문들이 타죽었단다. 심지어 죄 없는 바르벨루스의 시민들까지도 큰 피해를 보았지.

그중에서 가까스로 살아남은 에실린들은 내 친구에게 거짓을 고했단다. 마라트가 물속 생물들을 육지로 보내서 알을 공격했다고 말이야. 당시 나의 친구는 거의 이성을 잃을 지경이었어. 내가 떠난 것에 대한 슬픔을 안고 있었던 데다가, 모크샤를 모시는 무니안들의 명예가 추락하게 생겼으니까. 마라트의 기운을 증오하게 된 그는 복수를 결심했단다. 부분적으로 고대 루에린의 힘을 가지고 있던 그는, 육지의 동물들과는 다르게 자신의 말을 듣지 않는 물속 생물들을 탐탁지 않아 하던 차였거든. 그걸 알고 있던 간신배들은 거짓 눈물과 감언이설로 나의 친구를 꼬드겼단다. 마라트에게 본때를 보여달라고 말이야. 결국 붉게 물든 초승달이 뜬 그 날 밤, 분노에 사로잡힌 그는 돌이킬 수 없는 명령을 내렸단다. 육지와 물 사이에서 전쟁이 시작된 것이지.

계속되는 전쟁에도 도무지 상황이 나아질 기미가 보이지 않자, 나의 친구는 마라트 자체를 소멸하겠다며 '샤'를 향해 출항했어. 사람들은 늘 그렇듯, 자신이 할 수 없는 일을 해결해 줄 영웅이 나타나길 바라고 있었지. 나는 고통 속에서 그 모든 것을 지켜볼 수밖에 없었단다. 당시 내가 미래를 위해 할 수 있는 일은 한 가지뿐이었거든. 내 친구가 사랑했던 여인이자 중앙 도서관의 상급 슈라문이었던 세피네를 탑에서 탈출시키는 것이었지. 그렇게 세피네와 그녀의 뱃속에 있던 아이를 남기고, 내 친구는 돌아오지 못할 길을 갔단다. 자신의 선택이 훗날 어떠한 엄청난 일들을 일으킬지는 전혀 예상하지 못한 채…."

　노인은 기나긴 세월 동안의 서글픔이 담긴 눈으로 이야기를 마친다. 보리얀의 머릿속에는 문득 메르모니아가 보여주었던 루에린 청년의 뒷모습이 스친다. 그녀는 자신의 목에 걸려 있는 진주 목걸이의 무게를 느끼며 하늘을 쳐다본다. 어느새 푸르게 물든 초저녁의 하늘에 별들이 떠오르기 시작한다. 검푸른 그림자를 남기는 샬리타의 버섯 모양 바위 집 창문에서 따뜻한 주황색 불빛이 새어 나온다.

　집 안에서는 은은한 불빛에 비친 그림자들이 바위 집의 벽에 일렁거린다. 등잔을 앞에 두고 작은 탁자에 마주 앉아 있는 샬리타와 훌라르 사이에는 오래된 책이 놓여 있다. 훌라르는 빈 찻잔을 바라보다가 애써 미소를 짓는다.
　"책은 보리얀이 보려고 온 것인데, 어쩌다 보니 제가 보게 되었네요."
　"그 애는 지금 다른 방법으로 진실을 알고 있을 겁니다. 아파라티 할아버지, 아니 사르낫 님께서 저 아이를 불러서 나가신 데에는 이유가 있겠지요."

"제게도 진실을 공유해 주셔서 감사합니다. 그런데…문득 모든 것이 낯설게 느껴지는군요."

그는 감당하기 힘든 사실들에 복잡해진 눈빛으로 샬리타를 바라본다. 샬리타는 이해한다는 듯 고개를 끄덕인다.

"혼란스러우시겠지요. 저 또한 그랬습니다."

"도대체 보리얀 앞에 어떤 일들이 더 있을까요? 불안하지 않으십니까?"

잠시 침묵하던 샬리타는 물끄러미 훌라르를 바라보더니 옅은 미소를 짓는다.

"그런 건 더 이상 중요하지 않답니다. 이제서야 진정으로 보리얀을 사랑하는 방법을 배웠으니까요. 무슨 일이 있어도 제 마음은 언제나 그 아이 곁에 있을 겁니다."

"……."

샬리타는 말없이 자신을 바라보는 훌라르에게 넌지시 묻는다.

"아주 오래전, 온 가족이 자라트라 요새에 갓 도착해서 한창 혼란스러울 때 훌라르 님께서 나타나서 제게 물으셨죠. 보리얀을 많이 사랑하냐고."

훌라르는 그때 자신의 태도가 기억나는지 부끄러움에 고개를 숙인다.

"그때 방문은 제가 좀 무례했습니다. 부디 용서하십시오."

"아닙니다. 덕분에 중요한 것을 생각하게 되었어요. 제가 그 애를 사랑하는 방법에 대해서, 그리고 제 어머니께서 저를 사랑했던 방법에 대해서 말이죠."

그녀는 훌라르를 바라보며 담담하게 말을 잇는다.

"…어머니께서는 바르벨루스 중앙 도서관의 하급 슈라문이셨어요. 자세한 것은 모르나, 아마도 무니안들이 숨겨두고자 했던 진실에 대해 어느 정도 알게 되셨던 것 같아요. 바르벨루스를 멀리 떠나고자 하셨던 어머니께서는 한 기이한 노인의 도움으로 몰래 차루타스로 내려가셨다가, 서쪽 호수에서 진주를 가지고 오던 한 선원의 도움으로 탈출하실 수 있었다고 해요. 그 선원은 어머니가 자신의 고향에 정착할 수 있도록 도와주었지요. 그분은 나중에 제 아버지가 되셨어요."

훌라르의 눈이 커지며 묻는다.

"그럼 도움을 주셨다는 그 노인분이 혹시…?"

샬리타가 고개를 끄덕인다.

"네, 사르낫 님이셨어요. 저도 여태껏 모르고 있었습니다. 어머니께서는 그 사건에 대해 별로 말씀하시지 않으셨거든요. 그리고 서쪽 호수에서 조용히 살아야 한다며, 늘 저에게 바르벨루스를 피하라고 하셨지요. 어머니께선 제가 중앙 섬으로 가는 일이 없기를 바라셨어요. 그리고 매사에 아주 조심스러우셨죠. 덕분에 저는 서쪽 호수의 중앙 마을에서도 늘 신비스러운 아이로 자라났어요. 그런데 어머니께서 제게 두셨던 여러 가지 제약이 오히려 제 호기심을 더 키웠던 것 같네요. 저는 결국 어머니의 바람과는 반대로 바얀을 만나서 보리얀을 키우게 되었고, 이렇게 중앙 섬까지 오게 되었으니까요."

"하하…. 참 신기한 역설이군요."

"그러게요. 저는 보리얀의 어린 시절이 제가 보냈던 것보다 더 다양한 경험들로 채워지기를 바랐어요. 그래서 그 아이의 호기심이 향하는 것을 최대한 지지하고자 했죠. 물론 아이가 자랄수록 걱정이 되는 건 사실이었지만, 시간이 지나면서 내가 할 수 있는 일들과 없는 것들을 알아차리게 되었지요. 그리고 보리얀에게는 늘 자신이 걷고자 하는 길이 있었다는 것을 인정하게 되더군요. 제가 할 수 있는 사랑은 그저 그 아이를 있는 그대로 받아들여 주고, 모진 고통을 감내하는 그 아이를 온 마음을 다해 지지해 주는 것이었어요. 내가 짊어져야 할 안타까움과 슬픔, 애절함은 그저 나 자신의 감정에 불과했던 거예요. 그건 사랑이 아니었습니다.”

훌라르는 고개를 떨구고 작은 목소리로 말한다.

“부끄럽지만, 저는 그런 깊은 사랑에 대한 기억이 별로 없습니다. 오히려 그 한 단어로 표현되는 얄팍한 말들에 환멸을 느낄 때가 많았죠. 하지만 지금은 다릅니다. 보리얀과 함께 있으며 많은 것을 배웠거든요. 이제는 그녀가 제 삶에서 사라지는 게 두렵습니다. 지금 이 세상을 위해서 보리얀의 능력이 필요하기도 하지만, 제게는….”

훌라르는 말을 잇지 못하고 두 눈을 감는다. 샬리타는 그런 그를 보고 온화한 미소를 짓는다.

“사랑의 방법은 각자 다르게 찾는 것입니다. 그러니 훌라르 님만의 방법으로 그 아이를 사랑해 주시면 되겠지요.”

훌라르의 얼굴이 조금 붉어진다. 그는 차마 고개를 들지 못한다. 그런 그를 보며 샬리타가 말을 잇는다.

“사르낫 님께서 그러시더군요. 자신이 사람들에게서 볼 수 있는 미래는 정해져 있는 게 아니라고…. 하지만 그 사람의 특성상, 그러할 경우의 수가 높다는 것이지요. 그렇기에 대부분의 일은 운명, 선택, 그리고 그 둘이 어우러진 운명적인 선택이 만든다고 하셨습니다. 결국 어떤 마음을 낼지는 그 사람에게 달린 일인 거예요.”

샬리타의 말을 들은 훌라르는 곰곰이 생각에 잠긴다.

“선택이라….”

"보리얀 또한 자신이 무엇을 해야 할지 선택을 해나가겠지요. 저는 그 아이의 앞에 어떠한 일들이 기다리고 있을지는 알지 못합니다. 사르낫 님께 듣지 않겠다고 했거든요. 보리얀이 걸어갈 길을 침범하지 않기 위해…."

"……."

훌라르는 고개를 끄덕이며 골몰히 생각에 잠기다가 말한다.

"이곳에 오면서 보리얀은 동쪽 호수로 갈 생각을 하고 있었습니다. 이전 모크샤 샤카르문 님께서 말씀하셨다던 '세상에서 가장 귀한 진주' 때문이지요. 그것이 있어야 돌아오는 천 년의 날에 모크샤를 깨울 수 있다던데, 메르모니아의 예언 때문인지 보리얀은 그게 동쪽 호수에 있다고 생각하는 모양이에요. 하지만 당장 올라오는 괴물들을 막는 것도 시급한데…."

"그렇군요. 모크샤를 깨우기 위한 시간도 얼마 남지 않았으니, 모든 것이 촌각을 다투는 상황이네요."

훌라르는 깊은 한숨을 내쉬고 묻는다.

"휴우. 만약 이 모든 것을 좀 더 일찍 알았다면 도움이 됐을까요?"

"글쎄요. 사르낫 님께서 모든 것에는 때가 있는 법이라고 하셨습니다. 아마도 지금이 알맞을 때라고 생각하셨겠지요. 그러니 우리가 이렇게 모두 다시 만나지 않았겠어요?"

잠시 침묵이 흐르고, 훌라르는 타닥타닥 타들어 가는 등잔 불빛을 바라본다. 그리고 고개를 들어 창문을 응시한다. 벌써 하늘이 어둑어둑해져 있다. 샬리타는 자리에서 천천히 일어난다.

"보시다시피 이곳은 해가 금방 집니다. 아네트와 슬슬 저녁 식사를 준비할 테니, 보리얀과 사르낫 님께 알려주시겠어요?"

"네, 그러죠. 잠시 나갔다 오겠습니다."

훌라르는 망토를 두르고 몸을 낮추어 바위 집의 문밖으로 나선다. 짙은 남청색의 하늘에 은빛 별들이 총총히 떠 있다. 저 멀리서는 벌써 환한 달도 떠오르고 있다.

"벌써 달이 저렇게 기울었나."

훌라르는 근심스러운 얼굴로 거대한 나무가 있는 곳을 응시한다.

그가 나무에 점점 가까워지자 보리얀과 노인의 낮은 대화 소리가 들린다. 자세히 들리지는 않지만, 보리얀은 노인이 건넨 어떤 질문에 잠시 고민하는 것처럼 보인다. 그녀는 담담하게 하늘을 올려다보더니 무어라고 대답을 한다. 노인이 그런 그녀에게 조용한 목소리로 다시 묻는다.

"진정 그것이 네 뜻이냐?"

노인의 물음에 보리얀은 그를 돌아보고 미소를 짓는다. 그리고 고개를 끄덕이며 애써 밝게 말한다.

"네. 하지만 우선 밥부터 먹을 거예요."

그녀는 앞장을 서서 내려간다. 그리고 자신에게 다가오는 훌라르를 발견하고 잠시 걸음을 늦춘다. 보리얀의 얼굴에 슬픔의 그늘이 스친다. 하지만 그녀는 곧 미소를 지으며 그에게 다가서서 두 팔을 연다. 훌라르는 얼떨결에 그녀를 품에 안는다. 보리얀은 그저 말없이 그를 꼭 껴안는다.

"……"

훌라르는 무슨 일인지 모르겠으나 불안한 예감에 그녀를 감싸 안는다. 그러다가 뒤에서 천천히 다가오는 노인과 눈이 마주친다. 노인은 아무 말 없이 그를 보며 미소 짓는다. 보리얀은 그를 놓아주며 눈물을 쓱 훔치고 말한다.

"배고프다. 밥 먹으러 가요, 우리."

훌라르는 그녀의 손에 이끌려서 걸음을 옮긴다. 노인은 그들을 잠자코 지켜보다가 뜻 모를 엷은 미소를 짓고 천천히 발걸음을 뗀다. 마지막으로 집 안에 들어가는 노인의 뒤로 문이 닫힌다. 점점 어두워져 가는 케파르카의 고요한 저녁 속에서 은은한 주황색 불빛만이 고요함 속에 빛난다.

4장

{ 유령 군대를 이끄는 자 }

칠흑같이 어두운 밤, 라플라 부대가 쏘는 포탄의 화염이 차루타스 남쪽 해상을 밝힌다. 푸쉬쉭거리며 괴물들의 몸에서 올라오는 수증기 사이로 즈로이아와 데리에크를 태운 라플라가 날고 있다. 괴물이 빠르게 움직이는 탓에 힘을 쓰기 어려운지, 즈로이아가 데리에크를 보고 외친다.

"애야, 아까 그 솜씨 좀 다시 부려 봐라!"

"나더러 애라고 부르지 말라니까!"

"피슈슈슉-"

데리에크가 두 손에 힘을 모아 끌어 올리자 거센 파도 속에서 넓고 커다란 해초들이 기다랗게 올라오기 시작한다. 그의 움직임을 따라 해초가 괴물의 몸에 뒤엉킨다.

"옳지! 잘했어! 꼬리 쪽을 박살 내자!"

즈로이아는 괴물의 거대한 꼬리지느러미 쪽으로 라플라를 몬다. 그녀가 지느러미 끝으로 손을 뻗자 꼬리 끝이 단단한 돌로 변한다. 괴물은 괴성을 지르며 꼬리를 철썩 내리친다.

"콰르르르!"

거센 물보라에 완전히 젖은 즈로이아가 물을 뱉으며 소리를 지른다.

"아, 이 망할 놈의 물!"

"투두둑-"

괴물이 데리에크가 묶어놓은 해초들을 끊어내는 그때, 갑자기 주변의 물이 얼어붙는다. 즈로이아는 놀란 눈으로 옆의 라플라에 타고 있는 이를 쳐다본다. 하칠소아가 수면을 향해 두 손을 뻗고 있다. 괴물의 꼬리지느러미가 꽝꽝 얼어붙은 수면에 끼어서 옴짝달싹할 수 없게 만들며, 그는 즈로이아에게 외친다.

"어서요! 얼음이 금방 깨질 겁니다!"

즈로이아가 괴물의 꼬리를 두 손으로 덥석 잡는다.

"끼에에엑!"

돌덩어리로 변하는 괴물이 괴성을 내며 몸부림을 치자 얼음판이 우두둑거리며 갈라진다. 데리에크가 외친다.

"좀만 더 힘내쇼! 내가 해초로 저놈의 대가리 속을 파고 있소!"

하칠소아가 흠칫 놀라자 즈로이아가 씩 웃으며 말한다.

"데리에크가 고문엔 전문가거든!"

"고, 고문…?"

"키이이익!"

괴물은 굳어져 가는 듯한 쇳소리를 내더니 점점 가라앉는다. 얼음이 쩌저적 갈라지고, 마침내 거대한 몸체가 저 물속의 깊은 곳으로 가라앉는다. 가쁜 숨을 고르던 즈로이아는 힘이 빠졌는지 라플라에 털썩 주저앉아서 이마를 훔친다.

"에휴, 아흔이 넘어서 이렇게 무리할 줄이야."

하칠소아는 다시 눈이 휘둥그레진다.

"아흔?"

그때, 라플라를 탄 루에린 마녀가 그들 곁에 도착한다.

"히신스? 그쪽은 어떻게 됐니?"

"즈로이아 님의 도움이 급하게 필요합니다. 포탄이 떨어지고 있어요. 괴물의 등갑이 너무 딱딱해서 우리 힘으로는 도저히 뚫을 수가 없습니다."

"알겠다. 그럼 이제 몇 마리 남은 거지?"

"그게, 자꾸 오고 있어서…."

즈로이아가 알겠다는 듯 고개를 끄덕이고 라플라의 방향을 튼다.

"잠시 교대하지. 둘이 여길 맡아줘. 다른 큰 놈이 오기 전에 돌아올 테니."

즈로이아는 데리에크를 데리고 서둘러 자리를 옮긴다. 그들이 떠나는 걸보며 히신스가 하칠소아 가까이로 라플라를 몰아간다.

"하칠소아 님, 괜찮으십니까?"

"괜찮네. 그런데 아까부터 궁금했는데, 나를 어떻게 알고 있는 것인가?"

"어릴 적, 샤테이드로 끌려오기 전에 차루타스에서 살았습니다. 그때 뵀던 적이 많은데…."

"나를?"

하칠소아가 놀란 눈으로 히신스를 쳐다보자 그녀는 미소를 짓는다.

"높으신 분이셨는데도 제게 친절히 대해주셨던 걸 기억합니다. 지오투스님과 친분이 있으셨지요? 그분이 저희 가족이 섬기던 주인댁의 아드님입니다. 제 오빠가 특히 많이 따랐지요."

"그럼 사르투스 선생님 댁에 있었단 말인가?"

"그렇습니다."

하칠소아는 놀라운 사실에 입을 떡 벌리고 묻는다.

"맙소사, 그런데 어떻게 샤테이드까지 간 거지?"

순간 슬픈 눈빛을 비추며 히신스가 조용히 말한다.

"잡혀갔습니다. 미약하나마 능력이 있다는 걸 들키는 바람에요."

"……."

하칠소아는 뜻밖의 이야기에 놀라다가 기억을 더듬으며 머리를 감싸 쥔다.

"그 이름이…. 맞다, 피샤트! 아마 지금 그쪽의 오빠는 지오투스와 함께 있을 텐데! 예전에 지오투스를 따라서 자라트라 요새로 입대했다는 걸 들었어."

"그럼 지오투스 님께서는 현재 자라트라에 계신 건가요?"

"지금은 아닐 거야. 스루딘 관리 장교님을 도우러 바르벨루스로 진군했거든."

라플라 부대가 괴물을 향해 포탄을 쏘고 있는 동안, 바르벨루스의 탑에서는 대포가 발사되고 있다.

"콰쾅!"

천지가 울리는 굉음에 스루딘과 미샤틴이 숨어 있는 중앙 도서관도 흔들린다. 지오투스에 이어 도착한 님로덴 책임 선장의 부대를 향해 발포가 시작된 것이다. 미샤틴은 어두운 표정으로 중얼거린다.

"대포를 발사하라는 명령을 내릴 자는 솔리디몬 뿐인데…."

스루딘은 다급하게 자리에서 일어선다.

"그놈이 깨어났나 봅니다. 지금 당장 대포를 쏘는 미친놈들을 막아야 해요. 저대로 두면 다 죽어요! 방금 고둥 소리 들으셨죠? 이제 병사들이 왔으니 나가봐야겠습니다.”

밖에서는 님로덴 책임 선장이 이끄는 부대의 고둥 소리가 더 크게 들려온다.

“부우우우!”

미샤틴과 스루딘이 밖으로 나가려고 발걸음을 떼려는 순간, 중앙 도서관에 들이닥친 슈라문들이 문을 벌컥 여는 소리가 들린다.

“쉿!”

스루딘이 미샤틴을 막아 세우며 슈라문들이 들어오면 싸울 태세를 갖춘다. 그런데 누군가 도서관 밖에서 외친다.

“솔리디몬 님의 명이다! 중앙 도서관을 불태워라!”

곧이어 화르르– 하면서 타오르는 불길이 중앙 도서관의 입구에서부터 순식간에 번지기 시작한다. 매캐한 연기와 함께 기름이 타들어 가는 냄새가 공기를 뒤덮는다. 불을 지른 슈라문들은 중앙 도서관의 문을 다시 굳게 닫는다. 미샤틴은 빠르게 망토를 벗어들고 손가락으로 앞쪽을 가리키며 말한다.

“소매로 얼굴을 가리세요. 저쪽에서 망토를 적셔 올 테니, 잠시만 기다리십시오.”

미샤틴이 가리키는 곳에는 이미 거센 불길에 휩싸인 탁자 위의 커다란 화병이 보인다.

“아니, 어떻게 하려고요?”

스루딘이 깜짝 놀라서 손사래를 치자, 미샤틴은 뒤를 돌아보지도 않고 서둘러 불길 속으로 뛰어든다.

밖에서는 중앙 도서관의 문을 닫아버린 상급 슈라문이 미소를 지으며 중얼거린다.

"열쇠가 없는 게 한이군. 잠가버리면 더 좋을 텐데."

그러자 그의 옆에 있는 하급 슈라문 한 명이 걱정스러운 목소리로 묻는다.

"괜찮을까요? 솔리디몬 님께서 아직 명령을 내리시지도 않은 일인데…."

"어허, 그 전에 미리 분부하셨던 명이다! 지금 그분께서 중앙 도서관까지 생각하실 경황이 있겠느냐? 필요한 일은 알아서 처리하는 것이 상급 슈라문의 능력이다. 잔말 말고 입 다물 거라."

한 차례 으름장을 놓은 상급 슈라문은 비밀스럽게 웃음을 흘리며 속으로 생각한다.

'어차피 저 미로 같은 도서관 어딘가에는 스루딘과 미샤틴이 숨어 있을 가능성이 높다. 스루딘을 죽이고 나서 솔리디몬까지 죽으면, 그다음에는 내가 탑을 장악할 수 있겠지.'

그는 표정을 숨기고 주변에 있는 노예병들에게 거짓으로 명령을 내린다.

"뭣들 하느냐? 어서 반역자 스루딘과 미샤틴을 찾아내라! 반드시 생포해야 한다!"

중앙 도서관 안에서 불길 속으로 들어간 미샤틴은 화병의 꽃들을 뽑아버리고, 그 안에 담긴 물을 자신의 은회색 망토에 적신 다음 빠르게 스루딘에게 달려온다. 불타는 책더미가 와르르 무너져 내리지만 그녀는 아랑곳하지 않고 그 속에서 나온다. 스루딘은 불에 데지도 않고 멀쩡하게 돌아온 미샤틴을 놀란 얼굴로 바라본다.

"아, 아니 어떻게…."

"스루딘 님이 정말 예언 속의 새로운 에실린 군주가 되려나 봅니다. 저같이 약한 힘을 가진 마녀까지도 옆에서 보필하는군요."

미샤틴은 그에게 젖은 망토를 씌워주며 옅은 미소를 짓는다.

"훌라르 님처럼 불을 다루는 힘이 있는 건 아니지만 저는 어릴 때부터 불에 내성이 있었습니다. 지금까지 숨겨왔지만요. 이제 우리, 뒤돌아보지 말고 전 속력으로 뛰어야 합니다."

스루딘은 고개를 끄덕이며 미샤틴의 손을 잡고 함께 달린다.

"우지끈!"

바로 앞까지 덮쳐온 불길에 책장이 무너져 내린다. 활활 불타며 머리 위로 쏟아지는 책들을 피하고 쓰러진 잔해들을 넘으며, 그들은 한 몸이 된 것처럼 빠르게 입구 쪽으로 달린다. 정신없이 달리는 스루딘의 머릿속에 또다시 그가 잃었던 사람이 떠오른다. 그때는 지금과는 달리 깊은 물 속이었으며, 그 여인은 스루딘과 함께 배를 타고 있던 실력 있는 잠수부였다. 물에 빠진 그를 구해놓고서 괴물에게 잡혔던 그녀는 마지막으로 소리쳤다.

"가! 뒤돌아보지 말고!"

그 시간, 새들이 뿌린 종이가 흩날리는 탑 밖에서는 사정없이 떨어지는 대포알에 온 도시가 화염에 휩싸여 쑥대밭이 된다.

"쿠콰광!"

빛나던 자개 장식들이 부서져 내리고, 모크샤를 기리던 사원들과 그 아래로 곱게 닦인 도로는 모두 만신창이가 된다. 건물의 잔해에 깔리는 사람들의 비명과 도망치는 노예병들의 겁먹은 외침, 그들을 막아 세우려는 슈라문들의 고함이 한데 뒤섞인다. 하급 슈라문 중에는 볼모로 잡혀 있는 민간인들을 구하려는 이들도 있다. 탑 밖에서 그들을 통솔하던 한 에실린 상급 슈라문이 그들을 보며 외친다.

"너희들은 명예로운 바르벨루스의 슈라문들이다! 한낱 사사로운 감정에 휘둘리지 마라! 노부모는 어차피 곧 죽고, 배우자는 새로 얻을 수 있으며, 자식은 다시 낳을 수 있다. 사람 따위야 갈아치울 수 있지만, 슈라문이라는 이름과 명예는 두 번 다시 얻을 수 없다! 목숨 걸고 탑을 지켜라!"

"콰콰쾅!"

계속해서 대포가 일으키는 충격에 땅이 흔들린다. 사라진 라델린의 나무 때문에 이미 금이 가 있던 탑에는 더 심한 균열이 간다. 쩌저적 하며 벌어진 틈에서는 돌 조각들이 굴러떨어진다. 자라트라에서 온 군대는 자멸하는 도시를 바라본다.

"…완전히 미쳤군. 저러다가 탑까지 무너지겠어."

대포 때문에 탑 근처로 접근하지 못하던 책임 선장 님로덴이 중얼거리더니, 옆에 있던 테사닌을 돌아본다. 그의 뒤에는 자라트라의 편에 선 노예병의 부대가 서 있다.

"우선 탑으로 들어갈 길을 터야 한다. 테사닌, 작전을 수행하라!"

님로덴이 명하자, 노예병의 옷을 입고 있는 테사닌과 그의 병사들은 모두 앞서서 달려 나간다. 님로덴은 지카를 돌려 자신의 뒤에 서 있는 하급 슈라문들을 돌아본다. 그들은 샤테이드의 마취침에서 깨어난 이후 투르의 설득에 자라트라와 뜻을 함께하기로 한 이들이다. 님로덴은 나머지 병사들을 이끌고 나가며 그들에게 말한다.

"저쪽에 있는 민간인들 보이시죠? 최대한 많은 사람을 대피시켜 주십시오."

그의 말을 듣고 고개를 끄덕인 하급 슈라문들은 크게 숨을 몰아쉬고 민간인들을 향해 힘껏 지카를 분다. 그리고 큰 소리로 이렇게 외친다.

"바르벨루스를 지키려는 모든 슈라문은 들으라! 진정한 명예는 사랑하는 이들을 지키는 것에서부터 시작된다! 우리와 함께 가족들을 지키자! 우리는 민간인들을 대피시키려고 왔다!"

그들의 목소리를 들은 다른 하급 슈라문들은 눈을 휘둥그렇게 뜨고 놀란다.

"어? 저 사람들이 살아 있었어? 자라트라에서 다 처형당했다더니!"

"모두 죽었다더니, 멀쩡하게 살아 있군. 이 망할 놈들! 모든 게 다 거짓말이었어!"

자라트라에서 돌아온 이들의 등장에 상급 슈라문들은 당황하고, 탑의 입구를 지키던 많은 슈라문들은 민간인들 쪽으로 몰려가기 시작한다. 게다가 저 멀리서 테사닌의 외침이 들리자, 탑의 입구를 지키고 있던 노예병들 또한 크게 동요한다.

"노예로 살아온 자들은 들어라! 너희의 동지인 우리가 구하러 왔다! 살고 싶다면 우리와 함께 후퇴하자!"

테사닌의 목소리가 쩌렁쩌렁 들리는 사이로 수많은 이들이 외친다.

"후퇴! 후퇴하라!"

"절대 안 된다! 자리를 피하는 놈들은 사형이다!"

"너네나 죽어라, 이 위선자 놈들!"

"민간인들을 안전한 곳으로 옮겨라!"

이미 흐트러지기 시작한 탑 주변의 대열은 완전히 무너져 버린다. 상황이 심상치 않다고 느낀 몇 명의 상급 슈라문들은 황급히 탑 안으로 자취를 감춘다. 드디어 탑의 입구가 드러나자 님로덴은 큰 목소리로 외친다.

"지금이다! 탑 안으로 진격하라!"

두그덕거리는 지카의 맹렬한 발굽 소리가 잔해들을 넘어서 달린다. 우레와 같은 함성을 지르는 병사들이 탑을 향해 달려든다.

"쿵!"

중앙 도서관의 문을 박차고 나온 스루딘과 미샤틴의 뒤로 화염이 너울거린다. 스루딘은 쏟아져 나오는 불길에 넘어진 미샤틴을 일으켜 세운다. 그을음을 뒤집어쓴 그는 기침을 하며 미샤틴에게 묻는다.

"콜록! 콜록! 괜찮으십니까?"

"네, 스루딘 님은요?"

그가 채 대답하기도 전에, 중앙 도서관 근처에 있던 슈라문들의 목소리가 들려온다.

"저기 반역자들이 있다! 잡아라!"

스루딘은 급히 품속을 뒤져서 숨겨두었던 작은 단도를 꺼낸다. 미샤틴은 조그만 칼을 보고 어처구니가 없다는 듯이 속삭인다.

"아니, 그 조그만 칼로 어쩌시려고요!"

"탑에 들어올 때 무기들을 다 빼앗겼거든요. 그나마 들키지 않은 게 이겁니다."

스루딘은 그들을 향해 달려오는 자들을 빠르게 파악한 후, 그중 상급 슈라문에게 몸을 던지듯이 돌진하여 그를 쓰러뜨린다.

"으억!"

뒤로 넘어진 상급 슈라문은 칼을 뽑아 들어 스루딘을 공격하려고 하나, 스루딘은 능숙한 솜씨로 그의 손목을 뒤로 꺾은 후 목에 단도의 끝을 겨눈다. 상급 슈라문은 애써 스루딘의 손아귀에서 벗어나려 버둥거린다. 하지만 다년간 뱃사람으로 생활해 온 스루딘의 힘에 저항하기에는 역부족이다. 슈라문이 발버둥 칠 때마다 목에서 피가 계속 스며 나오고, 예리한 칼끝에 핏방울이 맺혀 떨어진다. 스루딘은 상급 슈라문에게 위협적인 목소리로 말한다.

"다들 움직이지 말라고 해!"

"오, 오지 마라…!"

상급 슈라문은 옴짝달싹 못 하며 가까스로 외치고, 그의 목에서 피가 흐르는 것을 본 하급 슈라문들은 일단 멈추어 선다. 미샤틴은 빠르게 스루딘의 옆으로 다가가서 상급 슈라문이 차고 있던 칼을 빼앗아 들고 주변의 하급 슈라문들을 향해 겨눈다.

그런데 그때, 탑에 난 모든 창문으로 수많은 새들이 쏟아져 들어오기 시작한다.

"퍼득, 퍼드득!"

귀가 멀 듯한 엄청난 날갯짓 소리가 탑 안을 메우더니, 커다란 수리들이 대포를 쏘고 있는 자들을 공격한다. 곧 여기저기서 들려오는 고통에 찬 비명들이 탑 안을 메아리친다.

"으아아악!"

"새, 새다!"

때마침 아래에서는 자라트라 병사들의 고둥 소리가 들려오며 탑을 흔드는 듯한 지카들의 발굽 소리가 가까워져 온다.

"부우우우! 더그덕, 더그덕!"

고동 소리를 들은 하급 슈라문들은 진뜩 긴장한 표정으로 사방을 살피는데, 커다란 날개를 가진 수리들이 울음소리를 내며 그들을 공격하려는 듯 날개를 펼친다. 하급 슈라문들은 그만 새파랗게 질린 얼굴로 도망치기 시작한다. 그 모습을 본 상급 슈라문이 사색이 되어 그들을 향해 외친다.

"이, 이놈들! 어디 가느냐!"

수리들은 상급 슈라문을 부리로 쪼기라도 할 기세로 스루딘의 주변에 내려앉는다. 미샤틴은 놀란 눈으로 새들을 바라보고, 스루딘은 상급 슈라문을 바짝 붙잡으며 묻는다.

"똑바로 대답해라. 솔리디몬이 깨어났나? 지금 어디 있지?"

"켈럭…. 고, 공중 정원에…."

그때, 미샤틴이 계단을 가리키며 외친다.

"자라트라 병사들입니다!"

병사들을 이끌고 올라오는 님로덴의 모습이 점점 계단 위로 드러난다. 병사들이 목전에 있는 것을 알아차린 상급 슈라문은 절망적인 표정으로 두 눈을 질끈 감는다. 스루딘은 그를 앞으로 내동댕이친다.

"으억!"

엎어지며 구르던 상급 슈라문은 님로덴 앞에 멈춘다. 님로덴의 지카는 그를 가뿐하게 넘고서 스루딘에게 다가오고, 뒤따라 오는 병사들이 상급 슈라문을 단단히 붙든다. 화색이 가득한 얼굴로 스루딘을 맞이하는 님로덴이 외친다.

"관리 장교님! 여기 계셨군요!"

"하하, 자네가 해낼 줄 알았지!"

스루딘은 지카에서 내린 님로덴을 부둥켜안고 미샤틴을 돌아보며 말한다.

"여기, 미샤틴 님이네. 훌라르 님의 명을 받아 나를 도와주신 분이지. 안전하게 탑 밖으로 모셔주게. 나는 솔리디몬을 처리한 후 켄트라를 찾을 테니까, 자네는 대포를 쏘고 있는 자들을 막아줘."

"네, 관리 장교님!"

미샤틴은 병사들이 내주는 지카에 올라타며 걱정스러운 얼굴로 스루딘에게 당부한다.

"솔리디몬을 얕봐선 안 됩니다. 부디 조심하십시오."

스루딘은 고개를 끄덕이고 미소를 짓는다.

"꼭 살아서 다시 만납시다."

미샤틴과 헤어진 스루딘은 지카를 타고 홀로 탑 꼭대기를 향해 달린다. 빠르게 계단을 오르는 검은 지카의 발굽 소리가 갈라진 바닥을 울린다.

"두그덕, 두그덕!"

스루딘을 덮고 있는 은회색 망토의 불탄 가장자리가 너풀거린다. 거대한 수리와 매들이 뒤따라 날아가며 그를 엄호한다. 때마침 달빛이 창문을 통해 밝게 비쳐 들어오자, 지카를 탄 그와 새들의 그림자가 탑의 내부에 길게 드리워진다. 그는 흡사 사람으로 이루어져 있지 않은 신비한 군대를 이끄는 우두머리처럼 보인다.

저 아래, 병사들의 호위를 받으며 탈출하고 있는 미샤틴은 떨리는 눈빛으로 그 모습을 바라본다.

'유령 군대를 이끄는 자에 의해 마침내 옛 하늘이 무너지리라….'

그 시간, 공중 정원에는 처참한 모습으로 죽어 있는 헤테르만과 지샤치의 시체가 보인다. 그 주변에 서 있는 솔리디몬의 얼굴은 서슬 퍼런 분노로 가득하다. 그는 라플라가 사라졌다는 것을 알게 된 이후, 광기에 사로잡혀 공중 정원으로 올라온 터였다. 수액의 기운이 다해 가는지 그의 눈에는 선홍색 핏발이 전보다 더 도드라지게 드러나 있다. 주변에는 그를 최측근에서 보좌해 온 에실린 슈라문들이 무장한 채로 서 있다. 솔리디몬은 탑에 균열이 가는 소리를 들으며 붉은 눈을 번득인다.

'…오냐, 다 함께 죽자꾸나. 내가 없으면 탑도 없다. 탑이 무너지면 모두 다 함께 죽는 것이야. 스루딘, 네놈도 절대 이 탑에서 살아나가지 못한다!'

수액의 힘이 떨어진 탓에 잠시 기침을 하던 솔리디몬은 뒤를 돌아본다. 뒤쪽에 있는 나무의 그림자 아래에는 한 청년이 우두커니 서 있다.

"명심해라. 혹여 내가 여기서 숨이 끊어지더라도, 반드시 네 손으로 스루딘을 없애야 한다. 내가 뭐라고 했지?"

"반역자를 죽여야 그분이 산다…"

솔리디몬은 천천히 고개를 끄덕이며 청년을 훑어보고 생각한다.

'저것이 가장 강력한 무기다. 그놈은 절대 제 자식을 벨 수 없을 테니.'

먹구름을 헤치고 드러나는 환한 달빛이 분노로 뒤틀린 솔리디몬의 얼굴을 비춘다.

달빛은 모크샤의 알이 있는 분화구에 도착한 지오투스의 얼굴 위에도 드리워진다. 화산의 정상 근처에 올라선 그는 개탄스럽게 중얼거린다.

"그 오랜 세월 동안 진주를 부었을 텐데, 어찌…."

지오투스의 앞에 있는 거대한 분화구 속에는 저 깊숙한 곳에서 끓고 있는 마그마의 붉은 빛만 얼핏 얼핏 드러날 뿐, 모크샤의 알은 그 형태조차 찾아보기가 힘들다. 망연자실한 표정으로 그것을 들여다보고 있는 지오투스의 옆으로 피샤트가 헉헉거리며 뛰어온다.

"지오투스 병사장님, 말씀하신 대로 서신들을 보냈습니다. 이제 차루타스에 계신 세네칼 선생도, 홀라르 님도 모두 이 상황을 알게 되실 것인데…."

피샤트는 잠시 숨을 고르느라고 말을 잇지 못하고 낙담한 얼굴로 묻는다.

"이제 우린 어떻게 해야 할까요?"

지오투스는 착잡한 표정으로 분화구를 바라보더니 이내 마음을 다잡으며 담담히 말한다.

"일단은 작전대로 우리 병사들을 도와야지. 탑 주위에 있던 민간인들은 모두 안전하게 대피한 것인가?"

"네. 그들이 화산 아래에서 부상병들을 돌봐 주고 있습니다."

"알았다. 우리는 작전대로 탑의 상황을 살피러 가자."

피샤트는 어두운 표정으로 대답한다.

"…병사들을 준비시키겠습니다."

지오투스는 그런 피샤트의 어깨에 가만히 손을 올린다.

"포기하지 말자. 아직 끝난 게 아니야."

밤하늘의 끝자락이 푸른 새벽빛으로 물든다. 비샤다는 케파르카의 남동쪽에 있는 에알론 산맥을 넘어, 스카투스 사막의 상공에 다다른다. 금빛 모래 둔덕들이 광활한 지평선 너머까지 솟아 있다. 끝없이 펼쳐진 모래의 물결이 시야에 들어오자 보리얀이 낮은 목소리로 입을 연다.

"사막은 처음 봐요."

"동쪽 호수로 가기에도, 차루타스로 가기에도 적당한 곳이지. 아까 산맥을 넘으며 봤겠지만 시타다라의 끝자락하고도 붙어 있어. 그러니 네가 불렀다는 그 신성한 새가 오기도 편할 거야."

"비샤다의 말로는 그 새가 시타다라의 수장 중 하나라던데, 한 번도 본 적이 없으세요?"

훌라르는 고개를 젓는다.

"시타다라에 있는 신성한 동물들은 사람들의 눈에 잘 띄지 않아. 네가 부른 그 새도 아마 마찬가지일걸. 비샤다는 알고 있을지 몰라도, 내가 직접 본 적은 없어."

"그렇군요. 아무튼 비샤다에게 고맙네요. 도움을 청할 수 있는 존재를 알려 줘서."

"……."

훌라르는 잠시 말없이 앞을 응시하다가 한숨을 쉬며 근심스럽게 말한다.

"너는 그 새를 타고 동쪽 호수로 갈 테고, 나는 차루타스 남쪽으로 가서 괴물과 싸우는 이들을 돕기로 했는데…. 왜 이렇게 마음이 불안한지 모르겠군."

보리얀은 가만히 그의 손을 잡는다.

"저는 세상에서 가장 귀한 진주를 찾아야 해요. 그게 있어야만 모크샤가 깨어난다잖아요."

"그렇기는 하지만, 우리는 아직 그게 뭔지도 모르잖아. 알지도 못하는 걸 어떻게 찾는다는 거지?"

"아파라티 할아버지께서 그게 동쪽 호수에 있을 거라고 말씀해 주셨어요. 메르모니아의 예언에서도 그런 얘기가 있었으니, 일단은 그쪽으로 가 봐야죠."

"…그래. 그래야겠지."

비샤다는 비단결 같은 모래 언덕 위에 착지한다. 바람이 일어나며 고운 금빛 모래들이 촤르르 흩어진다. 훌라르를 따라 비샤다 위에서 내린 보리얀은 하늘을 올려다본다. 쏟아질 듯한 별들이 눈에 들어온다. 훌라르가 혼잣말처럼 중얼거린다.

"세상은 지금 난리 통인데, 별들은 변함없이 반짝이는군."

"……"

고요한 밤하늘을 응시하는 보리얀은 그동안 새들에게서 들었던 많은 소식을 떠올린다. 아누다르가야 동쪽의 혼란스러운 상황, 차루타스에서 만든 전단을 탑에 뿌린 새들의 활약, 해상에서 괴물들과 싸우고 있는 라플라 부대…. 보리얀은 조용한 목소리로 훌라르에게 말한다.

"그래도 다행히 피트레온 님은 라플라를 타고 차루타스로 안전하게 도착했나 봐요. 하길웨인 님과 함께 차루타스에서 노예 제도를 몰아내는데 앞장서는 것 같더라고요. 문제는 아누다르가야 동쪽이에요. 생각보다 저항이 심한데, 그렇다고 동물들에게 무턱대고 상인들을 공격하라고 할 수도 없고…."

"휴우, 결국 갈등을 해결할 방법은 모크샤의 탄생뿐일 거야. 모두가 그렇게 생각하고 있겠지. 조금만 버티면 돼. 이제 얼마 남지 않았어."

훌라르는 가만히 보리얀을 감싸 안는다. 보리얀은 눈을 감고 훌라르의 품에 머리를 기댄다. 잠시 두 사람 사이에 침묵이 흐른다. 훌라르의 품에 안긴 보리얀은 그의 온기를 느낀다. 익숙한 그의 향기가 코끝에 감돈다. 그녀의 머릿속에 아파라티 할아버지가 마지막으로 물었던 말이 자꾸만 맴돈다.

"해야만 하는 일들이 반드시 행복한 일들은 아니란다, 보리얀. 네가 진심을 다해 '세상에서 가장 귀한 진주'를 얻으려 한다면, 일단은 너 스스로가 세상에서 가장 귀하게 생각하는 이들과 작별해야 할 것이다. 심지어 네가 언제 그들에게 다시 돌아올 수 있을지 알 수조차 없을 거야. 정말 그 선택을 감당할 수 있겠니?"

"……"

보리얀은 가만히 훌라르의 가슴팍에서 얼굴을 들어 올린다. 훌라르를 조용히 자신을 바라보는 그녀의 눈빛을 응시하며 말한다.

"또 그렇게 바라보네."

"뭐가요?"

"아까 케파르카에 있을 때도 날 그렇게 보더니. 마치 멀리 떠날 사람 같잖아."

"멀리 떠나는 게 맞잖아요. 한 번도 동쪽 호수까지 가본 적이 없는데."

"그것 말고 나에게 말하지 않은 다른 게 있는 건 아니고?"

잠시 말없이 미소 짓던 보리얀은 살며시 그의 얼굴을 어루만진다.

"…보고 싶을 거예요. 아주 많이."

훌라르는 잠시 그녀를 바라본다. 그는 마치 보리얀이 어딘가로 홀연히 사라질 것만 같은지, 그녀의 허리를 꼭 감싸 안는다. 이내 그의 입술이 부드럽게 보리얀의 입술에 닿는다. 별빛이 쏟아지는 사막 한가운데 비치는 두 사람의 그림자가 마치 하나가 된 것처럼 보인다. 잔잔한 바람이 훌라르의 짧은 머리칼을 흩날린다. 그는 뜨거운 입술 사이로 속삭인다.

"…꼭 다시 돌아와야 해. 난 다신 너를 잃지 않을 거야."

가만히 훌라르의 입술을 느끼는 보리얀은 두 눈을 감는다. 잔잔하게 불어오는 바람이 고요함을 실어 나른다. 보리얀은 조용한 목소리로 묻는다.

"만약 저를 아주 오랫동안 보지 못한다면 어떡하실 거예요?"

"네가 있는 곳으로 찾아가야지."

"제가 찾을 수 없는 곳에 있다면요?"

"그럼 끝까지 기다릴 거야. 네가 다시 올 때까지."

훌라르는 보리얀을 꼭 껴안으며 조금 떨리는 목소리로 속삭인다.

"무사히 돌아온다고 약속해. 안 그러면 아예 보내지 않을 거야."

보리얀은 그의 품에서 고개를 끄덕인다.

"약속할게요."

그때, 어디선가 밤공기를 가르는 날갯짓 소리가 들려온다. 저 멀리에서 처음 보는 커다란 새 한 마리가 날아오고 있다. 한눈에 보아도 예사롭지 않은 모습의 새는 날렵한 날개와 탄탄한 두 다리를 가지고 있다. 은백색으로 빛나는 깃털로 뒤덮여 있는 긴 목 아래로는 버드나무 가지처럼 하늘하늘하며 푸른 빛이 도는 갈기가 흩날린다. 머리 위로 솟아오른 단단한 깃은 마치 왕관처럼 빛이 나고, 커다란 두 눈은 새벽의 물빛처럼 검푸르다.

그 거대한 새는 조금 떨어져 있는 모래 둔덕에 사뿐히 착지하는데, 부드러운 날갯짓으로 모래바람도 거의 일으키지 않는다. 비샤다는 그 새를 알아보듯이 일어서며 긴 울음소리를 낸다.

"루드히라가 왔나 봐요."

보리얀의 말에, 훌라르는 고개를 끄덕이고 부드럽게 그녀의 머리칼을 쓸어 넘긴다. 그는 다정하게 말한다.

"난 그런 날을 꿈꿔. 햇살이 눈 부신 언젠가, 우리가 모든 일을 돌아보고 미소 지을 날을 맞이하기를…."

보리얀은 훌라르의 모습을 두 눈에 담으며 눈물이 차오르는 것을 느낀다. 그녀는 애써 미소를 지으며 당부하듯이 그에게 말한다.

"그렇게 될 수 있도록, 제가 꼭 진주를 구해 올게요. 그러니까 그날이 올 때까지는 조심히 잘 있어야 해요. 다치지 말고, 포기하지도 말고. 알았죠?"

훌라르가 고개를 끄덕이자, 보리얀은 훌라르를 꼭 껴안으며 마지막으로 그의 입술에 입을 맞춘다. 보리얀의 숨결이 떨리는 것을 느끼는 훌라르는 무언가 잘못되었음을 직감한다. 그녀의 입맞춤이 정말 멀리 떠나는 사람의 마지막 인사 같기 때문이다. 하지만 보리얀은 그가 무어라 할 새도 없이 그를 놓고, 루드히라가 있는 곳으로 저벅저벅 걸음을 옮긴다. 빠르게 걷는 보리얀은 부들거리는 입술을 꼭 깨물고 생각한다.

'보지 말자. 돌아보면 울 것 같아.'

새벽 달빛에 빛나는 모래가 눈물에 비쳐 일렁인다. 아래를 내려다보며 걷는 그녀의 눈가에서 눈물방울이 툭 떨어진다. 훌라르는 자신에게서 멀어져 가는 보리얀을 말없이 바라본다.

'…분명 내게 말하지 않은 게 있어.'

우두커니 선 훌라르는 심장이 내려 앉는듯한 표정으로 보리얀이 멀어져가는 것을 바라본다. 금세 루드히라의 앞에 도착한 그녀는 그 커다란 새에게 예를 갖추어 인사를 올린다. 루드히라는 보리얀의 눈을 바라보며 이야기를 건넨다.

'고대 루에린의 힘을 가진 이여, 그대는 진정으로 모크샤를 깨울 마음을 내었구나. 신성한 숲에 있는 이들은 본래 에린의 후손들이 벌이는 일에 관여하지 않는다. 하지만 그대가 향하는 곳에 모크샤의 탄생이 있으니, 이제 시타다라의 자손들 또한 그대의 부름에 응답하리라.'

보리얀은 눈물을 훔치고 고개 숙여 깊은 감사의 뜻을 전한다. 루드히라는 보리얀을 위해 몸을 낮춘다. 그리고 그녀가 부드러운 흰 깃털로 덮인 자신의 등에 조심스레 올라타자 천천히 날아오를 준비를 하며 묻는다.

'로히라셰드로 향할 준비가 되었는가?'

'네. 전속력으로 가주십시오.'

보리얀을 태운 루드히라는 힘차게 날개를 편다. 그리고 마치 흰 별똥별처럼 하늘을 가로지르며, 저 끝없이 펼쳐진 동쪽 창공 위로 날아오른다. 눈물을 삼킨 보리얀은 사막의 점처럼 작아지는 훌라르의 모습을 내려다보며 생각한다.

'동쪽 호수에서 무슨 일이 생기더라도, 꼭 돌아올 거야.'

저 아래, 훌라르는 하늘의 별이 되듯 멀어지는 보리얀의 모습을 보며 떨리는 목소리로 중얼거린다.

"돌아올 것을 믿어야지. 약속했으니까."

그 시간, 새들의 호위를 받고 있는 스루딘은 푸른 새벽빛이 가득한 바르벨루스의 탑 꼭대기에 도착한다. 대포의 소리는 잦아들었으나 균열이 간 탑의 이곳저곳이 무너져 내리기 시작한다.

"쿠구구구궁-!"

어디선가 탑을 흔드는 진동이 울려 오는 바람에, 지카에서 내린 스루딘은 잠시 균형을 잡느라 멈칫한다. 그의 손에는 올라오는 길에 슈라문에게 빼앗은 칼이 들려 있다. 반투명한 천을 젖히고 정원 위로 걸음을 옮기는 스루딘은 곧 헤테르만과 지샤치의 시체를 발견한다. 저 앞에는 솔리디몬의 일행이 마치 그를 기다렸다는 듯이 서 있다.

"정말 여기 있었군. 다른 무니안들처럼 이곳에서 최후를 맞이하려는 건가?"

스루딘이 칼을 겨누며 말하자 솔리디몬은 핏발이 선 눈으로 그를 노려본다.

"탑은 무너지는 한이 있더라도, 반역자를 살려두지는 않는다. 나의 끝이 곧 너의 끝일 것이다."

"글쎄. 그건 끝까지 두고 봐야 할 것 같은데?"

스루딘은 빙긋 웃으면서 품속을 뒤져 무언가를 꺼낸다. 반쯤 남아 있는 수액 병이 그의 손에서 찰랑거린다. 입구의 마개를 빼 든 스루딘은 수액이 잘 보이도록 조금 치켜든다. 푸르게 밝아오는 새벽 달빛에 병의 정체를 알아챈 솔리디몬의 숨이 턱 막힌다. 그는 부들부들 떨리는 입가로 소리를 지른다.

"빼…빼앗아라! 어서!"

"한 걸음이라도 떼면 쏟아버릴 테다."

스루딘이 말하는 그때, 쿠구구궁 하는 굉음과 함께 공중 정원이 흔들리기 시작한다. 스루딘은 조금 휘청거리다가 급히 수액 병을 잡아 들고, 솔리디몬은 수액이 한 방울이라도 새어 나올세라 긴장해서 자신도 모르게 손을 뻗는다. 다시 균형을 잡은 스루딘은 슈라문들을 돌아보며 미소 짓는다.

"잘 봐. 이게 바로 무니안들이 가졌던 힘의 원천이야. 어느 에실린이던지 이것만 마시면 저렇게 오래 생명을 유지하고, 물, 불, 동물, 그 어떤 물질의 힘도 이겨내는 초월적인 존재가 된다더군. 아마 탑이 무너져도 거뜬하게 살아남겠지. 그럼 이걸 가지는 자가 당연히 새로운 에실린 군주가 되지 않을까?"

스루딘의 말에 슈라문들의 시선이 모두 수액에 쏠린다. 스루딘은 그들의 눈빛에서 욕망을 읽는다.

"저 늙은이도 이미 알겠지만, 나는 별로 군주가 되고 싶은 마음이 없어. 그러니 내가 한 가지 제안을 하지. 솔리디몬을 가장 먼저 죽이는 자가 이 수액을 가지는 거야. 어떤가?"

"네 이놈!"

솔리디몬이 외치자 스루딘 뒤에 있는 새들이 위협적으로 날개를 퍼득거린다. 스루딘은 솔리디몬을 아랑곳하지 않고 슈라문들을 보며 빙긋 웃는다.

"어디 한번 보자. 누가 이 수액을 가질 자격이 있는지."

스루딘은 병을 조금 흔들며 몇 걸음 물러난다. 슈라문들은 조금 갈등하다가, 서로의 눈을 살피며 다들 같은 생각을 하고 있음을 눈치챈다.

'내가 탑의 주인이 된다면….'

슈라문들은 하나둘 날이 선 눈빛으로 솔리디몬을 쳐다본다. 솔리디몬은 자신을 응시하는 슈라문들을 향해 떨리는 목소리로 입을 연다.

"이, 이것들…. 내 손끝이라도 건드는 놈은…."

그의 말이 끝나기도 전에 한 에실린 상급 슈라문의 칼이 그의 허리를 푹 찌른다.

"으아악!"

수액의 기운이 소진된 솔리디몬의 몸에 칼이 깊숙이 꽂힌다. 에실린 슈라문은 살기 어린 눈을 번득인다.

"이 사기꾼 놈. 칼이 잘만 들어가는군! 그 오랜 세월 동안 충성하며 살았던 나를 두고, 저 미천한 놈에게 군주의 자리를 넘기려 해? 이 탑은 이제 내 것이다!"

그러자 옆에 있던 한 하급 슈라문이 그 상급 슈라문의 등에 칼을 꽂으며 외친다.

"어림없는 소리! 지금까지 날 짐승처럼 잘도 부려먹었겠다! 네놈도 같이 보내주마!"

"으아아악!"

슈라문들의 칼날은 그동안 쌓여왔던 보복을 하듯이 솔리디몬을 찌르고 서로를 베며 쳉그랑거린다. 솔리디몬은 조금 전까지만 해도 자신에게 감언이설을 하던 슈라문들의 손에 역겨운 냄새가 나는 피를 쏟아낸다.

"병을 내놔!"

슈라문 중 몇은 스루딘에게 달려들어서 수액을 빼앗으려고 하는데, 다시 들려오는 굉음과 진동에 천지가 흔들린다.

"쿠구구궁!"

그 시간, 탑 안에서는 새들이 모두 앞다투어 빠져나가고 있다. 지카들도 모두 탑 밖을 향해 고개를 틀고 울음소리를 낸다. 동물들의 행동이 심상치 않은 것을 본 님로덴은 곧 계속 들려오는 굉음이 점점 탑 쪽으로 다가오고 있음을 깨닫는다.

"이건 대포 소리가 아니다. 밖에서 들려오는 소리야."

님로덴은 지카를 이끌며 외친다.

"탑을 비워라! 어서 탑에서 나가야 한다!"

"부우우우! 부우우우!"

퇴각 신호를 알리는 고동 소리가 탑 안을 메운다. 탑 안에 있던 슈라문들과 노예병들까지도 탑 밖으로 빠져나가기 위해 애쓴다.

"후퇴하라! 후퇴!"

탑 바깥에서는 화산 분화구 쪽에서 내려오고 있던 지오투스와 피샤트가 다른 병사들과 함께 입을 다물지 못하고 앞의 광경을 바라보고 있다. 높은 지대에 서 있는 병사들의 시야에는 생전 본 적 없는 거대한 동물의 모습이 드러난다. 피샤트의 옆에 있던 켄트라는 아연실색한 얼굴로 굉음이 다가오는 쪽을 가리킨다.

"저, 저게 도대체 뭐죠?"

쿠구구궁- 하는 소리와 함께 탑의 내부가 더 흔들린다. 돌무더기가 떨어져 내리기 시작하고, 퇴각을 외치는 병사들의 소리가 공중 정원에까지 닿는다. 스루딘에게 다가가려는 슈라문, 그 슈라문을 잡는 다른 슈라문, 그 슈라문을 베려는 또 다른 슈라문들이 서로 한데 넘어져서 뒤엉킨다. 그러자 스루딘의 뒤에서 때를 기다리던 새들은 그들을 공격하기 시작한다. 새들은 뾰족한 발톱으로 슈라문들과 솔리디몬의 살갗을 찢고, 매서운 부리로 그들의 눈을 쪼기 시작한다. 붉게 충혈되어 있던 솔리디몬의 눈알이 터지며 질척거리는 피와 진물이 쏟아져 나온다. 그는 고통에 소리를 지른다.

"아아아악!"

괴기스러운 모습을 한 솔리디몬은 눈이 보이지 않자 당황하여, 피눈물을 철철 흘리면서도 바닥을 더듬는다. 무의식적으로 도망치려고 기어가는 그의 앞에는 낭떠러지가 있다. 스루딘과 새들은 슈라문들을 솔리디몬에게로 몰아간다.

"으아아아!"

새들에게 눈을 잃은 슈라문들은 솔리디몬을 밟고 발을 헛디딘다. 그들은 서로의 무게에 밀려서 하나둘 허공 아래로 떨어진다. 이어서 새들은 엎드려 있는 솔리디몬을 날카로운 발톱으로 잡아서 탑 밖으로 밀어내리려고 푸드덕거린다. 끝까지 떨어지지 않으려는 솔리디몬은 두 손을 부들거리며 절벽의 가장자리를 꽉 붙잡고 매달린다. 그는 부득부득 이를 갈며 온 힘을 다해 외친다.

"…네, 네놈은 이제 가장 고통스럽게 죽을 것이야! 크윽, 그게 이 탑을 등진 대가다!"

스루딘은 눈이 멀어버린 솔리디몬의 앞에 서서 낮은 목소리로 말한다.

"이건 네놈이 세상을 등쳐먹은 대가다."

스루딘이 들고 있던 칼이 밝아오는 새벽빛에 번득이더니, 솔리디몬의 손끝을 내리쳐서 잘라 버린다.

"흐아아아!"

솔리디몬은 고통에 비명을 지르며 아래로 떨어진다. 그의 귓가에 혼령들의 울음 같은 바람 소리가 쉭쉭 스친다. 허우적대는 그의 잘린 손끝에 닿는 것이라고는 붙잡을 것 없는 절망뿐이다. 속도가 주는 공포 속에서 의식을 잃어가는 그의 머릿속에 자신이 했던 말이 스쳐 지나간다.

'이 높은 곳에서 추락할 때, 네 곁에 누가 있겠느냐? 남는 건 쓸쓸하게 남겨진 네놈의 시체뿐이다. 이렇게 피로 더럽혀진…'

솔리디몬의 몸은 대포에 붕괴된 도시의 잔해에 부딪혀 산산이 부서진다.

"쿠우우웅!"

아래를 내려다보던 스루딘은 탑을 울리는 진동에 그만 쓰러질 뻔한다. 그는 공중 정원의 가장자리에서 물러나며 중얼거린다.

"어휴, 도대체 이 소리는 뭐야?"

그는 한숨을 쉬며 여태껏 손에 들고 있던 수액 병을 쳐다본다. 슈라문들과 싸우는 도중에 이리저리 흔들리던 병은 거의 비어 있다. 그는 그것을 공중 정원 밖으로 던져버리며 생각한다.

'왜들 그렇게 오래 살고 싶어 하는지 이해할 수가 없군. 사는 게 이렇게 지긋지긋한데.'

그가 서둘러 공중 정원에서 나가기 위해 걸음을 돌리려는 순간, 나무의 그림자 속에서 어떤 귀에 익은 목소리가 들려온다.

"…반역자를 죽여야 그분이 산다."

그 목소리를 들은 스루딘은 깜짝 놀라서 고개를 돌린다. 지금까지 미처 보지 못했으나, 나무들의 그림자 사이에 한 청년이 우두커니 서 있다. 마치 지금까지의 일을 지켜보기라도 한 것처럼. 스루딘은 자기도 모르게 목소리가 들리는 곳으로 걸어간다. 새들은 다시 경계의 태세를 갖추고 그를 따라간다. 조심스럽게 나무 사이의 그림자를 들여다보는 스루딘은 슬픔이 담긴 커다란 은회색 눈동자를 마주한다. 구불거리는 머리를 가진 청년은 스루딘에게 천천히 칼을 겨눈다. 그를 바라보던 스루딘은 믿기지 않는다는 듯이 속삭인다.

"…루딘?"

청년은 스루딘에게 칼을 겨누며 걸어 나온다. 스루딘은 떨리는 눈빛으로 천천히 걸음을 뒤로한다. 청년은 마치 약에 취한 듯이 중얼거린다.

"반역자를 죽여야…."

"쿠구구궁!"

정원이 다시 흔들리고, 청년은 스루딘에게 칼을 휘두른다. 스루딘은 당황한 기색으로 칼을 피하며 그를 뚫어져라 응시한다. 청년은 풀린 동공으로 다시 덤벼든다. 서툴게 검을 들고 있는 모습을 보니, 그가 자라트라에서 훈련을 받은 병사가 아님을 한눈에 알 수 있다.

"…너, 누구냐?"

"루딘."

청년은 대답과 함께 스루딘의 목을 향해 칼을 휘두른다.

"흐읍!"

예상치 못한 공격에 스루딘이 피하며 넘어지자, 주변에 있던 새 떼들이 청년을 공격하려고 덤벼든다. 스루딘은 무의식적으로 급하게 손사래를 치며 외친다.

"안 돼!"

하지만 그의 말을 알아듣지 못하는 새들은 청년을 부리로 쪼기 시작한다.

"으아아아!"

청년은 몸을 숙이며 고통에 소리를 지른다. 스루딘은 청년이 웅크리고 있는 틈을 타서 그가 들고 있던 긴 칼을 빼앗고, 그것을 덤불 속으로 던져 버린 후 새들을 막아선다. 그제야 스루딘의 뜻을 알아들은 새들은 멈칫하며 퍼드득거리고 날아간다. 다시 쿠구구궁 하는 커다란 소리가 더 가까이에서 공중 정원을 흔들자 스루딘은 청년을 일으키려고 하며 급히 말한다.

"나가야 한다. 탑이 곧…."

하지만 그 틈에 허리춤에서 단도를 뽑아 든 청년은 스루딘의 왼쪽 어깨를 찌른다.

"윽!"

스루딘은 고통에 얼굴을 일그러뜨리며 재빨리 청년을 힘껏 밀쳐낸다. 바닥에 나동그라졌다가 휘청거리며 일어선 청년은 단도에 묻은 피를 보고 움찔한다. 스루딘은 청년의 손이 바들바들 떨리는 것을 보고 생각한다.

'역시, 병사가 아니다.'

그는 자신이 들고 있는 긴 칼을 휘두르며, 탑 안으로 이어지는 공중 정원의 입구로 청년을 몰아세운다. 그 기세에 청년은 도망치듯이 뒷걸음질 치고 정원의 입구에서 벗어난다. 그가 계단 아래의 다리 쪽으로 들어서자 스루딘은 피가 흘러내리는 주먹을 꽉 움켜쥐고 읊조린다.

"…넌 루딘이 아니야."

"이야아아!"

청년은 고함을 지르며 스루딘에게 단도를 휘두르려고 한다. 스루딘은 재빨리 칼등으로 그의 공격을 막고, 한 발을 들어 힘껏 청년을 밀친다. 청년은 그 충격에 계단 난간 쪽으로 떠밀리며 고통으로 얼굴을 일그러트린다. 그는 숨이 막히는지 가슴팍을 쥐며 헉헉대고, 스루딘은 그 틈을 타 청년의 오른손을 잡아 비튼다.

"쨍그랑!"

청년의 손에서 단도가 떨어진다. 가쁘게 숨을 몰아쉬며, 스루딘이 중얼거린다.

"훈련도 서툴게 받았고…."

청년은 부들거리며 떨어진 단도를 다시 주우려 하나 스루딘이 그것을 저 멀리 차버린다. 그리고 자신이 들고 있던 칼도 던져버리며 한 손으로 청년의 멱살을 힘껏 잡는다. 얼굴을 마주 보고 있는 그들의 귓가에 서로의 숨소리가 들린다. 스루딘은 피를 많이 흘려 정신이 아득해지는 것을 느끼며 조용히 말한다.

"이제 그만 해라. 널 죽이고 싶지 않다."

그러자 청년은 증오와 슬픔이 뒤섞인 눈으로 마치 최면에 걸린 듯 같은 말을 반복한다.

"반역자를 죽여야…. 그분이 산다."

"그분이 도대체 누군데?"

"……."

"쿠구구궁."

한층 더 가까워진 굉음과 함께 진동이 다시 찾아오자 허물어져 내리던 탑에 쩌저적 하며 균열이 간다. 하늘이 갈라지는 것 같은 소리와 함께 탑의 천장이 와르르 무너져 내린다. 스루딘은 반사적으로 손을 들어 머리를 감싼다. 탑과 연결된 다리의 끝부분이 거의 끊어져 버리고, 다리의 난간들이 떨어져 나가며 희뿌연 먼지가 일어난다. 균형을 잃고 떨어질 뻔한 청년은 가까스로 부서진 난간의 밑동을 잡고 매달린다. 스루딘의 눈이 두려움으로 떨리는 청년의 눈과 마주친다. 그때 머릿속에 스치는 생각에 그의 눈빛이 흔들린다.

'마지막 순간…. 내 아들도 저렇게 두려워했을까?'

"투두둑!"

돌덩어리들이 떨어져 내리며 청년의 손이 미끄러지자, 스루딘은 자신도 모르게 아래로 떨어지려는 청년의 손을 붙잡는다. 스루딘의 오른쪽 팔뚝에 터질 듯한 힘이 들어간다.

"으아아아!"

고통에 소리를 지르면서도 스루딘은 청년을 놓지 않는다. 그는 이를 악물고, 온 힘을 다해 한 손으로 청년을 끌어 올린다. 허공에서 버둥대던 청년은 마침내 다리 위로 다시 몸을 걸친다. 그러자 스루딘은 탈진하여 바닥을 짚고 쓰러지듯 주저앉는다. 청년은 혼란스러운 눈빛으로 바닥에 널브러진 그를 쳐다본다. 스루딘은 끊어진 다리 쪽을 가리키며 힘없는 목소리로 말한다.

"봐라, 이 반역자는 어차피 여기서 죽는다."

"……."

그는 서서 자신을 바라보고 있는 청년에게 빨리 가라는 듯 손짓한다.

"뛰어서 건너갈 힘이 남아 있으면 어서 가라. 가서 '그분'이든 뭐든 구해."

스루딘은 기진맥진해서 눈을 감는다. 청년은 조금 정신이 드는지, 떨리는 목소리로 묻는다.

"왜…?"

그러자 스루딘은 두 눈을 감은 채 읊조린다.

"내 마음이다."

"쿠구구궁!"

이제는 완전히 가까운 곳에서 굉음이 울려 퍼지며 천장에서 돌들이 마구 무너져 내린다. 온 세상이 흔들리고 지진이 일어난 듯 탑이 무너져 내리는 소리가 들린다. 청년은 갈등하는 눈으로 스루딘을 바라보다가, 격한 흔들림에 균형을 잃고 엉겁결에 그의 위로 엎어진다. 커다란 돌의 파편이 청년의 머리를 친다. 청년은 시야가 캄캄해지는 것을 느끼며 그대로 정신을 잃는다.

탑 밖에서는 병사들 사이에서 스루딘을 애타게 찾는 켄트라의 목소리가 들린다.

"스루딘 관리 장교님!"

병사들을 이끌고 탑 밖으로 나온 님로덴, 그리고 그들의 퇴각을 도운 지오투스도 다급하게 스루딘을 찾는다. 하지만 아무리 살펴봐도 스루딘의 행방을 알 길이 없다. 난리 통에서 그들과 합류한 퓨라와 노예병 사내도 함께 스루딘의 이름을 외치며 고개를 두리번거린다. 저 멀리, 민간인들이 모여 있는 곳에서도 스루딘의 모습이 보이지 않는다는 병사들의 목소리가 들려온다. 켄트라는 분진 때문에 붉게 충혈된 눈으로 사람들 사이를 살피다가 갑자기 스치는 생각에 탑을 쳐다보며 중얼거린다.

"서, 설마 아직 저 안에…?"

그 순간, 탑에는 어떤 거대한 동물의 그림자가 드리워진다.

강렬한 진동이 휩쓸고 지나간 탑 안에서는 서서히 먼지가 가라앉으며 고요가 찾아온다. 새벽의 어둠을 헤치고 동이 터 오면서 뻥 뚫린 천장 위로 햇살이 비쳐 들어온다. 허물어진 벽과 무너진 기둥들의 잔해에 희뿌연 빛이 닿으며 적막이 감돈다. 살아 있는 것의 흔적이 없는 것처럼 어떤 움직임이나 소리도 느껴지지 않는다.

그때, 다리 위에서 스루딘과 청년을 덮고 있는 돌무더기가 들썩인다. 이어서 돌덩이가 하나둘 굴러떨어지더니 스루딘의 손이 불쑥 나온다.

"으아아…"

가까스로 돌 더미를 헤치고 나온 스루딘은 숨을 가쁘게 몰아쉰다. 그의 옆에는 먼지를 뒤집어쓰고 피투성이가 된 채 엎어져 있는 청년이 보인다. 스루딘은 숨을 고르며 청년을 살핀다. 아무런 미동이 없다. 위에서 떨어지는 돌무더기를 온몸으로 맞은 청년의 머리에서는 피가 흐르고 있다. 스루딘은 부들거리는 손으로 청년의 구불거리는 은색 머리를 이마에서 치워준다. 그러자 청년의 창백한 얼굴이 드러난다. 그는 떨리는 손끝을 청년의 목에 가져다 댄다. 맥박이 느껴지지 않는다.

"……."

스루딘은 멍하니 청년의 얼굴을 쳐다본다. 두 눈을 감고 있는 그의 모습이 마치 지쳐 잠들어 있는 아들의 얼굴 같다. 스루딘은 입술을 떨며 결국 눈물을 흘린다. 그의 조용한 흐느낌은 곧 통곡이 된다. 그는 마치 루딘을 어루만지듯 청년의 얼굴에 가만히 손을 가져다 댄다. 온통 찢어진 스루딘의 거친 손등에 눈물이 떨어진다. 루딘에 대한 슬픔과 그리움이 벅차올라, 그는 청년을 부여 잡고 온몸을 떨며 오열한다.

"흐으으…. 으으윽…."

청년의 창백한 이마에 스루딘의 눈물이 떨어진다. 아직도 엄마를 그리워하며 울던 그 어린아이의 커다란 눈망울이 눈에 선하다. 자기 고집을 닮은 그 성격과 어느새 늠름한 병사장이 되었던 루딘의 모습까지 모두 그의 가슴을 후벼 판다. 사랑하는 이를 잃고 홀로 루딘을 키워내며 아이 만큼은 끝까지 지켜내리라고 다짐하고, 또 다짐했었다. 그렇기에 선장 일을 하며 먼 곳으로 정찰을 나설 때도 언제나 그의 마음은 하나밖에 없는 아들에게 향해 있었다. 쑥스럽다는 이유로 그런 마음을 한 번도 제대로 표현하지 못했지만 지금은 그것을 전하기에 너무 늦었다.

스루딘은 숨을 거둔 아들을 부둥켜안는 것처럼 청년을 꼭 안는다.

'미안하다. 내가 미안하구나.'

스루딘은 소리 죽여 입술을 달싹이며 마음속으로 거듭 미안하다는 말을 반복한다. 그 차가운 물 속에 가라앉으며 얼마나 겁이 났을까. 괴물에게 살갗이 찢기며 얼마나 고통스러웠을까. 아버지로서 아무것도 해줄 수 없었다는 마음에 지금껏 묻어두려고 노력했던 죄책감과 미안함이 터져 나온다. 눈물이 해일처럼 치밀어 오르며 꾹꾹 눌러 담아왔던 슬픔이 북받쳐오자 스루딘은 절규한다.

"흐으아아아!"

스루딘의 울음소리만이 조용한 탑의 잔해 안을 울린다. 서럽게 흐느껴 우는 그의 눈물이 청년의 옷깃을 적신다. 스루딘은 거친 손끝으로 아들을 닮은 청년의 볼을 연신 쓸어본다. 그는 이미 루딘이 이곳에 없다는 것을 알고 있다. 그 애가 어떻게 물속에 가라앉았는지 보리안에게 모든 이야기를 들었기에…. 하지만 자꾸만 이것이 아들의 마지막 모습인 것만 같아서, 그는 청년의 얼굴에서 시선을 떼지 못한다. 더 이상 잃을 것이 없는 사람처럼 넋을 놓고 우는 스루딘의 목소리가 메아리친다. 이토록 온전히 그의 마음을 쏟아낸 것은 바얀 호의 비보를 듣고 나서 처음이다.

"끄흐흑, 흐흐흐흑…!"

목 놓아 울던 스루딘은 탈진할 듯 숨을 몰아쉬다가 가까스로 호흡을 되찾는다. 그는 분진과 피로 범벅이 된 팔을 들어 눈물을 쓸어내리고 청년의 얼굴을 바라본다.

"……."

그는 루딘에게 마지막 인사를 하는 것처럼 한 손을 청년의 이마에 얹는다.

그리고 떨리는 목소리로 속삭인다.

"…흐흑, 너를 놓아주어야겠지. 그런데 그것이 너무나도 어렵구나. 하지만 노력해 보마. 나의 사랑하는 아들아. 편하게 쉬렴. 아무리 오랜 시간이 흘러도 변함없이, 너는 내 자랑스러운 아들이다."

스루딘은 가만히 청년을 앞에 놓아주며 눈을 감는다. 꼭 감은 두 눈에서 눈물이 주르륵 흘러내린다. 밝게 비쳐드는 햇빛 한 줄기가 그의 얼굴을 비춘다. 부들거리는 주먹을 꽉 쥔 채로 울던 스루딘은 떨리는 손을 서서히 편다. 이제껏 놓지 못하고 있던 루딘에 대한 마음을 보내 주려는 듯이.

그런데 생의 기운이 떠나서 차갑게 식은 청년의 몸이 점점 변하기 시작한다. 그의 머리색부터 밝은 갈댓빛으로 변하더니 이어서 얼굴의 형체도 변한다. 청년의 얼굴은 점점 다른 이의 형상으로 바뀌고 있다. 루딘보다 더 날카로운 눈매에, 짙은 황갈색 눈썹, 그리고 직모에 가까운 머리칼이 모습을 드러낸다.

이어서 스루딘이 다시 눈을 뜨자 루딘의 모습은 오간 데 없이 사라지고, 처음 보는 이의 생소한 얼굴만이 남아 있을 뿐이다. 그는 놀라움에 자기도 모르게 중얼거린다.

"…셰, 셰트린!"

스루딘은 커다래진 눈으로 청년을 쳐다본다. 천천히 숨을 내쉬는 그의 얼굴에 충격이 스친다. 잠시 넋을 놓고 청년을 바라보던 그는 고대 셰트린의 힘에 대해 떠올린다.

'자기 모습을 바꿀 수 있는 사람들이 있다고는 들었는데 정말이었구나. 틀림없이 이 청년 또한 솔리디몬의 손에 조종당한 것이었겠지.'

그는 젊은 셰트린 청년의 팔과 다리를 둘러싸고 있는 돌들을 천천히 치운다.

이제서야 청년의 모습이 온전히 드러난다. 생전에 궂은일을 많이 했는지 청년의 창백한 손이 거칠다. 스루딘은 그 손을 보며 안타까운 얼굴로 생각한다.

'젊은 나이에 고생을 많이 했나 보구나. 너도 누군가의 아들일 텐데….'

그런데 청년의 새끼손가락 안쪽에 어떤 단어가 새겨져 있는 게 눈에 띈다. 스루딘은 고개를 숙여서 조금 더 자세히 그것을 응시한다. 곧이어 그의 눈이 의아함으로 휘둥그레진다.

"…'미샤틴'? 이게 뭐지?"

믿기지 않아서 다시 그 글씨를 쳐다보는 그때, 스루딘의 귓가에 다시 굉음이 들려온다.

"쿠구구궁!"

바깥에서부터 오는 엄청난 타격에 반대편에 있는 탑의 외벽이 부서진다. 한바탕 진동이 휩쓰는 바람에 스루딘을 덮고 있던 돌무더기들이 저 아래로 우르르 굴러떨어지고, 그와 함께 셰트린 청년의 몸도 스르륵 떨어져 시야에서 사라진다. 탑의 외곽이 무너져 내리며 커다란 구멍이 생기자, 거대한 동물의 머리가 탑 안으로 쑤욱 들어온다. 동물이 천천히 눈을 끔벅이며 스루딘을 쳐다본다. 그 동물은 마치 수천 년은 된 나무껍질 같은 표피를 가지고 있고, 촉촉하고 반짝이는 새카만 두 눈동자를 가지고 있다. 동물은 다시 천천히 눈을 끔벅이더니 고개를 이리저리 흔든다. 그러자 동물의 머리에 부딪힌 탑의 모든 부분이 와르르 무너져 내리기 시작한다.

"쿠콰콰쾅! 우르르르-"

천지를 흔들며 들려오는 굉음에 스루딘은 자신이 곧 잔해에 깔려 죽을 것이라고 예상한다. 그는 두 눈을 꽉 감고 반사적으로 몸을 웅크린다. 사방을 가득 메우는 흙먼지가 폭풍처럼 그를 덮친다.

"구우우웅-"

진동이 서서히 멎자 주위가 환해지며 다시 정적이 찾아온다. 스루딘은 아직 자신이 살아 있다는 것을 깨달으며 천천히 다시 고개를 내민다. 그리고 눈앞에 드러난 믿기지 않는 풍경에 입을 다물지 못한다.

"⋯⋯!"

탑이 완전히 무너졌다. 공중 정원과 그 출입구, 그리고 그곳에서부터 이어진 다리의 반쪽만이 허공에 붕 떠 있을 뿐이다. 스루딘은 바로 그 다리의 끝 가까이에서 숨을 고르고 있다. 아래 저 멀리에서는 대피한 사람들이 미동도 없이 그 광경을 올려다보고 있다. 스루딘은 주변을 둘러보고 천천히 몸을 일으키며, 바닥을 짚고 일어선다. 이어서 그는 자신의 앞에 있는 엄청나게 커다란 동물을 응시한다. 그리고 비로소 그 동물이 상상하지도 못할 크기의 거대한 거북임을 알아차린다.

'⋯거, 거북?'

거북은 눈을 끔벅거리며 그를 바라본다. 등갑에는 이끼가 수두룩하고, 커다란 버섯들과 함께 온갖 꽃나무와 과실나무가 자라나고 있다. 심지어 그 사이로 작은 새들이 분주히 날아다니는 것이 보인다. 거북은 스루딘을 응시하더니, 거대한 머리를 천천히 그의 앞으로 들이민다.

스루딘은 가만히 거북을 바라보다가 용기를 내어 한 손을 내민다. 가만가만 다가가던 그의 손이 드디어 거북의 머리에 닿자 거북은 커다란 콧구멍을 들썩인다. 그러다가 무슨 생각인지, 고개를 더 쑥 내밀어서 그를 자신의 머리 위에 태운다.

"으어어…."

엉겁결에 거북의 머리에 올라타게 된 스루딘은 엎드려서 거북을 꼭 붙든다. 거북은 고개를 천천히 숙여서 스루딘을 탑이 있던 곳에서 멀찍이 떨어진 곳에다 내려놓는다.

"스, 스루딘 관리 장교님!"

저 멀리서 켄트라의 목소리가 들린다. 모든 이들이 경이롭게 지켜보는 가운데 무사히 착지한 그는 입을 다물지 못하고 거북을 응시한다. 거북은 다시 공중 정원을 향해 천천히 고개를 뻗는다. 그리곤 커다란 입을 벌려 남아 있는 다리의 잔해를 덥석 물고서 긴 목을 사용해 고개를 비이잉 돌린 다음, 공중 정원 전체를 자신의 등갑에 얹는다. 그러자 공중 정원 아래를 받치고 있던 구름들이 안개처럼 흩어지고, 거북의 등 위에 자리 잡고 있던 이끼 숲이 들썩이면서 쏴아아 하는 바람이 불어온다. 거북은 시타다라 쪽으로 방향을 틀더니 다시 천천히 발걸음을 뗀다.

"쿠우우웅– 쿠구구궁–"

거북이 떼는 발걸음마다 아까 탑이 무너지며 들려왔던 익숙한 굉음과 진동이 땅을 흔든다. 저 멀리 피해 있던 수많은 병사, 슈라문, 그리고 노예병들은 아무 말 없이 멀어져가는 거북을 지켜본다. 거북의 발걸음이 만드는 진동에 의해 탑이 무너진 부분 근처의 땅이 갈라지기 시작하고 탑 주변의 지반이 내려앉는다. 그러자 탑 아래의 땅에 감추어져 있던 것이 서서히 드러난다. 그것을 본 병사들이 놀란 목소리로 외친다.

"지, 진주다! 엄청난 양의 진주가…!"

그때 하늘 저 위에서 커다란 날갯짓 소리가 들려오는 것을 느낀 스루딘이 고개를 든다.

"펄럭, 펄럭-"

새로운 아침을 여는 밝은 빛 아래로 신비로운 깃털을 가진 거대한 새들이 바르벨루스의 하늘에 당도한다. 거북이 떠나가는 뒤로, 시타다라의 다른 육지 동물들도 하나둘 모습을 드러낸다. 모든 이들은 시간이 멈춘 듯 그 광경을 바라본다. 하늘을 응시하던 스루딘은 점점 시야가 흐릿해지는 것을 느끼며 그 자리에 쓰러진다. 핏자국과 먼지로 뒤덮인 그의 얼굴로 환한 햇살이 쏟아져 들어온다.

5장

{ 세상에서 가장 귀한 진주 }

"까악!"

동쪽 호수의 중앙 마을, 까마귀 떼가 분주히 원로원이 있는 곳으로 날아간다. 하늘 높이에서 바라보는 원로원의 모습은 마치 속이 뚫려 있는 둥근 원기둥 같다. 사방이 두꺼운 토벽으로 둘러싸인 커다란 원로원 안에서 칼날이 부딪치는 소리와 비명이 들려온다. 까마귀들은 납작한 진흙 판으로 이어 엎어진 지붕에 내려앉고, 급히 누군가를 찾듯 아래의 아수라장을 두리번거린다. 원로원 내부의 복잡한 계단과 복도에는 사타니크가 이끌고 온 병사들과 노예들이 가득하다.

"사, 살려줘…!"

가장 높은 층, 벌벌 떠는 사내 한 명이 사타니크에게 싹싹 빈다. 거칠게 숨을 몰아쉬는 사타니크는 자신이 붙잡은 자를 제압하여 그의 무릎을 꿇린다.

"머릿수로 따져 보니 네놈이 마지막 원로겠군?"

"아야아아…."

원로는 사타니크의 손아귀 힘이 전하는 고통에 온 얼굴을 찡그리고 신음한다. 곧이어 저쪽에서 병사 하나가 달려오며 말한다.

"헉헉, 병사장님! 말씀하신 대로 원로들을 다 포박했습니다. 항복하는 노예들은 어떻게 할까요?"

"모두 이끌고 우리 기지로 간다. 이놈이 마지막 원로니까 잘 묶어둬. 나는 이제 지하 창고로 가겠다."

"네, 알겠습니다."

사타니크는 숨을 고르며 병사의 어깨를 툭툭치고 씨익 웃는다.

"꽤 힘들지? 실전은 훈련하고 달라."

"괜찮습니다. 그동안 병사장님께 받은 훈련이 하도 고되어서 이쯤은…"

병사가 마음에서 우러나오는 소리를 하다가 아차, 싶은 얼굴로 사타니크를 쳐다본다. 그리고 머쓱하게 웃으며 말을 잇는다.

"그 훈련이 이렇게나 쓸모가 있단 말입니다. 역시 선견지명이 있으십니다."

"허이고, 그런 입에 발린 소리는 또 어디서 배워가지고."

그때 사타니크를 찾아낸 까마귀들이 그의 주변에 퍼득거리며 착지한다. 그 중 한 마리가 그의 앞에 작은 종잇조각을 툭 떨어트린다. 사타니크는 의아한 표정으로 까마귀들을 바라보며 종이를 집어 든다. 이어서 쪽지에 쓰인 내용을 읽어 내리는 그의 얼굴은 놀라움과 반가움으로 환해진다.

"…어? 보리얀이 여길 왔다고?"

그는 병사들에게 뒷수습을 맡기고 서둘러서 항구 쪽으로 걸음을 옮긴다.

안개가 짙게 껴 있는 동쪽 호수의 항구에는 놀란 구경꾼들이 모여 있다. 그들은 길게 나온 부둣가에 도착한 보리얀과 커다란 새를 보고 웅성거린다. 저 멀리서 그들을 헤치며 외치는 사타니크의 목소리가 들린다.

"비켜라!"

보리얀은 루드히라에서 내리고 반갑게 외친다.

"사타니크 형!"

보리얀을 맞이하는 사타니크는 활짝 웃으며 그녀를 맞이한다.

"이거, 내 꼴이 지금 이래서 반갑다고 안아줄 수도 없고…."

"다친 데는 없고? 원로원은?"

"하하! 다치다니. 원로들은 다 잡았고, 남은 일들은 병사들이 남아서 마무리하고 있어. 걱정 마라."

루드히라는 물끄러미 보리얀과 사타니크를 쳐다보다가 동쪽 호수 하늘 저 멀리로 날아간다. 사타니크는 그 모습을 보고 신기하다는 듯 묻는다.

"저 새는 또 뭐냐?"

"신성한 숲에서 온 지원군. 동쪽 호수의 다른 마을들 상황을 살피고 돌아올 거래."

사타니크는 씨익 웃고 보리얀의 어깨를 툭툭 친다.

"이야, 갈수록 참 대단하군. 가자. 네가 들어야 할 보고 사항들이 많다."

보리얀은 미소 지으며 고개를 끄덕인다. 그들의 걸음을 따라 발밑에서는 낡은 나무판자가 삐걱거린다. 병사장 옷을 입고 있는 보리얀의 모습을 본 사람들은 수군거리기 시작한다.

"여자인데? 병사장인가?"

"사타니크 님과 아는 사이인가 봐! 형이라잖아!"

보리얀은 낯선 광경에 주변을 둘러본다. 눈에 닿는 모든 곳이 빈곤과 착취로 얼룩져 있다. 그녀는 자신을 쳐다보는 앙상한 사람들을 둘러본다. 사타니크가 넌지시 말한다.

"애고, 어른이고, 남자고, 여자고…. 이 동네선 모두가 배가 고프지."

"……."

보리얀은 아무 말 없이 항구의 광경을 바라본다. 사타니크는 그런 그녀를 데리고 채치트의 선술집으로 향한다.

한편, 차루타스의 해상에서는 괴물과의 고된 사투가 지치도록 계속되고 있다. 형체를 알아볼 수조차 없는 연체동물이 미끈거리는 독한 산을 내뿜는다. 데리에크와 함께 괴물과 대적하고 있는 즈로이아가 이마의 땀을 훔친다.

"라플라들이 점점 지쳐가고 있어."

그녀의 귓가에 저 멀리에서 다른 마녀가 다급히 외치는 소리가 들린다.

"저쪽에서 괴물들이 또 몰려옵니다!"

즈로이아는 눈을 질끈 감으며 데리에크에게 말한다.

"얘야, 이것 좀 잘 붙들어 봐. 이러다가 놓치겠네!"

"해초들이 자꾸 녹아내려!"

비지땀을 쏟고 있는 데리에크는 괴물의 몸에서 나오는 산성 독에 해초들이 삭아서 미끄러져 내리자 당황스러워한다. 그 틈을 타서 괴물이 도망치려 하자, 즈로이아는 그것을 서둘러 돌로 만들어 버리려고 하다가 그만 괴물이 내뿜는 독에 손을 다친다.

"으아앗!"

그것을 본 데리에크는 얼른 해초 하나를 자라게 한 다음 널찍하게 끊어서 그녀에게 건넨다.

"일단 이걸 대고 있어! 해초가 독을 좀 순화시킬 거야."

즈로이아가 해초를 손바닥에 가져다 대자 푸쉬쉬 하는 연기가 피어오른다. 그녀는 고통에 눈을 찡그리며 결국 인내심이 폭발한 듯 소리를 지른다.

"아 진짜! 그 마에린 작자는 이 고생을 시켜놓고 도대체 어딜 가 있는 거야? 저것들 좀 확 불태워 버리지!"

"화르륵!"

그 말이 무섭게 괴물의 등허리에 불이 붙는다.

"끼에엑!"

괴성을 지르는 연체동물은 지독하게 시큼털털한 냄새를 흩뿌리며 활활 타오른다. 화들짝 놀란 즈로이아 옆에서 데리에크가 하늘을 가리킨다.

"저, 저기!"

펄럭거리는 날갯짓 소리와 함께 비샤다의 울음소리가 울려 퍼진다.

"카아아악!"

즈로이아는 고개를 돌려 햇살이 밀려 들어오는 하늘을 바라본다. 그녀를 따라 주위에 있는 마녀들은 물론, 저 멀리서 다른 괴물과 싸우고 있는 하칠소아와 히신스 또한 하늘을 응시한다. 훌라르를 태운 비샤다의 뒤로 처음 보는 거대한 동물들이 날아오고 있다. 독특한 소리를 내는 각양각색의 신비로운 새들, 현란한 빛깔의 반투명한 날개가 달린 희한한 동물들, 전설 속에서나 볼법한 날개를 가진 맹수들…. 즈로이아는 휘둥그레진 모습으로 입을 다물지 못한다.

"이런 세상에…."

비샤다의 앞발 위에는 훌라르가 서 있다. 그는 차분한 얼굴로 괴물을 향해 천천히 두 손을 뻗는다. 그러자 산성 독으로 뒤덮인 괴물의 미끄러운 몸 전체에 시퍼런 불꽃이 일어난다. 데리에크는 훅 밀려오는 열기에 얼굴을 가리고, 즈로이아는 라플라를 힘껏 위로 몬다.

그것을 본 훌라르는 숨을 들이쉬고 두 눈을 감는다. 그리고 사방에서 모크샤의 탄생을 막기 위해 다가오고 있는 괴물들의 존재를 느낀다. 그는 그 괴물들의 허파와 부레를 채우고 있는 공기에 집중하며, 그 공기에서부터 작은 불씨들을 심어놓는다. 괴물들이 숨을 들이쉴 때마다 그들 내부의 장기들이 그대로 불타도록.

"푸쉬쉬시시."

곧이어 물속에서 검은 연기가 피어오르기 시작한다. 부글부글하는 소리가 들리더니, 불길을 내뿜으며 괴로워하는 괴물들이 수심 저 깊숙한 곳에서부터 올라온다. 데리에크는 수면 위로 떠올라 버둥거리며 파도를 일으키는 괴물들의 모습을 보고 입을 떡 벌린다.

"이, 이렇게나 많이 있었어!"

비샤다를 살피던 즈로이아는 보리얀이 없는 것을 확인하고, 아까 다친 손을 해초로 단단히 묶으며 말한다.

"얘야, 잠깐 네가 라플라를 좀 몰아야겠다. 저 마에린 작자에게 물어볼 게 있어."

데리에크는 라플라의 고삐를 붙잡고 방향을 튼다.

"포롱, 포로롱!"

시타다라의 아침, 찬란하게 빛나는 햇살 속에서 새들이 지저귄다. 스루딘은 가만히 눈을 뜬다. 천천히 정신이 돌아오는 그의 눈에 드넓은 하늘이 보인다. 머리 위에서 처음 보는 신비로운 새들이 날아다니고 있다. 몸이 마치 붕 떠 있는 듯한 느낌에 그는 아래를 내려다본다. 따뜻하고 푸른 빛깔의 물이 일렁이고 있다.

"온천?"

스루딘이 중얼거리며 사방을 둘러보는데 뒤에서 그를 부르는 소리가 들린다.

"관리 장교님!"

켄트라가 서둘러 달려오고 있다. 그는 아직 상황을 파악 중인 스루딘을 살피며 기쁜 목소리로 말한다.

"깨어나실 줄 알았습니다! 괜찮으십니까?"

"여…여긴 어디지?"

"저도 잘 모르겠는데, 시타다라의 영역인 것은 분명합니다. 신성한 새들이 길을 열어주었어요. 다른 부상자들도 치료 중이고요. 몸은 좀 어떠십니까?"

스루딘은 주위를 두리번거리며 천천히 몸을 일으킨다. 그는 왼쪽 어깨에서 통증이 느껴져 얼굴을 찌푸린다. 하지만 신기하게도 더 이상 상처에서는 피가 새어 나오지 않는다. 그는 손으로 물을 떠본다. 푸르른 물에서 향기로운 수증기가 올라온다. 물속은 새하얀 돌바닥이 훤히 들여다보일 정도로 맑고, 온천의 주변으로는 독특한 식물들이 자라고 있다. 또한 스루딘이 있는 곳과 비슷한 온천들이 마치 계단처럼 층층이 자리 잡고 있다. 믿기지 않는다는 표정으로 주변을 둘러보는 스루딘에게 켄트라가 말한다.

"맞다, 아르테스 님이 와계십니다."

"그 꼬마 무니안?"

"네. 지금 아래에서 어떤 노인과 함께 다른 부상병들을 돕고 계십니다."

"자네는 어떤가? 괜찮나?"

"그럼요. 다들 무사합니다. 저는 갑자기 탑 밖으로 밀려나는 바람에 지오투스 병사장님의 병사들과 합류하게 됐습니다. 지하에서 솔리디몬의 비밀 무기를 알아내려 했는데, 그걸 완전히 파악하기 전에 그만…."

그 말을 들은 스루딘은 조금 어두운 얼굴로 한숨을 내쉬며 고개를 젓는다.

"괜찮네. 그 일은 마무리되었으니."

"호…혹시, 그 청년을 보셨습니까?"

켄트라가 걱정스러운 얼굴로 묻자 스루딘은 고개를 끄덕인다.

"그 청년은 셰트린이었더군. 탑이 무너지는 바람에 구할 수는 없었지만."

"…지하 감옥에서 루딘 병사장님을 닮은 이를 언뜻 보았습니다. 무슨 일인지 제대로 알아내고 말씀드리려 했는데, 제가 너무 늦었군요. 죄송합니다."

스루딘은 슬픈 미소 뒤로 부드럽게 고개를 젓는다.

"아니야. 자넨 최선을 다했어. 고맙네."

켄트라는 고개를 숙인다. 그때 누군가 다가오는 소리가 들린다. 스루딘이 깨어난 것을 보고 급히 걸어오고 있는 미샤틴이다. 새 붕대가 든 가방을 메고 스루딘이 있는 온천 앞으로 다가온 그녀는 그의 상태를 확인한다.

"정신이 드십니까? 좀 어떠세요?"

"괜찮습니다. 미샤틴 님께서 무사해서 다행이군요."

미샤틴은 온천 가장자리에 앉아서 스루딘의 왼쪽 어깨를 살핀다.

"휴우. 모두 스루딘 님께서 깨어나시기를 기다렸습니다. 상처의 출혈 때문에 조금만 더 늦었어도 큰일 날 뻔했어요. 깨어나신 김에 붕대를 한 번 더 갈아드릴게요. 잠시만요."

"……."

미샤틴은 새로운 붕대를 꺼내어 스루딘의 어깨를 감고 있던 것과 바꾸어준다. 스루딘은 그런 미샤틴을 잠시 말없이 바라본다. 도대체 왜 그녀의 이름이 그 청년의 손가락에 새겨져 있던 것일까. 그는 나지막한 목소리로 말을 꺼낸다.

"탑 안에서 어떤 청년을 봤습니다. 모습을 바꿀 수 있는, 고대 셰트린의 힘을 가지고 있었던 사람이었죠. 돌무더기에 깔려서 그만 목숨을 잃었지만…"

붕대를 감아주던 미샤틴의 손이 멈칫한다. 스루딘은 그녀가 무언가 알고 있다는 것을 눈치채고 미샤틴의 표정을 살피며 말을 잇는다.

"혹시 아시는 사람이었나요?"

미샤틴은 들고 있던 헌 붕대를 내려놓으며 슬픈 얼굴로 스루딘을 바라본다. 그녀는 대답 대신 묻는다.

"보셨군요? 그 청년의 손."

스루딘이 천천히 고개를 끄덕이자 미샤틴의 눈시울이 안타까움으로 붉어진다. 그녀는 깊은 한숨을 내쉰다.

"하아…. 결국 그렇게 됐군요. 그 청년 이름은 힐리안입니다. 저를 따라 탑에 들어온 셰트린 노예였지요."

"그 사람이 미샤틴 님을 모시던 노예였다고요?"

"네. 힐리안은 어릴 때부터 우리 집에서 자랐어요. 불에 내성이 있었던 저는 그 애가 가진 특별한 힘의 비밀을 지켜주었죠. 그래서인지 힐리안은 저를 믿고 잘 따랐어요. 어느 날은 제게 신비로운 장면을 보여주더군요. 모습을 바꿀 수 있는 힘을 이용해서 제 이름을 자기 손가락에 새겨 넣으면서, 평생 그 이름을 기억하겠다고…."

그러자 스루딘의 머릿속에 청년이 반복해서 중얼거리던 말이 스친다. 그는 이제야 이해가 된다는 표정으로 고개를 끄덕이며 중얼거린다.

"아하. 그럼 그 청년이 끝까지 지키려고 했던 '그분'이 미샤틴 님이었나 보군요."

"네?"

"그 청년이 제 아들의 모습을 하고 저를 해치려고 하며, 자꾸만 저를 죽여야지만 '그분'이 산다고 했거든요. 아마도 미샤틴 님을 볼모로 솔리디몬에게 협박당했던 게 아닐까 싶습니다만."

미샤틴은 잠시 할 말을 잃고 스루딘을 쳐다본다. 스루딘은 안타까운 표정으로 고개를 떨군다.

"그 청년이 능력을 들키기 전에 구할 수 있었다면 좋았을 텐데…. 우리 모두가 소중한 이들을 잃었군요."

미샤틴은 잠시 눈가를 훔치며 마음을 가다듬는다. 그녀는 스루딘의 붕대를 새것으로 깔끔하게 갈무리해 준다.

"전쟁은 상실을 남기고 가지요. 그래도 스루딘 님이 이렇게 깨어나셔서 천만다행입니다. 약속대로, 살아서 다시 뵙게 되었으니까요."

스루딘은 쓸쓸한 마음으로 고개를 끄덕이다가 그녀를 바라보며 잔잔한 미소를 짓는다.

먼발치에서는 아르테스 옆에서 부상병들을 돕고 있는 아파라티 할아버지가 그 모습을 가만히 지켜보고 있다. 그는 미래를 내다보는 듯한 눈빛으로 스루딘을 응시한다. 잠시 미샤틴과 스루딘의 모습을 바라보던 노인의 얼굴에는 알 수 없는 미소가 어린다. 그런 할아버지의 머리 위로 까마귀 한 마리가 날아오른다.

"푸드덕, 푸드덕!"

시타다라에서 출발한 까마귀는 열심히 날개를 퍼덕거리며 구름을 뚫고 바르벨루스에 닿는다. 그곳에서는 방금 전까지 일어났던 전투가 무색할 만큼의 진풍경이 펼쳐지고 있다. 신성한 동물과 새들, 가축들, 자라트라의 병사들, 노예병들, 바르벨루스의 시민들, 그들과 한편이 된 슈라문들 모두가 한마음이 된 것처럼 진주를 이고 나르고 있다.

탑에서 쏜 대포로 폐허가 된 도시의 풍경이 보이고, 탑이 무너진 곳에서 잔해를 치우는 사람들과 급박히 진주를 건져 올리는 사람들의 모습이 스쳐 지나간다. 까마귀가 북쪽을 향해 좀 더 올라가니 거대한 육지 동물들이 진주를 가득 싣고 화산의 분화구 쪽으로 올라가고 있다. 그 뒤로 수많은 사람과 가축들이 낑낑대며 진주로 가득 찬 자루들을 나른다. 신비로운 새들은 화산의 분화구에 직접 진주들을 쏟아 넣는다. 영롱한 진주들이 오색 찬란한 비처럼 쏟아져 내리며 분화구 속에서 녹아내린다.

그 모든 과정을 감독하고 있는 님로덴이 지오투스에게 걱정스럽게 묻는다.

"초승달 때까지 시간이 얼마나 남았지?"

"며칠 안 남았습니다. 어제 마지막 반달이 지났거든요."

님로덴은 근심이 가득한 얼굴로 고개를 떨구며 나지막이 한숨을 내쉰다.

'어떡하지? 시간이 턱없이 부족하다. 아무리 진주를 부어도 알의 형상이 드

러날 기미가 안 보여. 다들 지쳐가고 있는데….'

까마귀는 그 위를 한 바퀴 돌더니 동쪽 호수를 향해 열심히 날갯짓한다.

동쪽 호수에서는 보리얀과 인사를 나눈 채치트가 간단한 먹을 것을 내오고 있다. 보리얀이 채치트의 요리 실력에 놀라는 동안, 사타니크는 원로원에서 가져온 건물 내부의 지도를 탁자에 펼쳐 놓는다. 세 사람은 한 곳에 마주 앉아 그간의 일들을 얘기한다. 그러던 중 채치트가 사타니크에게 묻는다.

"그나저나 자네 동생이란 사람들은 죄다 신기하군. 저번에 그 애도 동물하고 말하지 않았나?"

"보리얀은 에스카딘보다 더 강해. 신성한 새를 타고 여길 왔을 정도라니까."

"오호, 정말?"

채치트의 물음에 내심 자랑스럽게 고개를 끄덕이는 사타니크를 보며 보리얀이 미소 짓는다.

"아까 오면서 말씀 들었어요. 옛날에 사타니크 형이 신세를 많이 졌다고 하던데요?"

"뭐 서로 도운 거지. 사타니크가 나를 괴롭히는 이상한 놈들을 많이 혼쭐 내주었으니."

채치트의 말에 사타니크가 씨익 웃는다.

"대신 난 여기서 음식들을 종종 얻어먹었고. 저 친구 혼자 이곳을 다 만든 거야. 원래는 버려진 공터였는데, 손재주가 좋은 채치트가 이렇게 훌륭한 선술집을 만들었지. 버려진 배들의 잔해로."

"우와, 대단하네요. 사실 이런 곳은 지금껏 본 적이 없는데…."

보리얀의 감탄에 채치트가 뒷머리를 조금 긁적인다.

"내 주인이었던 사람이 죽으면서 나를 풀어줬기에 가능한 일이었소. 살 집이 없었으니까 지을 수밖에 없었는데, 이것저것 만들다가 선술집도 열었고…. 그러다 사타니크도 만나게 된 거지."

사타니크는 옛날 생각이 나는지 빙긋 웃는다.

"이 친구가 손재주는 좋아도 맷집은 별로거든. 선술집을 열었을 초기에 괜히 시비 거는 놈들은 내가 도맡아 주었어. 난 손재주는 별로 없지만, 그때도 주먹은 꽤 쓸만했거든."

"자네가 자라트라로 가고 나니까 다른 놈들보다도 원로원에서 못살게 굴기 시작하더군. 어디에다 써먹으려고 그러는지는 모르겠는데 계속 그물을 만들어 내라고 난리야. 저번에도 찾아와서는 통나무 삼백 개 이상을 한꺼번에 담아서 옮길 수 있는 걸 만들어 내라나, 뭐라나. 거의 완성해 놓기는 했는데 이제 찾아갈 놈들이 없겠군."

"나무를 그렇게나 많이요? 어디다 쓰려고 그런 거죠?"

보리얀의 물음에 채치트는 어깨를 으쓱하며 지도를 쳐다본다.

"글쎄. 원로원에서 한 달에 한 번씩 엄청난 양의 나무를 베어다 건물 안으로 옮긴다는 소문이 돌기는 하는데, 그것 때문에 그물이 필요한 게 아닐까 의심만 할 뿐이오. 그게 어떻게 쓰이는지는 아무도 본 적이 없거든. 원로원 안에서 일어나는 일은 거의 모든 게 다 비밀이라."

사타니크는 지도를 쳐다보며 이상하다는 듯이 묻는다.

"그런데 지도에 왜 지하 구조는 아예 없는 거지? 아까 창고에 가보니까 지하가 아주 어마어마하던데. 귀하고 중요한 건 거기 다 모여 있는 것 같더니만."

사타니크의 말에 보리얀이 생각에 잠긴 표정으로 중얼거린다.

"귀한 것들이라…. 그럼 혹시 세상에서 가장 귀한 것도 거기 있을까?"

보리얀은 지도를 물끄러미 바라보다가 말을 잇는다.

"아무래도 확인해 볼 필요가 있겠어."

그러자 채치트는 손사래를 친다.

"여기 사람이 아니라 잘 모르는 모양이오. 원로원 지하에 대한 괴담이 엄청 난데, 귀신을 봐서 미치는 바람에 원로원에서 쫓겨난 사람들도 있댔소. 안 들 어가는 게 좋을 거요."

지도를 들여다보던 사타니크는 진지한 표정으로 말한다.

"그런 오랜 괴담이야 그냥 사람들이 떠드는 말이고. 아까 보니 뭔가 수상한 게 있는 것 같기는 했어. 잡혀 온 원로들이 지하 얘기만 하면 벌벌 떠는 게, 아 주 이상하더라고. 그런데 도통 입을 열지를 않으니…. 아까는 식량을 가지고 와서 사람들에게 나눠 주느라고 자세히 못 둘러봤는데, 다시 직접 가보는 수 밖에 없겠군."

"진심이야? 지도에도 안 나와 있는 곳을 무턱대고 들어가겠다고?"

채치트가 묻자 보리얀이 눈을 반짝인다.

"중요한 건 시작점을 찾는 거잖아요. 세세한 부분은 전문가들에게 맡기면 되는 거고요."

"전문가라니?"

채치트가 눈을 둥그렇게 뜨고 다시 묻자, 보리얀은 미소 짓는다.

"세상 어디에나 길 찾기 전문가들이 있죠."

그녀의 발밑에서 작은 쥐 몇 마리들이 후다닥 천막 밖으로 나간다.

한편, 해가 기울기 시작하는 아누다르가야 동쪽에서는 핏자국과 재를 뒤집어쓴 패치의 모습이 보인다. 그는 살아남은 병사들과 함께 앞에서 벽돌을 나르는 이들을 지켜보고 있다. 그의 뒤에는 노예 출신의 장인들과 그들의 편에 합류한 상인들 몇이 서 있다. 모두가 지켜보는 가운데 잿더미가 된 도시의 광장 한가운데에 벽이 쌓이고 있다. 끝내 노예 제도 폐지에 반대하던 상인들이 싸움을 멈추는 대가로 구역 분할을 요구한 것이다. 패치는 착잡한 심정으로 점점 높아지는 벽을 바라본다.

'…결국 도시가 갈라지는 것인가. 그렇게 많은 피를 보았으니, 당연히 한 공간에서 살기는 힘들겠지.'

그는 주변에서 시신들을 치우는 사람들, 죽은 이들을 붙들고 우는 사람들, 건물의 잔해에서 잃어버린 가족을 찾는 사람들을 돌아본다. 패치의 머릿속에 자꾸 토치의 마지막 순간이 어른거린다. 그는 지그시 눈을 감고 눈물을 참는다. 이어서 다시 감정을 추스른 그가 지카를 돌리려는 그때, 나이가 지긋한 노예 출신의 목공 한 명이 다가온다.

"패치 대장님, 이제 자라트라로 돌아가실 겁니까?"

"……."

"부디 우리 곁에 남아주십시오. 부탁입니다."

간절한 표정의 목공은 손을 심하게 다쳐 붕대를 감고 있다. 패치는 그것을 안타깝게 쳐다본다.

"많이 다치셨군요. 어서 치료를 받아야 할 것 같은데…."

"아마 다시 목공 일을 하기는 힘들겠지요. 그래도 훨씬 의미 있는 것에 손을 보탰으니 그걸로 됐습니다. 평생 나무를 쪼고 산다고 해도 자유가 오지는 않을 테니까요."

그러자 그의 옆에 있던 다른 노예 출신 청년이 패치에게 간절히 부탁한다.

"대장님, 저희에게 싸우는 법을 좀 알려주십시오. 저렇게 벽을 두고 산다고 해도, 저놈들은 호시탐탐 다시 쳐들어올 기회를 노릴 것입니다. 우리가 스스로를 지킬 수 있도록 도와주십시오."

패치는 그의 눈빛을 보고 병사들을 돌아본다. 처음 왔을 때보다 줄어든 병사들의 수를 보며 그는 잠시 고민에 잠긴다.

'…모두가 지쳤어. 하지만 지금까지 흘린 피를 수포로 돌아가게 할 수는 없다. 버텨보자. 토치의 몫까지.'

이내 패치는 그를 바라보고 있는 사람들을 향해 고개를 끄덕인다.

아누다르가야 동쪽에서 벽이 높게 쌓이고 있는 동안, 서쪽에 있는 자라트라 요새에서는 탑이 무너졌다는 소식에 병사들이 환호성을 지른다. 자라트라를 지키고 있던 투르는 네카루트 무기소에도 그 소식을 전하고 그곳에 붙잡혀서 일하고 있던 노예들을 해방한다. 서신 새들이 바쁘게 움직인 덕분에, 탑 아래에서 진주가 발견되었다는 소식은 차루타스의 상황을 정비 중이던 세네칼과 피트레온에게도 닿는다.

서신을 받고 대화를 나누던 피트레온이 걱정스러운 표정으로 세네칼에게 묻는다.

"거의 불가능한 일이겠지만…. 만약 거기 있는 진주를 며칠 안에 다 넣을 수만 있다면 정말 모크샤가 깨어날까요?"

"오래된 전설이기는 합니다만, 제가 수행자들의 도시에 있을 때 이런 말을 들었습니다. 진정으로 모크샤를 깨울 것은 '세상에서 가장 귀한 진주'라고요."

"세상에서 가장 귀한 진주요? 그거 샤테이드에서 들었는데…. 그럼, 그게 없으면 모든 게 다 소용이 없을 수도 있다는 것입니까?"

피트레온의 놀란 물음에 세네칼은 숨을 깊게 내쉰다.

"알이 형성될 때까지는 진주들을 쏟아부어야 한다고 알고 있습니다. 하지만 그 특별한 진주가 있어야지만 모크샤가 깨어나실 수 있다고 전해지더군요. 지금 보리얀 병사장이 동쪽 호수에 가 있답니다. 뭔가 알고 간 것 같던데, 그 진주를 찾아내길 바라는 수밖에요."

피트레온은 한숨을 푹 쉬고 의자에 주저앉는다.

"휴우. 잘 모르겠습니다. 상황만 본다면 도저히 모크샤가 깨어날 수가 없을 것 같은데, 과연 지금 하고 있는 일들이 의미가 있기는 한 건지…."

세네칼은 그의 어깨에 넌지시 손을 얹고 조용히 말한다.

"희망 때문이지요."

"예? 단순히 희망 때문에 그런다는 게 말이 되나요?"

"세상에 말이 되는 일들만 일어나면 미래가 예측 가능하겠지요. 안 그렇습니까?"

피트레온은 울적한 표정으로 고개를 설레설레 흔든다.

"에휴. 훌라르 님은 이걸 다 아시고 싸우시는 건지 모르겠군요."

"희망보다 더 말도 안 되는 것이 사랑 아니겠습니까. 사랑에 빠진 자는 고통 속으로 스스로 들어갑니다. 그리고 자신도 모르는 사이, 초월적인 힘을 발휘하지요. 마치 훌라르 님처럼요."

"……."

피트레온은 엷은 미소를 띠며 잠자코 고개를 끄덕인다. 그의 시선이 여관의 외벽에 난 커다란 창문으로 향한다. 도심의 풍경 저 너머 아스라이 수평선이 펼쳐진다. 짙푸른 물결을 따라 멀찍한 곳에 떨어져 있는 해상에서는 괴물을 막는 이들과 신성한 새들의 움직임이 점점 분주해진다. 끝도 없이 밀려오는 괴물들을 보며, 훌라르는 끓어오르는 마그마 같은 눈을 번득인다. 가쁜 숨을 내쉬는 그의 뒤로 어슴푸레한 달이 떠오른다.

그 시간, 원로원부터 이어져 있는 지하 통로에서는 횃불을 든 사람 몇 명이 줄지어 움직인다. 보리얀과 그녀를 뒤따르는 채치트와 사타니크, 그리고 몇 명의 다른 사내들은 허리를 숙이고 미로 같은 좁고 답답한 굴을 지난다. 길을 안내하며 앞장서는 쥐들이 바삐 잰걸음을 옮긴다. 채치트는 조금 긴장한 듯 사타니크에게 묻는다.

"도대체 얼마나 더 가야 하는 거야? 이미 원로원에서는 많이 멀어진 것 같은데…. 어째 느낌이 좀 스산하지 않아?"

"그러게. 좀 퀴퀴한 냄새도 나는 것 같고…."

이어서 쥐들은 외길 앞에 나타난 커다란 돌벽 앞에서 멈추어 선다.

"뭐지? 길이 막혔는데?"

"외길인데, 설마 다시 돌아가야 하는 건가?"

뒤따라오던 사내들이 수군거리자 사타니크가 돌벽을 두드려본다. 잠시 그것을 살피던 채치트는 벽의 구조를 찬찬히 살피더니 가장자리를 밀어본다. 그러자 벽과 맞닿은 땅이 갈리는 소리가 나며 길을 막고 있었던 돌이 조금 움직인다.

"벽이 아니야. 회전문이군."

채치트가 말하는데 슬쩍 열린 문틈으로 악취가 진동한다. 보리얀은 그 냄새가 무엇인지 단번에 알아차린다. 그것은 그녀가 자라트라의 지하 감옥에서 고문을 당할 때 맡았던, 도저히 머릿속에서 지워지지 않는 냄새다. 보리얀은 미간을 찌푸린다.

'시체 썩는 냄새….'

잠시 가만히 서 있던 그녀는 마음을 가다듬은 후, 사내들과 함께 힘껏 돌문을 민다.

"구구궁–"

흙먼지가 떨어지며 거대한 돌판이 제자리에서 회전한다.

"읍!"

사내들은 다들 코를 부여잡는다. 형언할 수 없는 악취가 쏟아지며, 열린 돌문 사이로 붉은빛과 함께 후끈한 열기가 밀려온다. 보리얀은 천천히 그 문 안쪽으로 들어선다. 둥근 공간의 저 까마득한 계단 아래로 거대한 화산 같은 용광로가 자리 잡고 있다. 그 뜨거운 불길 속으로는 집채만 한 거대한 진주 덩어리가 언뜻언뜻 보인다. 그 용광로의 주변으로 시체들이 널려 있다. 모두 발이 쇠사슬로 묶여 있는 그들은 열기와 굶주림에 죽은 것으로 보인다. 사타니크와 채치트는 코와 입을 막고 경악스러운 표정으로 그 모습을 쳐다본다. 다른 사내들은 그 참혹한 광경에 몸을 떨며 헛구역질을 하고 뒷걸음질 친다. 보리얀은 잠시 두 눈을 감고 마음을 진정시킨다. 그녀의 마음속에서 죽은 자의 존재들이 하나둘 느껴지기 시작한다. 자라트라 지하 감옥에서의 기억을 떠올리는 보리얀에게 이런 직감이 스친다.

'아직 혼령들이 남아 있어. 괴담이 돌았던 이유가 있었구나.'

보리얀은 사타니크를 돌아보며 말한다.

"내가 잠시 아래를 살펴볼게. 신호를 보낼 테니까 여기서 기다려 줘."

사타니크는 고개를 끄덕이며 혼자 계단 아래로 내려가는 보리얀을 불안한 눈으로 쳐다본다.

"타박, 타박."

계단을 내려가던 보리얀은 시체들이 있는 곳에서 발걸음을 멈춘다. 그녀는 숨을 내쉬며 두 눈을 감는다. 그리고 혼령들을 위해 위로를 건네듯 천천히 고개를 숙인다. 그러자 그녀의 머릿속에서 한목소리가 스치듯 들린다.

'우리를 느낄 수 있군요?'

보리얀은 고개를 끄덕인다. 그녀는 마음속으로 예전에 자라트라 요새의 지하 감옥에서 혼령들과 있었던 일들을 풀어놓는다. 그리고 이곳에서 아직 떠나지 못한 혼령들에게 애도의 뜻을 전한다. 그녀가 마음을 통해 자신의 이야기와 감정을 모두 전달하는 그 순간, 혼령들은 찰나에 보리얀의 기억을 모두 들여다본다. 그리고 보리얀의 영혼에 존경이 담긴 목소리로 탄식하며 말한다.

'고귀하신 영혼을 가진 분이여, 부디 제 이야기를 들어주십시오. 저는 아주 아주 오래전부터 여기 있었습니다.'

보리얀은 그 혼령을 중심으로 다른 혼령들도 하나둘 모여드는 것을 느낀다. 이곳에서 죽은 지 얼마 되지 않은 자들, 까마득한 세월 동안 떠돌던 자들…. 그녀는 그들의 애처로운 목소리에 집중하며 혼령들이 그려주는 과거의 이야기를 마주한다. 그녀의 감은 눈에서 여러 가지 장면들이 스쳐 지나간다.

한 달에 한 번, 동쪽 호수의 세 마을을 관리하는 원로들이 중앙 마을의 원로원에 모이는 것이 보인다. 그렇게 회의가 열릴 때마다 비밀스러운 이 장소의 육중한 돌 문이 열리고 엄청난 양의 통나무 땔감들과 진주가 들어온다. 그 뒤를 따르는 것은 쇠사슬에 발목이 묶인 노인과 병자들의 겁먹은 얼굴이다. 한번 이곳에 들어온 사람들 중 살아서 나가는 이는 없다. 하지만 밖에서는 아무도 그들을 찾지 않는다. 이미 세상의 가장 낮은 곳에서 관심 밖의 존재들이었던 그들은 이 비밀의 장소로 들어오면서 완전히 잊힌다.

　"좌르르!"

　뼈만 앙상하게 남은 사람들이 구부러진 등에 진주를 이고 용광로에 들이붓는다. 동쪽 호수의 세 마을에서 모인 그 진주들은 원래 바르벨루스로 보내져야 했던 것이다. 용광로 안에서 진주 덩어리가 점점 불어나는 동안, 이곳에 갇힌 이들은 가혹한 중노동과 폭력, 배고픔에 시달리며 대부분 처참히 목숨을 잃는다. 그렇게 죽는 이들이 나올 때마다 살아 있는 사람들은 그 시체들까지도 용광로 아래의 거대한 아궁이 속으로 던진다.

　"좌악! 짝!"

　채찍 소리가 들린다. 가까스로 살아남은 자들은 다음 달이 되면 선임이 되어, 신참들을 더욱 혹독하게 감독하고 괴롭힌다. 그렇지만 이 환경에서 몇 개월 이상 살아남는 자들은 거의 없다. 결국 이곳에 갇힌 사람들은 배고픔에 죽고, 병들어 죽고, 구타당해서 죽고, 서로가 서로를 죽여서 죽는다. 그리고 불과 얼마 전까지 이러한 끔찍한 일들은 지금껏 수백 년간 반복되어 왔다. 녹아내린 진주가 집채만 해지고, 저 화산 같은 용광로에서 넘칠 정도가 되어 다시 겉 부분이 단단히 굳을 때까지.

순식간에 모든 이야기를 들은 보리얀은 가만히 눈을 뜬다. 그녀는 떨리는 눈으로 고개를 들어 위를 쳐다본다. 온통 시커멓게 그을려 있는 천장의 가운데에 커다란 구멍이 뚫려 있다. 어디로 연결되어 있는지는 모르나, 그곳이 유일하게 연기가 빠져나갈 수 있는 통로라는 것은 알 수 있다. 보리얀은 그 어두운 허공을 바라보며 가슴 깊숙한 곳에서 올라오는 눈물을 머금고 중얼거린다.

"…이게 세상에서 가장 귀한 진주라고?"

보리얀은 분노어린 눈으로 한동안 우두커니 서 있다. 이어서 그녀를 부르는 사타니크의 걱정스러운 목소리가 저 위쪽에서 들려온다.

"괜찮은 거냐?"

보리얀은 대답 없이 눈물을 슥 훔치고 다시 발걸음을 돌린다. 사내들이 있는 곳으로 돌아온 그녀는 애써 침착한 얼굴로 사타니크를 바라본다.

"일단 어떻게 해서든 저 용광로의 불을 꺼야 해. 진주의 겉이 이미 굳어 있어서 다시 녹이는 건 불가능할 것 같아. 구조상 용광로 밑의 아궁이에 접근하기도 어렵고. 저절로 불이 다 꺼질 때까지 기다렸다가는 너무 늦을 거야. 그전에 진주를 옮겨야 해."

"뭐? 그럼 불을 끄고서 저걸 통째로 바르벨루스의 화산까지 가져가겠다는 거야?"

"응. 그것도 초승달이 뜨기 전까지."

"……."

사타니크는 말문이 막힌 얼굴로 보리얀을 바라본다. 주변의 사내들도 난감한 표정으로 서로를 쳐다보며 고개를 젓는다. 그런데 저 아래의 거대한 진주를 보던 채치트의 머릿속에는 문득 어떤 생각이 스친다. 그는 자신이 원로원에서 주문을 받아 만드는 중이었던 그물을 떠올리며 혼잣말로 중얼거린다.

"그걸로 통나무 몇백 개는 거뜬히 들어 올릴 수 있어. 그래도 저 정도의 것이라면…. 하지만 진주는 크기에 비해서 나무보다 훨씬 가벼우니까…. 그럼 다중 구조로 된 밧줄 형식으로 만든다고 치고, 여분으로는 얼마나 준비해…"

보리얀이 이해할 수 없다는 표정으로 채치트를 바라보자, 사타니크가 그녀를 밖으로 나가는 길로 돌려세우며 말한다.

"놔둬. 뭔가 생각하면 저러는 버릇이 있다. 일단 여기서 나가자."

보리얀은 고개를 끄덕이며 발걸음을 돌린다.

"원로들에게 가야겠어. 불을 끌 방법을 알지도 모르잖아."

"흠. 안 죽이길 잘했군."

사내들은 도망치듯이 보리얀과 사타니크를 따라서 나가고, 그들을 뒤따라서 걸어오는 채치트는 생각에 잠겨 계속 중얼거린다.

"문제는 들어 올리는 힘이야…. 저걸 어떻게 들어 올리지? 하늘을 날아야 하나?"

선술집으로 돌아온 일행은 원로들이 붙잡혀 있는 곳으로 가고, 채치트는 곧바로 창고로 들어가서 책상 위에 있는 도안들을 뒤적거리기 시작한다. 다급한 손길에 밧줄을 연결하는 잡다한 도구들이 데구르르 굴러서 그의 발치에 떨어진다. 그는 옆에 있는 잔에 술을 조금 따라서 얼른 목을 축이고 도안을 찾는다.

"여깄다!"

그는 종이 뭉치에서 도안 한 장을 잡아들고 저쪽 구석에 처박혀 있는 그물과 번갈아 쳐다본다. 그리고 고심하는 표정으로 몇 마디 중얼거리다가 결국 한숨을 내쉰다.

"하아…. 아니야. 아무리 이런 획기적인 구조를 쓴다고 하더라도 진주가 너무 크고 무거워. 미친 원로 놈들! 저렇게 무식하게 커다란 진주를 숨겨놓다니."

그는 입술을 잘근잘근 깨물며 종종걸음으로 창고 안을 걸어 다닌다.

'통나무는 하나씩 그물 위로 올리니까 별문제가 아니야. 하지만 진주는 통째로 들고 밧줄로 감싸야 하는데, 그걸 어떻게 하냔 말이야. 그물도 그 정도로 크게 만들려면 시간이….'

얼굴을 잔뜩 찌푸린 채치트는 머리를 감싸 쥐고 다시 탁자로 가서 술을 한 잔 가득 따른다. 그는 한 모금 마신 후 주변에 있는 새 종이와 목탄을 집어 든다. 아까 먼 발치에서 본 대로 둥그런 진주와 그 아래의 용광로를 그리기 시작하는데, 그만 목탄 조각이 뚝 부러져 버린다.

"에잇!"

그는 짜증이 난다는 듯 부러진 목탄 조각을 술잔 안으로 던져버린다.

'흐음. 아무리 생각해도 이건 말도 안 되는 일인데.'

그는 울적한 표정으로 자신이 그리던 것을 들여다보다가 술을 한 모금 마시려 하는데, 방금 목탄 조각을 던져 넣은 것을 기억하고 한심하다는 표정으로 다시 잔을 내려놓는다. 그리고 정신을 차리려는 듯이 두 손으로 자신의 두 볼을 찹찹 치면서 중얼거린다.

"자자. 집중하자고. 뭐, 그렇게 치면 내가 이 선술집을 만든 것도 말이 안 되는 일이었지. 아무것도 없었을 때 쓰레기 더미에서부터 시작했잖아. 안 된다고 생각하니까 안 되는 거야. 어떻게든 되게 만들어 봐야지. 그게 모든 발명의 시작이니까."

채치트는 곰곰이 생각에 잠겨서 술잔 안을 쳐다본다. 목탄 조각이 남은 술 위에 둥둥 떠 있다.

'어, 잠깐!'

순간 그의 눈이 반짝인다. 그는 다시 잔 속에서 목탄 조각을 잡아들고 물기를 털어낸 다음, 둥그런 진주와 그 아래의 용광로를 마저 그린다. 그리고 그 위에 물결을 가득 그려 넣으며 외친다.

"그래! 물! 물속에는 더 가볍잖아!"

채치트는 서둘러 창고 밖으로 나가서 사타니크와 보리얀이 있는 곳으로 달려간다.

보리얀은 붙잡혀 온 원로들 앞에 서 있다. 웅크리고 있던 원로들은 그녀를 위아래로 훑는다. 그들은 자라트라 병사장복을 보고 놀라서 수군거린다.

"여, 여자가 병사장이라고?"

보리얀은 마음속으로 까마귀들을 불러 모으며 차가운 목소리로 말한다.

"그냥 병사장이 아니지. 나는 마녀거든."

"까악!"

보리얀의 주변으로 새까맣게 까마귀 떼가 몰려오더니, 묶여 있는 원로들의 머리와 어깨에 한가득 내려앉는다. 커다란 까마귀들이 위협적으로 울부짖자 원로들은 겁에 질려서 벌벌 떤다. 보리얀이 그들을 향해 묻는다.

"그럼 본론부터. 진주가 있는 용광로의 불을 끄는 법을 말해라."

갑자기 용광로 이야기가 나오자 원로들은 다들 얼굴이 하얗게 질려서 서로를 쳐다본다. 보리얀은 매서운 눈빛으로 그들을 보며 말한다.

"가장 먼저 말하는 자는 살려주겠다. 나머지는 이 자리에서 까마귀들에게 눈알부터 파먹힐 것이야."

등골이 오싹해진 원로들은 겁에 질려서 아무 소리도 내지 못한다. 어느새 그곳에 와 있는 채치트는 보리얀의 서늘한 말을 듣고 흠칫 놀라서 사타니크를 바라본다. 그러자 사타니크가 빙긋 웃고 그에게 속삭인다.

"봤지? 저런 배짱으로 훈련 첫날 만에 나를 이겼어. 이긴 게 뭐야, 거의 죽일 뻔했지."

"뭐어?"

채치트가 그를 쳐다보며 눈을 휘둥그렇게 뜨는데, 원로 중 한 여인의 목소리가 들린다.

"여기 있는 사람들을 다 죽여도 모를 것이다. 애초부터 그 용광로는 끌 수가 없게 만들어졌거든. 처음부터 끌 생각을 하지 않았으니까."

보리얀은 그녀를 바라본다. 늙은 눈가 아래에 패인 깊은 주름마다 고집과 울분이 서려 있는듯하다. 그 원로는 자리에서 일어서더니 호통을 친다.

"잘 들어라, 어린 마녀야. 그 진주는 다시 로히라셰드의 융성을 가져다줄 보물이다! 너 따위가 알 리 없겠지만 우린 비밀에 가려진 루에린의 역사를 지켜왔단 말이다. 에실린 놈들이 바르벨루스를 점령하기 전, 가장 위대한 무니안이 우리 루에린의 핏줄에서 나왔었다는 그 엄청난 비밀을! 조금만 기다리면 우린 그보다 더한 영광을 되찾을 수도 있다. 곧 모크샤가 이 동쪽 호수에서 깨어날 수가 있단 말이다!"

"하, 웃기네. 그건 누가 만들어 낸 믿음이지?"

보리얀의 말에 여인은 그녀를 찬찬히 살피더니 피식 웃는다.

"보아하니 이곳 출신이 아니구나? 그렇다면 아마 중앙 섬에서 왔겠지. 너는 우리의 진주를 빼앗아가지 못할 것이야. 모크샤는 여기, 동쪽 호수에서 탄생하게 될 것이니까!"

"단순히 진주만 녹인다고 그것이 모크샤가 되지는 않아. 모크샤가 탄생하려면 저 진주를 중앙 섬으로 가져가야 한다고!"

늙은 원로는 부르르 떨며 소리친다.

"잘 들어라, 이 껍데기만 루에린 같은 마녀야! 샤카르문이 떠나고 천 년이 지났을 때에도 우리는 참고 기다렸다. 하지만 에실린 놈들이 점령한 바르벨루스에서 모크샤가 태어났나? 아니야! 결국 이어지는 천 년 동안 우리는 점점 가혹해지는 착취를 견뎌야만 했다고! 이곳의 사람들도 가만히 당하고 있지만은 않았기에 우리가 만든 화산은 지금껏 세상에서 가장 귀한 진주를 품어올 수 있었다. 이제 드디어 때가 머지않았어! 그런데 그걸 동족을 배반하려는 네년의 손에 넘기라고? 어림도 없는 소리!"

보리얀이 그 말을 듣고 기가 막힌다는 듯 웃는다.

"하하. 누가 들으면 당신이 몇백 년 동안 혼자 그 고통을 다 견디고 살아온 줄 알겠네."

여인이 아무 말도 하지 못하자 보리얀은 무서운 목소리로 호통을 친다.

"그렇게 핍박받고 살아왔다는 자가 어떻게 바르벨루스의 녹을 먹는 원로가 되었는가? 노예가 되어보기는 했나? 혓바닥만 놀리며 모든 루에린들의 삶을 대표하는 척, 위하는 척하지 마라! 난 그 용광로에서 썩어가는 노예들의 시체를 봤다. 그 혼령들에게 모든 것을 들었다고! 지금까지 너희가 노예로 팔아넘긴 이곳의 사람들을 생각해 봐라! 그들에게 사무친 원한이 두렵지도 않나!"

보리얀의 기세에 움찔한 늙은 여인은 자신도 모르게 걸음을 조금 뒤로 무른다. 모두들 숨죽이고 그 광경을 바라보는 가운데, 보리얀은 그녀에게 한 걸음 다가서며 말한다.

"에실린들이건, 루에린들이건, 당신네들 같은 사람은 정의를 말할 권리가 없어. 위선자들에게 정의는 그저 보복일 뿐이니까. 솔직히 말해보라고. 에실린들에게 당한 것을 갚아주고 그들의 위에서 군림하려는 것일 뿐이잖아? 그런 알량한 속셈에 모크샤를 이용하려고 하다니…."

"위, 위선자는 너다! 중앙 섬에서 에실린들 꽁무니만 따라다녔을 게 뻔한데, 그것들이 어떤 놈들인지 제대로나 알고 지껄이는 것이냐?"

"중앙 섬으로 차출되어 오기 전, 나는 서쪽 호수에서 나고 자랐다. 그런데 내가 에실린들을 모를까?"

그러자 여인은 깜짝 놀란 얼굴로 아무 말도 하지 못하고 사방에서 웅성거리는 소리가 들린다. 보리얀은 천천히 고개를 저으며 말한다.

"당신이 고통에 대해 안다고 생각하지 마라. 원로의 자리에서 사람들을 착취하며 산 것에 대해서 변명할 생각도 마. 지금껏 당신들이 보물이랍시고 만든 그 진주에 끝까지 기댈 마음이라면, 루에린들 뿐만 아니라 이 세상의 모든 이들은 또 다른 천 년을 버텨내야 할 거다. 인정하고 싶지 않겠지만 동쪽 호수에서는 모크샤가 나올 수 없거든. '세상에서 가장 귀한 진주'를 바르벨루스의 화산에 넣으라는 것이 샤카르문의 예언이었다."

"그, 그것이 사실이라고 어떻게 믿나? 에실린들이 왜곡한 역사에 온 세상이 농락당해왔다는 걸 모르는가!"

여인이 필사적으로 내뱉는 말에 보리얀이 차분한 목소리로 답한다.

"그게 진실이 아니었다면 무니안들이 바르벨루스의 지하에 진주를 빼돌리지도 않았겠지. 지금껏 동쪽 호수에서 오는 진주 양이 턱없이 적은 걸 묵인하지도 않았을 테고. 그동안 이곳의 원로들과 바르벨루스 사이에 모종의 거래가 있었다는 것을 알고 있다. 당신들은 이곳의 사람들을 팔아서 중앙 섬 동쪽에 노예들을 대주는 대신, 중앙 섬으로 가져가야 할 진주를 착복했잖아. 이곳에서 모크샤를 내겠다는 헛된 희망을 품고."

"네, 네가 그런 걸 어떻게…?"

보리얀은 케파르카에서 만난 아파라티 할아버지의 이야기를 떠올린다. 그리고 여인의 늙은 얼굴을 정면으로 바라본다.

"더 오래 살았다고 해서 모든 걸 다 안다고 착각하나 보군. 하지만 내 안에는 이천 년의 역사가 있다. 나는 마지막 루에린 무니안 칼마사라의 후손이거든."

"……!"

여인은 그 자리에 주저앉는다. 원로들은 다들 경악하여 얼굴이 새파랗게 질린다. 보리얀은 그들을 바라보며 낮은 목소리로 말한다.

"마지막으로 다시 한번 묻겠다. 불을 끄는 방법에 대해 말해라."

원로들을 날카로운 발톱으로 짓누르던 까마귀들이 거친 울음소리를 낸다. 죽음과 같은 정적 속에서 충격에 몸을 부들부들 떨던 여인은 보리얀을 쳐다본다. 그녀는 입술을 달싹이며 중얼거린다.

"말했듯이 용광로를 끄는 방법은 없다. 사람의 힘으로는…."

그녀는 자신을 응시하는 보리얀을 두려운 눈으로 쳐다보며 말을 잇는다.

"하, 하지만 용광로의 연통과 멀지 않은 곳에 강이 흐른다."

옆에서 그 말을 들은 채치트의 눈이 빛난다.

"…강?"

"쿠구구궁—"

밤이 찾아온 차루타스의 남쪽 해상에서는 굉음과 함께 새카맣게 탄 괴물 사체들이 가라앉는다. 잠시 후 사방이 잠잠해지자, 훌라르는 이마에 송골송 골 맺혀있는 진땀을 쓸어내며 중얼거린다.

"하아…. 정말 끝도 없이 몰려오는군."

잠시 괴물들의 움직임이 뜸해지자, 하칠소아를 태운 라플라가 힘겹게 훌라르 의 곁으로 날아온다. 하칠소아는 거의 탈진 직전의 얼굴로 훌라르에게 말한다.

"훌라르 님! 신성한 새들이 교대하고 있나 봅니다. 라플라들도 많이 지쳤는 데, 우리도 잠시 육지에서 재정비하는 것이 어떻겠습니까?"

"즈로이아와 데리에크는 어디 있나?"

"해상으로 좀 더 멀리 나갔는데 곧 돌아올 겁니다."

훌라르가 고개를 끄덕인다. 그리고 잠자코 물속을 들여다보며 조금 의심스 럽다는 듯 묻는다.

"그 새 물살이 바뀌었나?"

"어, 정말이네요. 갑자기 물결이 동쪽으로 흐르고 있어요. 이상하네…."

훌라르는 아무 말 없이 하늘 위의 상황을 살핀다. 그리고 신성한 새들의 움 직임을 보더니 무언가를 눈치챈다.

"지금 저들은 교대하고 있는 게 아닌 것 같다. 가장 가까운 육지는 북쪽으 로 조금만 가면 나오는데, 절반 이상이 동쪽으로 가고 있잖아. 그렇다면…."

훌라르는 무언가 직감한 듯 하칠소아를 바라보며 말을 잇는다.

"아무래도 동쪽 호수로 가봐야겠어. 지금 괴물들이 보리안에게 향하고 있는 것이 분명하다."

"네? 지금부터 쉬지 않고 날아도 하루 이틀은 걸릴 텐데요?"

비샤다의 앞발을 붙잡고 서 있던 훌라르는 조심스럽게 그 거대한 새의 등쪽으로 자리를 옮긴다. 그는 안전히 올라탄 후, 비샤다의 목 언저리를 어루만지며 부탁하듯 속삭인다.

"갈 수 있겠니, 비샤다?"

비샤다는 마치 대답하듯 날개를 펄럭거리며 동쪽으로 방향을 튼다. 훌라르는 고맙다는 듯 비샤다를 툭툭 두드리고, 하칠소아를 바라보며 외친다.

"차루타스를 부탁한다!"

"조, 조심하셔야 합니다!"

하칠소아는 동쪽 하늘을 바라보며 한숨을 내쉰다. 그리고 라플라에 기절하듯 주저앉는다. 잠시 후, 데리에크와 즈로이아를 태운 라플라가 저 멀리서 다가온다. 훌라르가 자리를 비운 것을 눈치챈 즈로이아가 그에게 묻는다.

"뭐야? 그 마에린 작자는 또 어딜 간 거야?"

"동쪽 호수…."

하칠소아는 힘에 겨워 말꼬리를 흐리며 신성한 새들이 동쪽으로 향하고 있는 하늘을 가리킨다.

"아니, 왜 하필 지금…."

투덜거리던 즈로이아는 잠시 생각하더니 고개를 들어 신성한 새들의 무리를 응시한다. 이어서 물살이 바뀐 것을 알아챈 그녀는 떨리는 목소리로 데리에크를 보고 중얼거린다.

"얘야, 아무래도 보리얀이 찾아낸 것 같구나."

"뭐?"

데리에크가 힘겨운 얼굴로 묻자 즈로이아가 밝은 갈댓빛 눈을 빛낸다.

"세상에서 가장 귀한 진주!"

훌라르가 동쪽 호수를 향해 날아오는 동안, 채치트는 다시 달이 떠오를 때까지 단 한 순간도 쉬지 않고 그물 만드는 일을 감독한다. 선술집의 노상에 있던 탁자와 의자는 모두 치워지고 손님들로 오던 사람들은 모두 일꾼이 되어 그물을 함께 엮는다. 많은 사람들이 힘을 모아서 일한 덕분에 널찍한 공터에는 상상을 초월할 만한 크기의 그물이 드리워진다. 허리를 들 새도 없이 도르래들과 엮인 밧줄을 점검하는 사람들의 모습이 마치 그물로 만들어진 밭에서 땅을 고르는 이들 같다.

드디어 그물이 완성되자, 채치트는 뿌듯한 표정으로 벌겋게 충혈된 눈을 반짝인다.

"저기 봐, 사타니크. 자네 덕에 많은 사람이 동원되어서 저 정도 크기를 만들어 냈어. 이제 점검만 끝내면 작전을 수행할 수 있을 거야!"

"하하, 역시 동쪽 호수의 천재답군! 그나저나 밧줄 구조가 신기하네. 이런 건 지금까지 본 적이 없는 것 같은데?"

"그렇지? 딱 봐도 하중을 더 적게 받을 수 있을 것 같지, 응? 기가 막히지?"

"나야 본다고 뭘 알겠나."

채치트는 그물을 연결한 도르래들을 가리키며 열성적인 목소리로 설명한다.

"저기, 저렇게 움직이는 도르래를 사용하면 훨씬 적은 힘으로 무거운 물체를 옮길 수 있거든. 밧줄에서 빠지지 않게 도르래를 만드는 게 기술이란 말이지. 저런 구조로 만들어야 들어 올리는 힘을 최소화할 수 있어. 아무리 물속이라고 해도 진주의 무게가 엄청날 테니까, 부력을 이용한다고 해도 그 하중을 견딜 만큼은 되어야…."

사타니크가 아무 말 없이 눈을 껌벅이자 채치트는 입을 다물고 그저 그의 어깨를 툭툭 두드린다. 그리고 그물을 살피면서 조금 걱정스러운 얼굴로 덧붙인다.

"원로원을 탈탈 턴 덕분에 이곳에서 구할 수 있는 최상의 재료들로 그물을 만들었지만, 공중에서 계속 연결된 부분을 보정해 주어야 안전하게 화산까지 갈 수 있을 거야. 밧줄이 뜯어지려고 할 때 대처하는 게 중요하거든. 여기, 이런 식으로 고리가 달린 여분의 밧줄을 그 자리에 대신 걸어주면 그나마 틀을 정상적으로 유지할 수 있을 텐데. 문제는 정말 자네 동생 혼자서 그 일을 할 수 있을는지…."

그때 저 멀리서 루드히라의 울음소리가 들린다. 사타니크와 채치트는 고개를 들어 선술집의 공터에 착륙하는 커다란 새를 본다. 흙먼지 뒤로 모습을 드러내는 보리얀이 그들 쪽으로 저벅저벅 다가온다. 그들 곁에 다가온 보리얀은 커다랗게 펼쳐져 있는 그물을 보고 함박웃음을 짓는다.

"우와! 드디어 완성이네요! 정말 이 그물로 진주를 들어 올릴 수 있을까요?"

"이론상으로는 아마 가능할 거요. 직접 해봐야 알겠지만."

보리얀은 그의 어깨를 살짝 두드려 주며 미소 짓는다.

"눈도 붙이지 않고 일하시더니…. 정말 대단해요. 잘 될 것 같은 느낌이 들어요."

채치트는 칭찬에 조금 머쓱한 표정으로 코를 쓱 훔친다. 그물을 바라보며 생각에 잠기던 사타니크는 고개를 갸웃하며 보리얀에게 묻는다.

"근데 말이다, 좀 찜찜하지 않냐? 아무리 생각해 봐도 그게 진짜 '세상에서 가장 귀한 진주'가 맞는지 모르겠어. 네가 말해준 예언을 들어보면 좀 더 특별한 보물일 것 같던데, 지금 옮기려는 건 사실상 원로 놈들이 오랜 시간에 걸쳐 만들어 놓은 진주 덩어리에 불과하잖아."

"그렇지. 하지만 그것 말고도 동쪽 호수에 뿌리를 두고 있는 보물이 또 있을까? 그리고 새들이 전해주는 소식을 들어봤을 때도 우리에겐 그 커다란 진주가 꼭 필요해. 사람들이 바르벨루스 탑 아래에 있던 진주를 넣고는 있지만, 모크샤의 알을 형성하기에는 턱없이 부족한 상황이래. 잔해 속에서 진주를 꺼낸 다음 화산을 올라야 할 테니 느릴 수밖에 없을 거야."

"그래도 거기까지 날아간다는 게 말이 쉽지. 너 혼자서 그렇게 가는 건 아무래도…."

"달리 방법이 없잖아, 형. 루드히라가 얘기해 줬는데 북쪽과 남쪽의 원로들이 여길 쳐들어오려고 하는 것 같아. 형은 병사들과 함께 그들을 상대해 줘야 할 것 같아."

"흠. 그 멍청한 놈들이 기어코 죽으러 오는군. 아직 그놈들은 탑이 무너졌다는 소식을 모를 테니까 덤비려 드는 거겠지. 알았다. 어서 가자. 놈들이 오기 전에 진주를 옮겨야 할 테니까. 사람들은 이미 강가에 배치해 놨어."

보리얀은 고개를 끄덕이며 그들을 기다리고 있는 거대한 새를 가리킨다.

"루드히라를 타고 갈 거야."

"잠깐, 나도?"

"응. 지카보다 훨씬 빠르잖아."

떨떠름한 표정의 사타니크는 보리얀이 시키는 대로 루드히라에게 공손하게 예를 표한다. 그러자 루드히라는 그에게 타라는 듯 날개 한쪽을 조금 숙인다. 사타니크가 조심스레 올라타자 보리얀이 뒤따라 탄다. 그들을 태운 루드히라는 날개를 퍼덕이며 빠르게 원로원 근처의 숲을 향해 날아오른다.

"으어어…!"

루드히라가 높이 날아오르자 사타니크는 난생처음 경험해 보는 비행에 놀라서 소리를 지른다. 보리얀은 그 모습을 보며 웃는다.

"하하, 천하의 사타니크 형이 무서운 게 다 있나?"

그러자 사타니크는 너털웃음을 터트린다.

"네가 제일 무섭다!"

루드히라는 보리얀의 웃음소리를 남기며 빠르게 강가로 향한다. 얼마 후 그들은 사타니크가 정신을 차릴 새도 없이 사람들이 모여 있는 목적지에 도착한다. 보리얀이 사타니크를 내려주며 말한다.

"우리 작전 알지? 내가 신호를 보내면 나무들을 쓰러트려 줘. 안 그럼 물살 때문에 다 잠겨 버릴 수도 있으니까."

"알았다. 그럼 화약은 다 설치해 놓은 거냐?"

"응. 원로원 지하에 있던 건 다 해놨어. 강둑을 터트릴 만큼은 될 거야. 용광로가 있는 쪽의 지대가 낮으니까, 그쪽으로 물살을 충분히 보낼 수 있어."

사타니크가 고개를 끄덕이고 기름에 적신 화살들이 들어 있는 통과 성냥을 건넨다.

"용광로의 천장까지 폭파되면 위에서 물이 그냥 쏟아져 들어가겠군. 그물은 오는 중이겠지?"

보리얀은 그가 건넨 화살통을 들쳐메고 고갯짓으로 하늘 위를 가리킨다. 새까맣게 하늘을 뒤덮는 온갖 종류의 새들은 거대한 그물을 펼쳐 들고 날아오고 있다. 그 모습을 보며 사타니크는 고개를 끄덕이며 낮은 소리로 말한다.

"좋아. 계획대로 되어 가는군. 그 마에린 슈라문님이 여기 계셨다면 불을 끄기가 더 수월했을 텐데. 그치?"

보리얀은 불쏘시개를 살핀 후 그것을 허리춤에 차며 답한다.

"그분은 괴물과 싸워야 하잖아. 지금 부른다고 해도 시간 내에 여기까지 오는 건 무리야. 그나마 채치트 씨가 그물을 서둘러 완성해 줘서 다행이지. 저기, 달을 봐."

보리얀의 손가락은 어둠에 잠겨가는 창백한 달을 가리킨다. 그녀는 한숨을 내쉬고 말을 잇는다.

"길어봤자 글피 정도가 삭이겠네."

"삭?"

"달이 없는 밤. 초승달이 뜨기 전."

"……."

사타니크는 잠시 걱정스러운 얼굴로 생각에 잠겨 보리얀을 응시한다. 그리고 마음을 다잡듯 주변에 서 있는 사람들을 둘러본다.

"자! 나무를 벨 준비들은 다 됐나?"

"네, 사타니크 님."

사타니크는 날아갈 준비를 하는 보리얀을 보고 말한다.

"자라트라에서 투르 파견사님이 우리에게 항상 하시던 말씀이 있지. 행운을 빈다."

보리얀은 그를 보며 고개를 끄덕이고 루드히라와 함께 다시 하늘 위로 날아오른다. 커다란 새는 힘찬 날갯짓으로 창공을 가르며 화약을 설치해 놓은 강가로 향한다. 보리얀은 차분히 화살을 하나 꺼내 들고 불을 붙인다. 그리고 화약통을 겨냥하여 쏜다.

"피슈숭, 팍!"

날아가던 화살이 강둑에 설치된 화약통에 꽂히는 것을 본 루드히라는 높게 날아오른다.

"콰과과과광! 콰르르르-"

강둑에 설치된 화약들이 연달아 터지며 엄청난 굉음을 낸다. 계획대로 강둑이 무너져 내리며 물길이 터진다.

"됐다!"

보리얀은 그 모습을 보고 서둘러 용광로의 연기 통이 있는 쪽으로 향한다. 터진 물길은 용광로가 있는 쪽을 향해 흘러들어온다. 그녀는 화살을 다시 하나 꺼내 든다. 그리고 불을 붙여, 용광로 근처의 땅에 설치해 둔 화약통들을 겨냥해서 쏜다.

"쿠콰콰쾅! 콰광!"

어마어마한 양의 화약통들이 폭발하며 지반이 와르르 무너져 내리고 용광로의 천장이 뻥 뚫린다. 지하에서 거대한 진주가 모습을 드러내는 순간, 절묘한 시간에 강가에서 밀려들어 오는 물길이 그 위를 덮친다. 물길은 순식간에 용광로와 지하를 삼킨다. 엄청난 연기와 함께 용광로의 불은 순식간에 모두 꺼진다. 보리얀은 황급히 루드히라에게 외친다.

"루드히라, 지금이야!"

그러자 루드히라가 우렁찬 울음소리를 낸다. 그 소리가 어찌나 큰지 보리얀의 허파를 다 울린다. 그 소리를 듣고 폭발을 피해 있던 사타니크와 사람들이 강가의 터진 곳을 향해 우르르 달려간다. 그들은 이미 반쯤 베어서 표시해 두었던 나무들을 쓰러트려, 강에서 흘러나오는 물을 막는다. 나무들이 쌓여서 물살을 막자 용광로 쪽으로 향했던 유량이 줄어든다. 보리얀은 호흡을 가다듬고 중얼거린다.

"후우, 이제 가장 중요한 부분이다. 제발…."

보리얀은 숨을 크게 들이쉬고 루드히라에서 뛰어내린다. 첨벙 하는 소리와 함께 암흑이 그녀를 삼킨다. 차가운 물 속에 잠기는 동시에 실패에 대한 두려움이 몰려오자 심장이 두근거린다. 그런데 불현듯 마음속에서 웹실론의 목소리가 들린다.

'자기야, 두려워하지 마! 자긴 할 수 있어! 믿음을 가져야 해, 응!'

그 소리를 들은 보리얀은 마음을 다잡고 집중하여 생각한다.

'물속에 있는 나의 형제들아, 부디 이 진주를 지상으로 올릴 수 있도록 도와줘!'

그러자 암흑 같은 물속에서 미동이 일어나기 시작하며 물고기들의 움직임이 강하게 느껴진다.

'와아! 웹실론, 이제 진짜 물고기들도 내 말에 응답하고 있어!'

'거 봐 자기야! 자긴 할 수 있다니까! 지금은 다 얘기 못 하지만, 암튼 우리 자기는 할 수 있어!'

강물과 함께 들어온 커다란 물고기들이 진주의 바닥에 달라붙어 퍼덕거리며 그것을 위로 밀어낸다. 그러자 놀랍게도 집채만 한 진주가 움직이기 시작한다. 물속이기에 더 가볍게 움직이는 진주는 천천히 수면 위로 그 모습을 드러낸다. 점점 솟아나는 거대한 진주를 보고, 하늘에서 기다리고 있던 물수리들이 움직이기 시작한다. 그들은 거대한 그물의 모서리들을 단단히 잡고 입수한다. 새들이 도착한 것을 느낀 물고기들은 그물 사이로 요리조리 빠져나가며 계속 아래에서 진주를 밀고, 커다란 그물은 물속에서 진주를 온전히 감싼다.

새들이 다시 물 위로 솟구쳐 오르자 루드히라는 수면 위로 드러난 그물의 모서리를 잡고 힘껏 날갯짓을 하여 그것을 들어 올린다. 그러자 주위에서 기다리고 있던 온갖 새들이 그물에 서로 달려들어 죽을힘을 다하여 그것을 끌어올린다.

"푸아아아~!"

드디어 그물의 한끝을 잡고 따라 올라온 보리얀이 크게 숨을 들이쉰다. 밧줄은 우두둑 소리를 내면서도 기적처럼 진주의 무게를 견딘다. 물을 뚝뚝 흘리며 올라온 보리얀은 아래를 내려다보고 진주가 허공에 떠 있음을 알아차린다. 그녀는 감격에 겨워 소리친다.

"서, 성공이다!"

아래에서는 용광로가 있는 곳으로 모여든 사람들이 두 눈 앞에 펼쳐진 광경을 보고 입을 다물지 못한다. 보리얀과 진주를 든 새들은 점점 높이 날아오른다. 그 뒤로는 여분의 밧줄들을 들고 날아온 새들이 따라붙는다. 이어서 진주를 들고 움직이는 새들 뒤로 마치 철새의 무리처럼 두 갈래의 사선 행렬이 생긴다.

"사타니크 형!"

보리얀은 아래에서 그 경이로운 광경을 바라보고 있는 사타니크에게 외친다.

"이제부터 진짜 행운을 빌어줘!"

사타니크는 목이 메는 듯 고개를 끄덕이며 그녀에게 손을 흔든다. 거대한 진주가 또 다른 달처럼 영롱하게 빛나며 구름 저편으로 사라질 때까지.

하늘에 걸린 가느다란 달이 옅게 흐르는 구름 속에서 빛난다. 멀리서 누군가 자신을 부르는 소리에, 훌라르는 비샤다 위에서 정신을 차린다. 피곤함에 지쳐 깜박 선잠이 든 모양이다. 저 뒤에서 라플라를 타고 그를 따라오고 있는 즈로이아의 모습이 보인다. 훌라르가 그녀를 돌아보며 외친다.

"차루타스는 어떻게 하고 따라오는 건가?"

"데리에크와 하칠소아에게 맡겼습니다!"

"진주가 궁금해서 온 것이군?"

즈로이아는 웃음을 터트린다. 훌라르는 그럼 그렇지, 하는 표정으로 그녀에게 말한다.

"아직 동쪽 호수로 가려면 좀 더 걸릴 것이다. 아래를 봤나? 괴물들이 아주 난리를 치고 있어."

훌라르의 말에 즈로이아가 아래를 살핀다. 물살 위로 희한한 괴물들의 모습이 얼핏얼핏 비친다. 즈로이아가 눈살을 찌푸리고는 고개를 끄덕인다.

"그러네요. 뭔가 일이 났긴 했나 봅니다."

그런데 그때, 저 위 구름 사이로 뭔가 거대한 것이 다가온다. 훌라르는 고개를 길게 빼고 그것을 응시한다.

'저게 뭐지?'

점점 자취를 드러내는 물체는 상상하지도 못할 크기의 진주다. 앞서 동쪽으로 향했던 신성한 새들은 이미 다른 새들을 도와 진주를 들고 중앙 섬 쪽으로 되돌아오고 있다.

"지…진주!"

자세히 들여다보니 진주 근처에서 보리얀이 밧줄을 타며 그물 사이를 오가고 있다. 뒤따라오는 새들의 도움으로 밧줄을 덧대며 그물을 교정하는 그녀의 모습이 마치 공중의 배를 다루는 선장 같다. 순간, 물속에서 부글거리는 이상한 소리가 올라온다. 훌라르는 뒤를 돌아 즈로이아에게 소리친다.

"아래를 봐!"

즈로이아는 황급히 정신을 차리고 수면을 둘러본다. 보리얀이 타고 있는 진주를 향해 엄청나게 많은 괴물이 몰려들고 있다. 그들은 넘실거리는 파도를 따라 거대한 탑을 쌓아 올리듯이 서로의 몸을 타고 오른다. 진주에 닿으려는 괴물들을 보고 훌라르는 재빨리 두 손에 힘을 모은다. 괴물들이 쌓인 탑에서 거센 불길이 일어난다.

"화르르륵!"

"끼에에엑! 크아아악!"

위에서 괴물들이 불타는 것을 본 보리얀은 뒤이어 훌라르와 즈로이아를 발견한다. 그러나 반가움도 잠시, 아래를 내려다보자 무수히 많은 괴물이 달려들고 있는 게 보인다. 보리얀은 굳은 표정으로 자신을 달래듯 중얼거린다.

"괜찮아. 공중에 있으니, 괴물들이 진주에 닿지 못할 거야."

달빛도 별로 없는 어두운 밤이기에 괴물들의 모습이 정확히 보이지 않는 다. 그런데 갑자기 투명한 구름 같은 것이 바람을 타고 올라오며 보리얀의 시야를 가린다. 그것들은 그저 희뿌연 연기 같을 뿐 눈에도 띄지 않고, 소리도 없으며, 괴상한 냄새도 없다. 보리얀은 어둠 속에서 자세히 그것을 살핀다. 처음에는 안개인 줄 알았던 그것들은 아주 미세한 벌레 같이 생긴 괴물들이 다. 날파리보다 작은 괴물들은 바람을 타고 날아다닐 수 있을 만큼 가볍고 반투명하여 눈에 잘 보이지도 않지만, 순식간에 그물을 갉아 든다.

"……!"

보리얀은 깜짝 놀라서 숨을 멈춘다. 그 괴물들은 다른 것들과 마찬가지로 흑진주 목걸이를 하고 있는 보리얀에게는 접근하지 못한다. 하지만 그녀가 미처 손쓸 새도 없이 밧줄이 하나둘씩 투두둑 끊어지기 시작한다. 삭아 들어가는 그물을 애써 붙잡으며 보리얀은 머릿속이 캄캄해진다. 지금 훌라르는 너무 멀리 있다. 그리고 눈에도 보이지 않는 이 괴물들을 불태울 수도 없을 것이다. 그랬다가는 밧줄에도 불이 붙을 게 분명하기 때문이다. 즈로이아도 마찬가지다. 그녀는 이렇게 미세한 괴물들과 싸워본 적이 없을 것이다. 오히려 이 눈에 띄지도 않는 괴물들이 만약 저 둘을 공격한다면….

"투두두둑―"

밧줄들이 점점 뜯어진다. 저 아래에서 괴물들과 싸우는 것에 여념이 없는 훌라르와 즈로이아는 아직 그물에 일어나는 일을 눈치채지 못한 것 같다. 순간, 보리얀의 머릿속에는 아파라티 할아버지가 했던 말이 다시 떠오른다.

"네가 진심을 다해 세상에서 가장 귀한 진주를 얻으려 한다면, 일단은 너

스스로가 세상에서 가장 귀하게 생각하는 이들과 작별해야 할 것이다. 심지어 네가 언제 그들에게 다시 돌아올 수 있을지 알 수조차 없을 거야. 정말 그 선택을 감당할 수 있겠니?"

보리얀은 이제야 그 뜻이 무엇인지 직감하며 떨리는 눈으로 저 멀리 있는 훌라르를 응시한다.

"우두두둑!"

결국 밧줄이 모두 끊어지며 새들의 비명이 하늘을 메운다. 이어서 집채만 한 진주가 시커먼 수면을 향해 추락하기 시작한다. 즈로이아가 소리를 지른다.

"안 돼!"

훌라르는 순간 고개를 들어 그 광경을 응시한다.

갑자기 찰나의 모든 일이 천천히 일어나는 듯 느껴진다.

저 멀리 밧줄에 매달려 있는 보리얀의 모습이 눈에 들어온다.

분명, 그녀는 훌라르를 바라보고 있다.

이어서 그의 떨리는 눈동자에 진주를 따라 뛰어내리는 보리얀이 비친다.

"……!"

"풍덩!"

물을 두 쪽으로 가르는 듯한 커다란 소리와 함께 순식간에 진주도, 보리얀도 사라진다. 그것을 지켜보는 훌라르는 숨이 턱 막혀 아무 소리도 내지 못한다. 그는 새하얘진 얼굴로 수면을 응시한다. 곧 세찬 물보라가 일어난 뒤로 괴물들이 까맣게 몰려든다.

"콰르르르-"

보리얀은 물거품을 헤치고 진주를 향해 헤엄쳐 들어간다. 곧 주변으로 괴물들이 새카맣게 달려든다. 그녀는 밀려오는 암흑에 아예 두 눈을 질끈 감는다. 그리고 그 어느 때보다도 강한 절실함으로 물속에 있는 생명체들을 부른다. 그녀의 생각은 말로써 표현되는 부름보다도 더욱 강력한 힘으로 퍼져 나간다. 절규 같은 그녀의 울부짖음은 괴물로 변하지 않은 모든 물속의 생물들에게 가서 닿는다. 그 소리 없는 외침을 들은 무수한 물고기들과 호수의 신비로운 생명체들이 한꺼번에 보리얀에게 향한다. 고래처럼 커다란 몸집과 지느러미를 가진 야광 생물들, 깊은 호수에 살며 수많은 촉수를 가진 수중 동물들, 은빛 비늘이 찬란하게 빛나는 재빠르고 자잘한 물고기들…. 그들은 가라앉고 있는 진주와 보리얀을 받들어 올리며 아무도 보지 못하는 깊은 물 속에서 장관을 이룬다.

'수면에는 괴물들이 가득해. 물 아래에서 움직이자.'

보리얀의 생각을 따라, 물속 생물들은 해일보다 빠른 속도로 중앙 섬을 향해 그녀와 진주를 옮기기 시작한다. 괴물들은 있는 힘을 다해 그들에게 달려든다. 그러자 수많은 물고기가 마치 한 몸처럼 움직여 물속에서 거대한 벽을 이룬다. 눈에 보이지 않을 정도로 빨리 움직이는 그들은 괴물의 공격을 피하는 동시에 보리얀과 진주를 보호한다. 큰 몸집을 가진 생물들은 그 앞으로 나아가서 목숨을 바치며 직접 괴물들과 맞선다. 온갖 물고기들에게 겹겹이 둘러싸여 엄호를 받는 보리얀과 진주는 엄청난 속도로 나아가고, 결국 그들을 뒤쫓던 괴물들은 하나둘 뒤처진다.

보리얀은 숨이 점점 다해오는 것을 느끼며 온 힘을 다해 눈을 꼭 감는다. 그녀는 볼 수 없으나, 형형색색의 야광 빛을 내는 물속 생물들이 길을 밝히자 그것에 반사된 진주의 영롱한 빛깔이 깊은 물 속에 흩뿌려진다. 괴물들에 의해 생명을 다한 물고기들이 잔해처럼 흩어지면 새로운 물고기들이 자리를 채운다. 그 뒤로 꼬리처럼 따라붙는 시커먼 괴물들까지, 그들이 이루는 모습은 마치 수중을 가르는 거대한 별똥별 같다.

그 황홀하면서도 무서운 광경 속에 놓인 보리얀의 마음에는 죽음에 대한 두려움이 밀려든다. 그녀는 후회와 함께 치밀어 오르는 복잡한 감정을 이겨내며 고개를 젓고 마음을 다잡는다.

'뛰어내리는 방법밖에 없었어. 물속에서만 부탁할 수 있으니까, 물고기들한테는….'

웝실론은 보리얀의 숨이 떨어져 가는 것을 느끼며 안타까워서 중얼거린다.

'아이고, 정말. 이러다가 우리 자기 다 죽겠네.'

'…….'

물고기들이 내뿜는 빛이 현란하게 보리얀의 얼굴을 비춘다. 엄청난 속력에 점점 정신을 잃어가는 그녀의 마음에 웝실론의 목소리가 울려 퍼진다.

'자기야, 정신 차려. 내가 그때 메르모니아 속에서 봤어. 자기는 해낼 수 있어. 이 웝실론이 함께하는 한, 자기는 죽지 않는다고!'

웝실론은 보리얀의 몸속에서 퐁, 하고 튀어나온다. 그리고 몸을 웅크려 그녀의 코와 입을 덮은 후, 물속에서 공기를 걸러내어 보리얀의 몸에 불어 넣는다. 그러자 숨쉬기를 멈추고 기절하기 직전이었던 보리얀의 얼굴에 다시 생기가 돌기 시작한다. 웝실론의 도움으로 생명의 끈을 놓지 않은 그녀는, 물고기 떼의 힘에 이끌려 진주와 함께 점점 깊숙한 물속으로 들어간다.

흐릿한 의식 속에서 대양 '샤'로 원정을 나갔다가 다시는 돌아오지 못했다는 칼마사라의 얼굴이 어른거린다. 마치 그녀 자신이 칼마사라가 되어 어두운 물속으로 빨려 들어가는 것만 같은 느낌이 온몸을 뒤덮는다. 이 세상과는 너무나도 먼 곳에서 영원이 된 시간 속을 표류하듯, 그녀는 아파라티 할아버지가 들려준 오랜 옛날의 이야기를 떠올린다.

"…그리고 암흑의 시간이 찾아왔단다. 칼마사라는 돌아오지 않았지. 분노로 뒤틀린 마라트의 기운은 물속 생명체들을 괴기스러운 형체로 만들어 내면서 갈수록 심하게 육지를 공격했어. 결국 그들과 싸우기 위해 네카루트 지역에는 무기소가 설립되었고, 그곳에서 발명된 것이 바로 화약이란다.

사람들은 화약의 힘에 기대어 목숨을 걸고 진주를 모았지. 하지만 '세상에서 가장 귀한 진주'가 있어야 다음 모크샤가 깨어난다는 이야기가 내려올 뿐, 아무도 그것이 무엇인지는 정확히 몰랐단다. 그렇기에 그들은 일단 알의 형상이라도 만들어지길 바라는 마음으로 진주를 모아 바르벨루스로 보내기 시작했어. 에실린들은 그것을 감독하며 점점 바르벨루스의 자리를 장악해 갔지. 심지어 다른 에린들이 무니안의 자리에 오르는 일이 없을 때까지 말이다.

탑을 장악한 에실린들은 '피의 초승달 사건'을 역사에서 지워나갔단다. 자신들이 저지른 짓이 밝혀질까 봐 겁이 났던 게지. 그들은 비밀을 지키기 위해 다른 에린들이 가진 신성한 힘을 더욱 견제했어. 그래서 에실린을 제외하고 신성한 힘을 가진 이들을 마녀로 몰아 샤테이드로 추방했지. 그리고 여러모로 커져가는 사람들의 분노와 불만을 잠재우기 위해, 모든 화살이 향할 수 있는 공동의 적을 만들었단다. 그 대상은 이미 곱지 않은 시선을 받고 있던 루에린들이 되었지.

에실린들은 급기야 노예 제도를 도입하여 사람들 간에 층을 만들었고, 에실린과 다른 에린들을 구분하는 선을 그어버렸어. 에실린이 아닌 이들은 바르벨루스의 무니안이 될 수 없게끔 말이야. 그들은 중앙 섬에서 금을 쓰게 하며 경제를 움켜쥐기 시작했단다. 그리고 조작된 역사를 통해 자신들의 행동을 정당화시켰지. 안타깝게도 그 과정에서 가장 고통받았던 것은 루에린들이었어.

핍박을 견디다 못한 동쪽 호수의 루에린들은 비밀스러운 계획을 세웠단다. 바로 자신들의 고장에서 모크샤가 깨어나게 하겠다고 마음먹었던 것이야. 그들은 진주를 모아서 그것을 '세상에서 가장 귀한 진주'라고 부르기 시작했지. 그 사이 동쪽 호수의 원로들은 무니안들과 거래를 했단다. 진주를 자신들이 갖는 것을 묵인해 주는 대가로, 직접 주민들을 노예로 잡아서 중앙 섬 동쪽으로 보내겠다는 것이었지.

세상은 곧 노예 제도와 황금을 받아들이는 곳과 그렇지 않은 곳으로 갈라지게 되었어. 뜻밖에도 그 모든 것을 거부한 이들은 서쪽 호수에 살던 에실린들이었단다. 고지식했던 서쪽 호수의 사람들은 옛 정서를 따라서 고매한 에린의 성품을 지켜야 한다고 믿었거든. 그 때문에 황금도 거의 쓰지 않고 자급

자족하는 삶의 방식을 고수했지. 그래도 그들은 바르벨루스를 믿으며 참으로 열심히 진주를 모았단다.

그런데 그 사람들이 모르는 문제가 있었어. 권력의 달콤함을 맛본 무니안들은 더 이상 모크샤를 깨우려는 생각을 하지 않았던 게야. 그들은 진주를 빼돌리며 무려 이천 년이라는 세월을 끌어왔단다. 그럴수록 괴물들의 힘은 점점 강해졌고, 그 공격에 맞설 군사와 무기들이 더 필요해졌지. 결국 동쪽 호수에서는 더 많은 노예가 잡혔고 서쪽 호수에서는 더 많은 병력이 자라트라로 차출되어 갔단다. 당연히 바르벨루스 내부에서도 분열이 일어났지. 대부분의 슈라문들은 무니안의 뒤를 따랐지만, 훌라르와 아르테스의 가문처럼 모크샤의 편에 섰던 이들도 있었거든.

바로 그런 시기에 서쪽 호수에서 한 루에린 아이가 태어났어. 그 아이는 내가 까마득히 오래전 탈출을 도와준 루에린 여인 세피네와 내 친구 칼마사라의 자손이었단다. 그렇기에 그 아이가 가진 피의 뿌리는 사실상 동쪽 호수에 있었다고 봐야겠지. 하지만 정작 아이가 자라난 곳은 서쪽 호수였단다. 그 때문에 루에린이라는 이유만으로, 그 아이는 까마귀라고 놀림을 받으면서 살아왔지. 그 애는 자신의 앞에 어떠한 일들이 기다리고 있는지 전혀 알지 못했어. 그래서 처음에는 배의 선장이 되고 싶어 했다가, 그다음에는 자라트라 요새의 병사로 살아남아 병사장이 되었으며, 슈라문이 되고자 하는 꿈을 가지던 중 비참하게 모든 것을 잃어버리기도 했단다. 이제 그 아이는 무엇이 되려고 하는지 모르겠구나. 그러니 말해주렴, 보리얀. 너는 무엇을 위해 이곳에 왔느냐?"

그 순간 보리얀은 번쩍 눈을 뜬다.

"⋯⋯."

가쁜 숨을 내쉬며 정신을 차려보니 어느새 물고기 떼들이 멈추어 있다. 얼마나 오랜 시간이 지났는지는 알 수가 없다. 그녀는 아직도 자기 입가에 붙어 있는 웝실론을 발견한다. 천천히 고개를 돌려 주위를 살피니 다행히 괴물들의 모습은 보이지 않는다. 오직 저만치 앞에 거대한 불기둥처럼 보이는 커다란 소용돌이만이 보일 뿐이다. 고개를 들어 위를 응시하자, 물속에 떠 있는 듯한 땅덩어리가 끝없는 천장처럼 드리워져 있다. 이어서 보리얀은 물고기들의 말을 듣고 비로소 깨닫는다.

'여기가 아누다르가야의 밑이구나!'

그러자 웝실론의 지친 목소리가 그녀의 마음속에 들려온다.

'그래, 자기야. 이제 다 왔나 봐.'

보리얀은 감탄을 하며 위를 올려다본다. 그녀는 물에 떠 있는 중앙 섬의 바닥을 본다.

'추락의 전쟁 때 떨어진 구름 섬 겔리시온의 이야기가 진실이었어! 우리의 세상은 정말 물 위에 떠 있었던 거야!'

그녀의 시선은 붉은 용암이 끓어오르고 있는 거센 소용돌이에 닿는다. 뜨거운 불기운을 견디지 못하는 물고기들이 하나씩 위로 떠오르고 있다. 불기둥을 보는 보리얀의 심장이 떨린다.

'저기가 중앙 섬 화산과 연결되어 있는 곳 같은데? 더 가까이 가면 화산 속으로 빨려 들어갈 것 같아.'

보리얀은 무시무시한 불기둥 주변에서 죽어 나가는 물고기들을 보며, 물속의 생물들이 자신을 도울 수 있는 한계에 다다랐음을 눈치챈다. 그녀는 천천히 윕실론을 자신의 입가에서 떼어낸다. 그리고 가만히 윕실론을 물고기들 사이에 놓아주며 마음속으로 말한다.

'시간이 없어. 저 안에다가 진주를 집어넣어야 해.'

윕실론은 안타까움에 울먹이는 목소리로 보리얀을 부른다.

'자기야아…'

마그마의 불빛이 보리얀의 얼굴에 어른거린다. 보리얀은 윕실론의 머리에 가만히 입을 맞춘다.

'내 고마운 친구. 너를 만난 건 행운이었어.'

'보리얀 자기야아…'

보리얀은 눈물이 차오르는 것을 느끼며 불구덩이를 바라본다. 그리고 입술을 꼭 다물고 윕실론에게 말한다.

'네 말대로, 두려워하지 않을게. 난 끝까지 네 이름을 기억할 거야.'

윕실론은 아무 말도 하지 못하고 안타까움에 짧은 발을 동동 구르며 보리얀을 응시한다. 이어서 보리얀은 윕실론에게서 떨어져서 물고기들이 애써 받쳐 들고 있는 진주를 힘껏 민다. 그러자 보리얀의 뜻을 파악한 물고기들과 각종 생물 또한, 마지막 힘을 다해 거대한 진주를 소용돌이 쪽으로 밀어 넣듯 돌진한다.

점점 강렬하게 느껴지는 열기에 물속의 생물들이 하나둘 정신을 잃는다. 그들은 바람에 흩날리는 낙엽처럼 흩어지며 떠오른다.

'다들 떨어져!'

보리얀은 혼자 끝까지 진주를 밀며 소용돌이치는 마그마의 불기둥 속으로 빨려 들어간다.

"으아아아!"

뜨거운 열기에 온몸이 녹아내리는, 이루 말할 수 없는 고통이 보리얀을 덮친다. 거대한 불기둥은 그녀의 비명을 삼킨다. 그 위로 진주가 녹아내리며 보리얀의 몸을 뒤덮는다.

윕실론은 메르모니아 속에서 본 것을 떠올리며 울먹거린다.

'흐이잉…. 미안해, 자기야. 미리 얘기해 줄 수가 없었어. 내가 봤거든. 세상에서 가장 귀한 진주는 온전히 자기의 힘으로만 깨어날 수 있다는 걸. 하지만 우리 자기는 죽지 않아. 이 윕실론이 함께할 테니까, 응!'

윕실론은 결연하게 더듬이를 한번 부르르 턴 후, 엄청난 속도로 몰아치는 소용돌이 속으로 자신의 몸을 힘껏 던진다.

"쿠르르릉–!"

보리얀과 한데 엉긴 진주가 화산의 중앙으로 빨려 올라간다. 천지가 진동하는 소리와 함께 진주를 삼킨 불기둥에서 엄청난 빛이 쏟아져 나온다. 마치 지진이 일어난 듯 세상의 모든 것이 흔들린다. 보리얀은 의식을 잃으며 고통이 서서히 떠나가는 것을 느낀다. 그녀는 더 이상 자신의 육체를 느낄 수가 없다.

그 순간, 화산 속에서 알 수 없는 이의 목소리가 보리얀의 영혼을 부른다.

"세상에서 가장 귀한 진주야. 드디어 나에게로 왔구나."

6장

{ 진주의 품에 안긴 영혼 }

달이 없는 밤이다.

사방이 쥐 죽은 듯 고요하다.

사람들도, 가축들도, 신성한 동물들도, 심지어 괴물들도 고요 속에서 미동조차 하지 않는다. 순간이 영원이 된 듯, 시간이 멈춘 것만 같은 풍경 속에서도 간혹 풀벌레들의 낮은 울음소리가 들린다. 바르벨루스의 화산 꼭대기에서는 마치 어둠을 가르는 등대처럼 환한 빛이 쏟아져 나오고 있다.

눈앞에서 일어나는 듯 생생한 그 풍경에, 보리얀의 영혼은 생각한다.

'이상하다. 지금 나는 분명 화산 속에 있는데 어떻게 이걸 볼 수 있는 거지?'

그러자 이런 소리가 들려온다.

"우리는 이것이 아주 먼 미래의 일인 것처럼 볼 수도 있고, 오래된 과거의 일처럼 느낄 수도 있단다. 하지만 무슨 상관이겠니. 영혼의 세상에서는 모든 게 연결되어 있는 것을. 나를 따라와 보렴. 이제부터 많은 것을 보면서 그 뜻을 알게 될 거야."

목소리가 이끄는 대로 향하자 보리얀의 영혼 앞에는 처음 보는 장소가 나타난다. 고른 황토색 벌판만이 끝없이 펼쳐져 있을 뿐, 하늘과 맞닿아 있는 지평선 위에는 그 어떤 생물도 찾아볼 수 없다. 청회색 하늘은 구름 한 점 없이 땅을 감싸고 있다. 보리얀의 영혼은 그 가운데 덩그렇게 남겨진 한 소녀를 본다. 보리얀의 영혼은 그 소녀를 자세히 응시한다. 흑갈색 머리가 이따금 불어오는 바람에 흩날린다. 햇빛에 그을린 피부와 어두운 눈썹, 짙은 눈동자. 그것은 보리얀이다.

'나잖아?'
보리얀의 영혼이 생각하자, 목소리가 말한다.
"네가 생각하는 너의 모습이란다. 사실 너는 어디에나 있거든."
소녀는 두리번거린다. 보리얀의 영혼이 그것을 보고 목소리에게 묻는다.
'여기가 어디지?'
그러자 목소리는 부드럽게 말한다.
"곧 찾아낼 수 있을 거야."

"타박, 타박…."
소녀는 어딘가로 발걸음을 옮긴다. 보리얀의 영혼은 그녀를 따라간다. 그러다 보니 어느새 보리얀의 영혼은 그 소녀의 몸과 하나가 되어 있고, 소녀는 자라서 성숙한 여인의 모습으로 변한다. 보리얀은 발밑에서 자잘히 흩어지는 토양의 감촉을 느낀다. 그녀는 바람이 실어 오는 신선한 공기를 들이쉰다. 그러자 그녀의 발걸음을 따라, 다시 목소리가 들려온다.

"몸이 있다는 것은 감각을 느낄 수 있다는 것이란다. 감각은 생각을 만들고, 대부분의 생각은 영혼을 가두지. 생각에 갇힌 영혼은 보고 싶은 것만 보고, 듣고 싶은 것만 들으며, 말하고 싶은 것만 말한단다. 바로 저들처럼."

순간, 여인의 모습을 한 보리얀의 눈앞에는 날개가 달린 고대 에린들의 모습이 보인다. 흐드러진 농작물들 사이로 뛰어노는 아이들의 등에도 날개가 있고, 창조의 신 에르의 뜻을 논하며 옥신각신하는 노인들의 등에도 날개가 있으며, 맑은 샘 근처에서 사랑을 노래하는 젊은이들의 등에도 날개가 달려 있다. 황무지처럼 아무것도 없던 땅에는 온갖 고대 생물들이 자라나고, 발목께에는 구름과 같은 수증기의 감촉이 느껴진다. 여인이 된 보리얀이 감탄을 하며 탄성을 지른다.

"겔리시온이다!"

이어서 보리얀은 자신의 몸에도 날개가 있음을 느낀다. 그녀는 등 위로 자라난 칠흑빛 날개를 돌아보며 놀란다. 더 자세히 비추어 보고 싶어서 저 앞의 호숫가로 달려가니, 어느새 그녀는 젊은 남자의 모습으로 변해 있다.

그때 누군가 다가온다. 그자 또한 검은 날개를 가지고 있다. 그리고 보리얀의 귓가에 무어라고 속삭인다. 신기하게도 보리얀은 그 고대의 언어를 이해한다. 그리고 그자가 자신을 '샤에드릴'이라고 부르는 것을 알아차린다.

'샤에드릴이라면, 그 추락의 전쟁을 일으킨 자?'

보리얀은 깜짝 놀라서 다시 호숫가에 비친 자신의 모습을 들여다본다. 그런데 보리얀의 모습은 또 바뀌어 있고, 호수의 물은 구역질 날 정도로 탁해져 있다. 각종 물속 생물들의 사체가 널려 있는 가운데, 하늘이 어두워지더니 비가 쏟아지기 시작한다. 화들짝 놀란 보리얀이 발밑을 응시한다. 구름 같던 고운 수증기들은 오간 데 없고 질퍽한 진흙들만이 가득하다. 아까와는 전혀 다른 공기가 느껴진다. 그만큼이나 달라진 언어로, 저 멀리서 자신을 부르는 소리가 들린다. 그녀는 그 또한 알아들을 수 있다.

"칼마사라 님! 분부대로 다 죽였습니다!"

보리얀은 고개를 돌리고 등을 더듬어 본다. 다시 날개가 사라졌다. 하늘에는 짙은 먹구름 사이로 붉은 초승달이 언뜻언뜻 비친다. 칼마사라의 형상을 한 보리얀은 자신의 목을 더듬는다. 커다란 흑진주 목걸이가 걸려 있다.

"콰르르릉!"

천둥이 치며 번개가 번쩍거린다. 그러자 눈 깜짝할 사이, 그다음에 일어난 무수히 많은 일이 보리얀의 눈앞에 스쳐 지나간다. 현재의 시점을 넘어 상상하지도 못할 까마득한 미래에나 일어날 일들까지도 모두 그녀의 앞에 펼쳐진다.

시간에 따라 사람들의 생김과 말씨가 변하고, 규율과 법도가 변하고, 심지어는 그들을 둘러싼 자연의 모습도 변한다. 하지만 그 오랜 시간 동안 변하지 않는 것이 한 가지 있으니, 그것은 바로 감각의 세계를 지배하는 어리석음과 고통이다. 결국 세상 속의 모든 것이 그 이름만 변할 뿐 물레를 돌리는 바퀴처럼 반복된다. 그 촘촘히 짜여가는 시간의 속에서 각양각색의 삶들은 들꽃처럼 피어나고 지며, 그 안타깝고도 아름다운 향기는 계속 세상을 이루어 나간다. 보리얀의 영혼은 그 수많은 삶 속에서 모든 이들의 탐욕과 분노, 어리석음과 고통, 행복과 감사함, 그리고 시작과 끝을 본다.

흐르는 시간 속에서 세상의 땅은 다시 처음처럼 황무지가 된다. 생명이 시작되기 전 아무것도 없었던 그때처럼, 이 땅의 끝에는 아무것도 남지 않는다. 황무지들의 흙마저 먼지가 되어 촤르르 흩어진다. 그렇게 모든 것은 다시 비어 있는 상태로 돌아간다. 또 다른 시작이 찾아오기 전까지.

허공에 덩그러니 남겨진 보리얀의 몸은 어느새 노인이 되어 있다. 그 육신은 점점 움츠러들더니 소녀처럼 작아지고, 이어서 태아의 모습으로 변한다. 보리얀은 다시 화산 속에 웅크리고 있는 자신의 영혼을 발견한다.

"보았느냐? 영혼의 시간에서는 이 모든 것을 아주 과거의 일처럼 이야기할 수도 있고, 혹은 먼 미래의 일처럼 이야기할 수도 있단다."

목소리가 들려오자 보리얀의 영혼이 묻는다.

"…이처럼 진주 속에서 나의 영혼을 이끌어 주시는 당신은 누구십니까?"

"나의 형상은 끝없이 변하면서도 변하지 않는다. 나의 시간은 언제나 시작과 끝의 사이에 있으며, 나의 공간은 바로 네 옆에 있으면서도 머나먼 우주의 한복판에 있단다. 나의 마지막 이름은 샤카르문이다."

보리얀의 영혼은 비로소 진주 속에서 자신에게 말을 걸었던 것이 이전 모크샤였다는 것을 깨닫는다.

"샤카르문이시여, 그럼 저는 보리얀이 되기 전 샤에드릴이었으며, 칼마사라였습니까? 그 모든 일들 가운데 늘 제가 있었던 것인가요?"

"그렇기도 하고, 아니기도 하지. 네 영혼의 일부에는 그들의 생이 들어 있지만, 이미 너는 또 다른 생을 살며 새로운 영혼이 되었으니. 육신과 감각의

틀에서 자유로워지면 네가 누군지 볼 수 있을 것이다. 그러기 위해 네가 만나야 할 이가 있지."

갑자기 온 사방이 환해진다. 평온한 햇살이 보리얀의 눈을 비추고, 주변에는 이름 모를 황금색 꽃들이 피어 있다. 그녀는 자신의 영혼이 또 다른 세상에 도착했음을 알아차린다. 저 멀리서 누군가가 손을 흔들며 다가온다. 햇살과 같은 머리색을 가진 라델린 청년이 황금꽃들을 헤치며 걸어온다. 보리얀이 놀라움에 눈을 껌벅거리자, 청년은 어느새 그녀에게로 다가와 다정하게 말한다.

"하하. 내가 누군지가 궁금한 모양이네. 나는 아주 오래전, 에르께서 겔리시온을 떠나갈 때 모크샤들을 내려달라고 부탁했지. 그때 추락의 전쟁을 치른 나의 이름은 미르카닐이었어. 하지만 어떻게 불러도 좋아. 나의 일부는 샤카르문, 그 이전의 모크샤들, 그리고 이제 곧 태어날 너에게도 있으니."

보리얀이 그의 등을 살핀다. 척추를 중심으로 양쪽에 기다란 흉터가 나 있다.

"등에 흉터가…."

그녀의 말에 미르카닐은 미소 지으며 말한다.

"나는 날개를 지닌 마지막 라델린이었거든. 내가 사랑한 이는 다른 신이 창조한 '아만'이었기에, 나의 자손들은 날개가 없이 태어났지. 추락의 전쟁 때 이 세상에 들어오게 된 아만들은 에린들 속에 섞여서 살 게 되었어. 날개 없이 태어나는 아이들이 점점 많아지는 것을 보며, 나는 곧 다른 갈등이 이 세상을 찾아올 걸 짐작할 수 있었단다. 바로 날개가 있는 자들과 없는 자들 사이의 갈등이었지. 결국 나는 날개가 없다는 이유로 고통받을 이들을 보호하기 위하여 내 날개를 포기했어.”

“날개를 포기했다니, 그게 무슨 말이에요?”

“에르께서는 떠나는 순간까지도 아만과 에린들의 피가 섞이는 것을 매우 못마땅해하셨어. 그래서 나를 시험하시며, 모크샤를 태어나게 하기 위해서는 내 날개를 잘라서 화산 속에 바치라고 하셨지. 나는 결국 타고난 신성함의 상징을 포기했어. 내가 사랑하는 이들과 함께하기 위해, 그리고 그 후손들을 도울 모크샤들을 탄생시키기 위해. 그렇게 등장하게 된 가장 첫 번째 모크샤는 날개가 있는 자들과 없는 자들 사이의 균형을 맞추는 일을 했단다.”

미르카닐의 등에 새겨진 흉터를 바라보며 보리얀이 중얼거린다.

“그럼 그마저도 당신의 희생이 있었기에 지금껏 모크샤들이 나올 수 있었던 것이군요.”

그러자 청년은 빙긋 웃는다.

“작은 것을 포기하는 것이 희생이라면, 그렇겠지. 진정한 희생을 할 수 있는 기회는 더없이 큰 행운이야. 작은 것들을 놓아본 자들만이 더 큰 것을 볼 수 있거든. 나는 날개를 잃은 후에 자유를 찾았단다. 끝까지 내가 사랑하는 이들과 살다가 갈 수 있었고, 내 영혼의 일부를 이 화산에 남겨두어 새로 태어나는 모크샤들의 길잡이가 되었으니까. 너도 나와 비슷한 길을 선택했구나. 세상에서 가장 귀한 진주로서 이곳으로 왔으니.”

“…네? 제가요?”

“그래. 정확하게 말하자면 네 영혼이 그 귀중한 보물이 되었지. 온 마음을 다해 세상에게 모든 것을 내어주고, 새로운 단계로 나아갈 준비가 된 그 영혼 말이야. 진심을 다해 그런 영혼의 힘을 일깨우는 이들은 아주 드물거든. 자기 자신을 초월할 수 있는 의지를 지닌 이만이 그런 진정한 사랑의 힘을 일깨울 수 있어. 그런데 넌 희생을 통해서 그걸 해냈지. 에르께서 피조물들이 지니기를 바라셨던 가장 강력한 힘을 깨운 거야."

"그럼 동쪽 호수에 뿌리를 두고 있다던 그 진주가…."

보리얀은 충격을 받은 얼굴로 청년을 쳐다본다. 그는 그저 미소 짓는 얼굴로 황금빛 꽃들을 헤치며 한 걸음 한 걸음 나아간다. 보리얀은 침묵 속에서 그를 따라 걸음을 옮긴다. 그리고 이해할 수 없다는 얼굴로 묻는다.

"…에르께서는 도대체 왜 그러셨던 걸까요?"

"뭘 말이야?"

"생명을 창조하고, 고통을 만들고, 희생을 강요하고…."

보리얀의 물음에 청년은 싱긋 웃는다.

"나를 만나기 전, 너는 샤카르문의 이름을 통하여 세상이 돌아가는 법을 보았을 거야. 이제는 나와 함께 그 세상이 어떻게 만들어졌지에 대해 보자꾸나. 신은 누구며, 왜 창조를 계속했는지에 대하여."

청년을 따라가던 보리얀의 앞에 거대한 통로가 펼쳐진다. 바람이 훅 불어 들어가며 그녀는 통로 속으로 빨려 들어간다. 눈앞에 불빛들이 번뜩이며 스쳐 지나간다. 그 빛들은 곧 거대한 별들로 변하고, 빠른 바람은 보리얀을 우주 한가운데로 데려간다. 그때 그녀의 귓가를 스치는 바람 속에서 신비로운 목소리가 들려온다. 그것은 신의 탄생에 대해 노래한다.

"어느 날 눈을 떠 보니, 암흑 속에서 빛이 보였지.

어머니의 뱃속에서 세상으로 나온 갓난아기처럼,
그렇게 그 순간부터 나는 그저 존재할 뿐이었어.
내가 존재하기 전에 세상을 채우던 이야기들은
눈을 뜨는 순간 밝음 속에서 모두 잊혔다네.

이미 있음의 세상에서 존재하고 있는 것들은
없음의 세상에 대한 것을 기억할 수가 없거든.
왜냐하면 있음은 계속 있음을 만들어 내려 하고,
없음은 계속 없음을 법칙으로 따르기 때문이지.

눈에 보이지 않는 세상에서 태어난 시간은
눈에 보이는 세상에서 태어난 공간과 만나서
아직 만들어지지 않은 세상들을 함께 빚어내며
있음의 이야기들을 끝임없이 이어나간다네.

그 이야기의 중심에 있는 나는 태초의 불꽃.
밝음과 어둠, 선과 악을 초월하는 영원의 존재.
마음의 힘을 통해 새로운 세상을 창조할 수 있지.

이러한 '나'라는 존재는 어떤 것을 만들어 낼까?"

허공에 떠 있는 보리얀의 눈앞에 분열하고 있는 미세한 빛의 입자들이 보인다. 그것들은 서로 부딪히고, 진동하고, 움직인다. 작은 빛의 입자들이 보리얀의 주변으로 모여들더니 그녀의 안으로 흡수된다. 그러자 그녀의 흑갈색 눈동자가 밝은 빛으로 차오르며 사방이 환해진다. 그 눈동자 안에는 빛으로 둘러싸인 또 다른 보리얀의 모습이 보인다. 그 보리얀의 눈동자에는 또 밝은 빛이 가득하다. 그렇게 끊임없이 되풀이되는 장면들이 빠르게 스친다. 보리얀의 눈동자, 그 안의 보리얀, 그 보리얀 속의 눈동자, 또 그 안의 보리얀….

그 모습을 에워싸며 목소리의 노랫소리가 다시 들려온다.

"나는 무수히 많은 나를 끝없이 만들어 낼 수 있어.
하지만 수많은 나는 결국 나 하나와도 같은 법이지.
그렇게 한동안 우주의 모든 것은 나의 반복이었어.

있음을 계속 이어나가는 것, 그게 있음의 법칙이기에
나는 내 모습을 닮은 다른 존재들을 만들기 시작했어.
그렇게 나라는 존재는 그들의 다양함 속에 깃들었지.

나는 신들의 어버이, 그 신들은 다른 신들의 어버이.
그 다른 신들은 자신을 닮은 또 다른 존재들의 어버이.
그 다른 존재들은 자신을 닮은 또 다른 이들의 어버이."

보리얀의 눈동자를 가득 채우고 있는 빛이 여러 조각으로 갈라진다. 마치 세포가 분열하듯 점점 늘어나는 빛의 파편들 속에서 무수히 많은 기운이 탄생한다. 그 기운들 속에서는 각종 신이 모습을 드러내기 시작한다. 서로 다른 시간의 흐름을 짜는 신들, 또 다른 우주들을 만드는 신들, 자신들과 닮은 피조물을 만드는 신들…. 까마득한 시간이 지나자 그들 중 날개 달린 에린들을 창조하는 에르, 아만들을 창조하는 오르도 보인다. 셀 수 없이 다양한 피조물의 세상 중에서 보리얀의 시선은 에린들과 아만들의 모습으로 향한다. 그 시점 중 어딘가에서 날개를 가지고 있던 미르카닐의 모습 또한 보인다.

미르카닐의 앞에는 그의 연인으로 보이는 한 아만이 서 있다. 미르카닐은 그 여인에게 미소 지으며 속삭인다.

"시간과 공간의 속에서 생명으로 존재한다는 것은
수많은 진동과 갈등의 세상을 여행하게 된다는 것.
그 진동과 갈등들은 탄생과 죽음의 고리를 만들고,
그 사이에서 '삶'이라는 신비로운 경험을 만들지.

마치 현이 울려야지 소리를 낼 수 있는 악기처럼,
삶이란 수많은 파동과 갈등들로 이루는 연주라네.
우리의 감각과 생각은 현이 흔들리며 내는 선율.
하지만 조심해야 해, 현이 끊어져 버릴지도 몰라.

스스로가 지닌 삶을 끝까지 잘 다스릴 수 있다면,
현을 온전히 지키면서 연주를 마무리할 수 있어.
그렇기에 삶은 늘 번뇌의 갈등 속에서 이어지지만
그 속에서 어떠한 연주를 할지는 선택으로 남지.

그것이야말로 우리가 가질 수 있는 진정한 자유."

목소리가 잦아들자, 미르카닐의 앞에 서 있는 여인의 얼굴은 어느새 보리얀
으로 변해 있다. 보리얀은 미르카닐을 가만히 응시한다. 그리고 마치 영원의
세월 동안 그를 알아 왔었던 기억을 되찾은 것처럼, 미르카닐의 미소에서 말
로 표현할 수 없는 낯익음을 느낀다. 햇살과 같은 따뜻함이 온 마음에 가득 차
오른다. 보리얀은 그를 바라보며 답한다.

"어느 날 눈을 떠보니, 암흑 속에서 빛이 보였지.

돌고 도는 시간의 어둠 속에서 나는 괴로워했어.
그동안 보지 못하던 것들과 이해할 수 없었던 것들,
결국 그것들은 눈을 뜨면 풀리는 수수께끼였지.

어버이는 자식을 낳으면서 자신의 존재를 보고,
신들은 창조를 계속하면서 자신의 존재를 보며,
있음의 세상은 계속 있음의 법칙을 이어나가네.
그것이 바로 큰 나무가 작은 열매인 이유이며,
하늘에 모인 구름이 비가 되어 내리는 이유고,
무수한 별들이 계속 생성되고 소멸되는 이유야.

이제 나의 행복은 더 이상 내가 알던 기쁨이 아니고,
나를 감싸는 고통은 더 이상 괴로움이 되지 않으며,
눈물겨웠던 슬픔은 더 이상 아픔으로 남지 않는다네.

삶은 결국 고통과 번뇌의 갈등 속에서 이어지지만
그 속에서 어떠한 연주를 할지는 선택할 수 있잖아.
현이 끊어지는 순간까지도 내가 놓지 않았던 연주,

그것은 바로 우리 모두를 향한 진정한 사랑이야."

그녀의 청명한 목소리가 수많은 빛줄기를 타고 울려 퍼진다. 그 빛줄기들은 마치 유성우처럼 땅에 떨어진다. 그 자리에서 황금색 꽃들이 피어나기 시작한다. 하나둘 피어나던 꽃들은 쑥쑥 자라 들판을 이룬다. 끝도 없이 이어진 꽃의 바다가 바람에 넘실거린다. 고운 햇빛이 황금빛 꽃들을 비춘다. 그곳은 보리얀이 미르카닐을 처음 만났던 바로 그 들판이다.

이 황금꽃들을 자신의 목소리가 피워냈다는 것을 깨달은 보리얀은, 역설적으로 흐르는 시간이 신기하다는 듯 생생히 피어 있는 꽃잎들을 들여다본다. 그러자 그녀의 뒤편 저 멀리에서 이런 목소리가 들린다.

"허허, 아까도 얘기했잖니. 영혼의 시간에서는 모든 것을 아주 과거의 일처럼, 혹은 먼 미래의 일처럼 이야기할 수도 있다니까."

어조는 조금 바뀌었으나, 그것은 지금껏 들었던 목소리와 같다. 보리얀은 소리가 나는 곳을 향해 고개를 돌린다. 이어서 뒤를 돌아보는 보리얀의 눈이 커다래진다. 저 멀리 바얀이 걸어오고 있다. 그는 따뜻한 시선으로 보리얀을 바라보며 미소 짓는다. 그의 모습은 보리얀이 기억하는 그대로다.

"아빠?"

어느새 예닐곱 살의 작은 소녀가 된 보리얀은 두 눈을 반짝이며 바얀을 부른다. 바얀은 활짝 웃으며 그녀를 향해 두 팔을 벌린다. 어린 보리얀은 그를 향해 달려간다. 환호성을 지르는 보리얀은 그의 넓은 품에 폭 안긴다. 바얀은 허허 웃으며 그녀를 안아 올린다. 보리얀은 그의 거친 얼굴에 볼을 부비며 말한다.

"아빠, 보고 싶었어요!"

바얀은 어린 보리얀의 눈을 응시하며 다정하게 말한다.

"아빠도 우리 딸이 많이 보고 싶었단다."

보리얀은 기쁜 얼굴로 해맑게 웃는다. 바얀은 보리얀을 안은 채로 천천히 발걸음을 옮기고, 어린 보리얀은 궁금한 듯 눈을 깜박이며 묻는다.

"이제 우린 어디로 가는 거예요?"

"우리의 이야기가 펼쳐지는 세상으로 간단다."

"우리의 이야기요?"

"응. 이제부터 만날 이야기들을 따라가면, 앞으로 네가 마주할 길을 볼 수 있을 거란다."

바얀은 어린 보리얀을 안고 꽃들 사이를 걸어간다. 그들은 황금빛 꽃밭에서 흩뿌려지는 가루들로 홀연히 사라진다. 동시에 보리얀의 영혼은 바얀의 과거 속으로 들어간다.

밤중에 뒤척이며 잠을 못 이루는 어린 바얀의 모습이 보인다. 갑자기 그의 창문을 두드리는 소리가 들린다. 바얀은 깜짝 놀라서 창문을 응시한다. 은색 머리를 한 또래 소년이 어서 열어 달라는 듯 손짓을 한다. 바얀은 서둘러서 그를 안으로 들이며 작은 소리로 말한다.

"스루딘, 진짜 오면 어떡해! 하여튼 고집하고는…."

그러자 어린 스루딘은 씩 웃는다.

"내가 원래 한번 한다면 하잖아. 준비 다 됐어, 빨리 나가자."

"……."

어린 바얀은 갈등하는 듯 보인다. 그러자 스루딘이 그의 팔을 잡아끈다.

"아, 얼른! 애들이 우리 빼고 떠날지도 몰라!"

"들키면 엄청 혼날 텐데…."

"좀 혼나면 어때! 내가 애들 몇하고 작은 배 하나를 풀어놨어. 그걸로 연습 좀 하다가 새벽이 오기 전까지 다시 갖다 놓으면 돼."

"넌 에실린이니까 그냥 혼나고 말겠지만 난 아마 마을에서 쫓겨날 거야."

그러자 어린 스루딘이 팔짱을 끼며 바얀에게 으름장을 놓는다.

"그럼 너 평생 견습 목장에서 룸부들만 보다가 죽을 거야? 나랑 같이 배 타기로 했잖아!"

바얀은 잠시 고민하다가 결국 스루딘을 따라나선다. 그러자 스루딘은 배시시 웃고 바얀에게 어깨동무를 한다.

"역시! 하하, 두고 보라고. 넌 진짜로 이 마을 최고의 선장이 될 거라니까!"

두 소년은 창문 밖으로 조용히 도망친다. 이어서 그들이 도착한 곳은 서쪽 호수 중앙 마을의 부둣가다. 몰래 밖으로 나온 에실린 아이들 서너 명이 큼직한 나룻배 하나를 낑낑대며 붙잡고 있다. 그들 앞에는 은색 머리를 두 갈래로 땋은 한 예쁜 소녀도 있다. 그 아이는 새초롬하니 다른 아이들을 지켜보고 서 있다. 바얀은 그 소녀를 보더니 얼굴을 확 붉히며 스루딘에게 묻는다.

"뭐야, 샬리타도 있었어?"

그러자 스루딘이 씩 웃으며 아무 말도 안 한다. 예쁜 소녀는 바얀을 바라보더니 묻는다.

"스루딘이 그러는데 네가 오늘 배 태워주기로 했다며?"

"어? 네…."

바얀이 얼버무리자, 옆에 있던 스루딘이 그를 툭 친다.

"뭐야, 왜 존댓말을 써?"

"샬리타의 엄마가 바르벨루스에서 오셨잖아. 다들 높으신 분이라고 그러 길래…."

그 말을 들은 샬리타가 팔짱을 끼고 바얀을 보며 말한다.

"치. 견습 목장에서는 내 옆에 앉아서 말도 한마디 안 걸더니, 묻는 말에는 꼬 박꼬박 존댓말을 하네. 너도 참 웃겨. 스루딘하고 잘 어울린다. 순 괴짜들이야."

그러자 스루딘은 장난스럽게 샬리타에게 손을 내민다.

"자자, 그럼 이제 콧대 높으신 샬리타 님도 괴짜들과 한배를 타신 걸로 알 겠네요. 이제 올라가실까요?"

어린 샬리타는 피식 웃고 스루딘의 손을 잡는다. 그리고 배에 올라타며 바 얀을 바라본다. 바얀은 얼굴을 붉히며 고개를 숙인다. 배의 끝부분에 자리를 잡은 샬리타는 흥미롭다는 듯 계속 바얀을 응시한다. 그녀와 눈이 마주친 바 얀은 수줍게 웃는다.

시간이 흘러 어른이 된 바얀은 서둘러 집으로 향한다. 그는 현관에 뱃사람 의 모자를 대충 걸어놓고, 상급 선원의 표식이 새겨져 있는 겉옷을 벗어서 휙 던져놓는다. 위층에서는 갓난아기의 울음소리가 들린다. 마치 그를 기다렸 다는 듯, 한 푸짐한 몸집의 아주머니가 서둘러 집 안에서 나온다. 바얀은 황 급히 그녀를 붙잡고 묻는다.

"어때요? 모두 괜찮아요?"

"아이고, 축하해! 샬리타도, 아기도 건강해. 딸내미라네!"

"저, 정말요?"

바얀은 호탕하게 웃는 아주머니를 와락 끌어안은 후, 위층으로 우당탕탕 향한다. 그는 숨을 고르고 조심스럽게 방문을 연다. 방 안에는 진땀에 젖어 흐뭇한 표정으로 누워있는 샬리타와 그녀의 옆에 있는 아기의 모습이 보인다. 바얀은 감격에 겨워 아무 말도 하지 못하고 그녀의 앞에 선다. 새빨간 아기는 벌써 눈을 뜨고 바얀을 보려고 한다. 눈시울이 붉어져서 우두커니 서 있는 바얀에게 샬리타가 나지막이 말한다.

"보리얀이에요."

바얀은 눈물 어린 눈으로 아기를 바라보며 중얼거린다.

"보리얀이구나…. 안녕, 아가야."

샬리타는 행복함에 젖어 그들을 바라보다가 살며시 눈을 감는다. 감기는 그녀의 눈을 따라 시간은 다시 빠르게 흐른다. 그렇게 보리얀의 영혼은 갓난아기를 통해 또 다른 시간대로 들어간다.

아마 어떤 잔치가 벌어지고 있는 모양이다. 보리얀의 집에는 꽤 많은 사람이 와 있고, 복닥거리는 부엌 소리가 따뜻한 불빛과 함께 쏟아져 들어온다. 보리얀이 태어날 때 도와주었던 푸짐한 아주머니가 샬리타에게 말한다.

"벌써 한 해가 지났네! 보리얀 생일 선물로 내가 이걸 만들었지. 어때요?"

아주머니는 부드러운 털실로 짠 작은 아기 옷을 들어 보인다. 샬리타는 활짝 웃는 얼굴로 고맙게 그것을 받아든다.

"어머, 정말 예쁘네요! 고맙습니다. 따뜻하게 잘 입힐게요."

그때, 아주머니는 집의 대문으로 누군가가 천천히 들어오는 것을 본다. 한 노인이다. 그러자 그녀가 고개를 갸웃하며 묻는다.

"응? 저 사람은 며칠 전에 어디선가 나타났다는 그 할아버지 아닌가?"

샬리타가 고개를 들고 누구지, 하는 눈으로 노인을 응시한다. 그러자 아주머니가 작은 소리로 속삭인다.

"다들 떠돌이 같다고 그러던데…. 어디서 왔는지도 모르겠고, 이름도 모른대요."

노인은 웃는 얼굴로 샬리타에게 다가온다. 그리고 헤사티오 열매 한 꾸러미가 정갈하게 담긴 바구니를 건네며 부드럽게 웃는다.

"아기 생일이라고 들어서요. 축하합니다."

"아, 감사합니다. 오늘은 보리얀이 한 살 되는 날이거든요."

샬리타는 낯선 노인에게서 왠지 모를 친근감을 느낀다. 노인은 아기가 궁금한지 조금 쭈뼛거리며 집 안을 둘러본다. 그러자 샬리타가 미소 지으며 묻는다.

"잠깐 아기를 보실래요? 저 방에서 지금 자고 있을 거예요."

"오, 그래도 되겠습니까?"

노인은 푸짐한 아주머니가 조금 불안하게 지켜보는 가운데 샬리타를 따라서 보리얀이 잠들어 있는 방으로 향한다. 정말, 보리얀이 새근새근 잠들어 있다. 노인은 멀찌감치에서 온화한 표정으로 아기를 지켜본다. 그런데 밖에서 누군가 샬리타를 부른다.

"샬리타, 바얀이 왔어요!"

그러자 샬리타가 노인을 보고 웃으며 말한다.

"잠깐 보고 계세요. 제 남편이 돌아왔나 봐요."

샬리타는 싱긋 웃으며 방문을 열고 잠시 밖으로 향한다. 열린 방문으로 은은한 빛이 들어오고, 푸짐한 아주머니가 방안을 흘끔흘끔 쳐다본다. 할아버지는 잠시 방 밖을 돌아보고 우두커니 서 있다가 다시 천천히 아기에게로 시선을 돌린다. 그는 아기가 깰까 봐 조심조심 다가가서 고개를 빼꼼 내밀고 보리얀을 쳐다본다. 흐뭇하게 보리얀을 바라보는 노인의 얼굴에 다채로운 감정이 번진다. 그는 눈시울이 붉어지는 것을 느끼며 조용히 속삭인다.

"안녕, 보리얀."

보리얀의 영혼은 그 모습을 들여다보며 숨을 죽인다. 아기는 그저 새근새근 잠을 자고 있을 뿐이다. 할아버지는 숱한 세월이 담긴 눈으로 아기를 보며 몰래 눈물을 훔친다. 그의 주름진 손에 따뜻한 눈물방울이 떨어진다.

"……"

보리얀의 영혼은 처음으로 노인의 눈물을 보며, 반가움 이외에도 그 눈물에 담겨 있는 수많은 뜻을 읽는다. 그리고 담담히 그것을 지켜보다가, 아기로 누워있는 자신에게 누가 왔는지 눈을 뜨고 보라는 의지를 전한다. 그 의지는 강력한 신호처럼 아기에게 가서 닿는다. 아기는 마치 보리얀의 영혼이 하는 말을 들은 것처럼 얼굴을 씰룩거리더니 잠결에 눈을 뜬다. 노인은 조금 놀라서 눈을 끔벅이고 가만히 서 있다. 아기 보리얀은 울지 않고 오히려 노인과 함께 눈을 마주친다. 그 눈빛은 마치 오랜 친구를 마주하는 것 같다.

보리얀의 영혼은 아기의 마음을 통해 이런 말을 전달한다.

'앞으로 우리가 해낼 모든 일들…. 탑은 무너지고, 모크샤는 깨어날 겁니다.'

그러자 마치 그 소리를 밖으로 내듯, 아기가 이렇게 옹알거리기 시작한다.

"아프리아무우드으…"

"…응?"

노인은 그 소리에 눈을 끔벅거리며 아기를 응시한다. 아기 보리얀은 몇 마디를 더 옹알거리다가 마음처럼 말이 나오지 않는지 동동거리며 발을 휘적댄다. 그러면서도 아기는 그에게서 눈을 떼지 않고, 마치 잡아달라는 듯 노인에게 손을 뻗으며 다시 옹알거린다.

"아프라이가르티…."

노인은 가만히 자신의 두 번째 손가락을 내밀어서, 아기가 뻗은 손 근처에 가져다 댄다. 그러자 아기가 한 손으로 그의 손가락을 꽉 움켜쥐며, 결연한 표정으로 노인을 바라보고 끝까지 옹알거린다.

"…아파라티."

잠시 아기를 응시하던 노인이 아이의 눈동자에서 무엇인가를 읽은 듯, 사뭇 다른 눈빛으로 옹알이를 따라 하며 이렇게 묻는다.

"아파라티?"

왠지 그 소리는 '앞으로 우리가 그 모든 걸 해낼 것이라는 뜻이니?'라는 소리로 들린다. 아기 보리얀은 그렇다는 듯 고개를 끄덕인다.

"……."

놀라움에 잠시 말을 잇지 못하던 노인은 그 어느 때보다도 환한 미소를 지으며 속삭인다.

"그래, 네가 그렇다면…. 그런 것이겠지."

그러자 아기는 환하게 웃더니 졸린 듯 하품을 한번 하고 다시 스르르 잠이 든다. 노인은 복잡한 감정이 담긴 감격스러운 눈으로 새근거리는 아기를 바라본다. 그리고 조용히 방문을 나선다. 밖에서는 환한 표정으로 이야기를 나누고 있는 바얀과 샬리타의 모습이 보인다. 샬리타가 말하는 것이 들린다.

"헤사티오가 나는 철도 아닐 텐데, 이렇게 한 바구니를 가져다주셨어요."

"그래요? 어디서 구하셨을까?"

바얀은 신기하다는 듯 웃다가, 방에서 나오는 노인을 보고 밝게 인사를 건넨다.

"아, 안녕하세요. 와주셔서 감사합니다. 그런데 누구시죠?"

"허허…. 미안합니다. 제 소개가 늦었군요."

노인은 조금 쑥스러워하며 다정하게 웃더니 잠시 생각하다가 답한다.

"저는 아파라티입니다."

보리얀의 영혼은 할아버지의 정원을 찾아갔던 어느 날로 향한다. 어린 보리얀은 정원의 나지막하고 낡은 울타리 안에서 쉬고 있는 새끼 투팀을 응시하고 있다. 그런 소녀에게, 노인은 울타리가 영역의 표식이라고 말한다.

"우리는 저마다 울타리가 있어. 그렇지 않니, 보리얀? 그 울타리를 무시하고 함부로 남의 영역에 들어갈 때 약탈이 일어나는 거란다. 그게 바로 고통의 시작인 게야. 눈에 보이는 약탈은 남의 재산을 훔치는 거고, 보이지 않는 약탈은 자유를 훔치는 거지."

"자유를 훔친다고요?"

노인의 말은 기억의 또 다른 장면으로 보리얀의 영혼을 이끈다.

바얀 호가 가라앉은 후, 모든 것을 잃어버린 보리얀은 꿈을 꾸고 있다. 울타리에 갇힌 그녀의 마음은 사랑하는 이들을 잃은 상실감으로 완전히 부서져 있다. 환한 빛이 된 보리얀의 영혼은 꿈속에서 보이는 자신이 겪는 고통을 생생히 느낀다. 꿈속 보리얀의 주변에 있는 울타리가 점점 좁아 온다. 그녀는 숨을 쉴 수 없는 고통에 몸부림친다.

"으아아아…."

울타리의 포로가 되어 옴짝달싹 못 하는 그녀의 뒤로, 바얀 호에서 죽은 이들의 영혼이 보인다. 루딘과 바얀의 얼굴도 보인다. 하지만 그들은 꿈속 보리얀의 곁을 그냥 스쳐 지나간다. 그녀는 멀어져가는 그들을 향해 발을 동동 구르며 힘껏 외친다.

"아빠! 루딘! 나 여깄어! 나를 좀 보라고!"

밝은 빛으로 다가온 바얀과 루딘의 영혼이 보리얀의 영혼을 마주한다. 보리얀의 영혼은 그들을 따뜻하게 반기며, 꿈속 보리얀이 미처 듣지 못하는 인사들을 그들과 나눈다. 바얀과 루딘, 그리고 모든 병사가 보리얀을 위해 왔던 마음과 사랑은 밝음 속에서 하나가 되어 그녀의 영혼에 온전히 전해진다. 하지만 그것을 알 리가 없는 꿈속의 보리얀은 심장이 터질 듯한 아픔에 몸서리친다. 울타리는 계속 그녀의 몸을 찢을 듯이 조이며 파고든다. 이어서 그것을 지켜보던 보리얀의 영혼은 그녀를 위로하듯 말한다.

"얘야, 마음을 지키는 것과 가두는 것은 다르단다. 그들은 너를 놓아주었는데, 너는 계속 그들의 그림자를 붙들고 있구나."

꿈속의 보리얀이 울타리에 끼인 몸을 비튼다.

"너무 고통스러워. 어떻게 하지?"

"벗어나야지. 네 옛 울타리가 더 이상 너를 보호해 주지 못하고, 오히려 너를 가두고 고통스럽게 한다면…."

따뜻한 목소리로 말하는 보리얀의 영혼은 꿈속의 자신에게 점점 다가간다. 그리고 위로와 희망의 온기로 그녀를 감싸 안는다. 보리얀의 영혼은 그동안 자신이 겪은 일들, 그리고 이 꿈속의 보리얀이 깨어나서 앞으로 겪을 일들을 떠올리며 나직한 목소리로 말한다.

"울타리는 어디까지나 방편이란다. 네가 약하고 잃을 것이 있어 두려울 때, 스스로를 보호하기 위해 필요한 것이야. 이제 보거라, 네가 얼마나 자랐는지. 그리고 더 이상 잃을 것이 없는 마음으로 너 자신을 지켜라. 그럼 자유로울 수 있다."

"……."

빛의 한가운데에서, 보리얀의 영혼은 스스로의 모습을 꿈속의 자신에게 드러내기로 마음먹는다. 그리고 모크샤의 알에 들어오기 직전 기억하던 자신의 모습으로 그녀에게 다가간다. 한 걸음, 한 걸음. 그 모습이 다가오자, 그것이 누구인지 깨달은 꿈속의 보리얀은 자신도 모르게 중얼거린다.

"나잖아."

꿈속의 보리얀은 마침내 울타리를 부수고 자신의 앞에 서 있는 또 다른 자신에게로 뛰어든다. 그러자 거울 속에 비친 모습처럼, 그녀를 지켜보던 보리얀의 영혼도 동시에 그녀에게로 뛰어든다. 마침내 두 보리얀이 만나는 그 순간 엄청난 밝음이 피어오른다.

환한 빛 속에서 보리얀의 영혼은 삶의 가장 큰 고통과 슬픔에서 본인을 구한 것이 자신이었음을 깨닫는다.

그녀의 영혼 깊숙한 곳에서 이런 소리가 울린다.

"한 삶은 다른 삶을 만나며 다양한 층을 만들고,
그 층들이 서로 겹치면서 세상을 만들어가지.

생명의 탄생과 죽음은 작은 매듭을 만들고,
그 매듭들은 또 다른 인연들을 엮어 나간다네.

거대한 그물처럼 이어져 있는 모든 인연 속에,
그렇게 우리는 모두가 하나로 연결되어 있어.

그리고 서로에게 영향을 받으며 이룬 선택들로,
자신과 세상의 운명을 만들어 나가는 거야.

이제 나는 어떠한 운명을 만들어 나갈 것인가?
또 그 운명을 위해 마주해야 할 것은 무엇인가?"

온전히 홀로 남겨진 보리얀의 영혼은 이제 스스로가 마주해야 할 길이 무엇인지 깨닫는다. 그리고 울려 퍼지는 소리를 향해 스스로 답한다.

"모크샤의 운명을 맞이하며, 나의 오랜 어둠을 마주할 것이다."

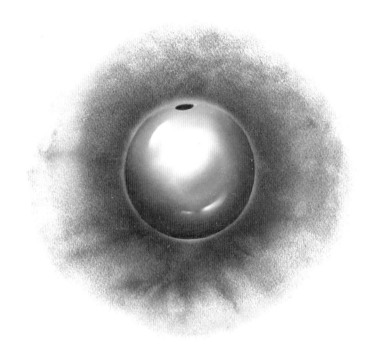

7장

{ 탄생, 새로운 시대의 시작 }

"쏴아아, 쏴아아-"

묵직한 파도 소리가 점점 가까워진다. 시야가 밝아오며 희뿌연 안개로 가득한 망망대해의 모습이 드러난다. 실낱같은 바람을 타고 흐르는 연무 속에서 보리얀의 얼굴이 보인다. 흩날리는 머리칼 사이로 그녀의 흑갈색 눈동자가 담담하게 빛난다.

발바닥에서 차가운 물의 온도가 느껴진다. 아래를 내려다보니, 그녀의 창백한 두 발이 얼어붙을 것 같은 물결 위에 떠 있다. 보리얀은 한 걸음을 옮겨본다. 물방울 몇 개가 그녀의 발자국을 따라 떨어진다.

한 걸음, 또 한 걸음….

넘실거리는 수면 위로 발걸음을 내딛는 그녀는 신기하게도 가라앉지 않는다.

'여긴 또 어디지?'

보리얀이 고개를 두리번거리자 어딘가에서 윕실론의 목소리가 들린다.

"자기야! 내 목소리 들려?"

"윕실론?"

보리얀은 깜짝 놀라 눈이 휘둥그레진다.

"자기야아아! 내가 자기를 따라 알 속으로 들어왔어!"

"네 모습이 안 보여! 어디 있는 거야?"

"자기랑 같이 있지. 근데 아마 내 목소리만 들릴 거야. 웹실론은 죽지 않지만, 이제 형체는 없어졌거든."

"아니, 어떻게…"

"우리 자기의 곁을 지켜주러 왔지. 좀 많이 뜨겁기는 했지만, 꼭 와야만 했다고!"

웹실론은 자신이 메르모니아의 속에 들어가서 보았던 장면들을 풀어놓는다. 그리고 그동안 보리얀에게 알려주지 못했던 이유를 설명하면서, 샤테이드를 방문한 이후부터 자신이 조용히 있었던 게 그 때문이라고 조잘거린다.

"휴, 이제서야 속이 다 시원하네, 호홍. 지금껏 말을 참고 있기가 어려웠지 뭐야. 나와 함께 있으면 우리 자기는 죽지 않는다는 걸 알게 됐거든. 밝음의 존재가 되어 새롭게 깨어나게 될 테니까, 응. 그래서 나는 자기가 운명을 만날 수 있는 길을 열어주기 위해 왔어. 이제 자기가 그 준비가 되었으니까."

"그럼 나를 이 바다 같은 곳으로 데려다준 게 너였어?"

"응, 자기야. 여기는 내 고향인 '샤'의 모습을 한 영혼의 세상이야. 내 안에는 무한의 시간이 흐르는 거 알지? 자기가 알 속에서 다른 세상들을 돌아보고 있을 때, 난 자기를 둘러싸고 있던 시간들을 샅샅이 살폈어. 그리고 먼 과거 속에서 여길 발견했지. 자기의 운명에 있는 어둠이 갇혀 있는 장소 말이야. 모든 것이 시작된 곳이자, 끝나는 곳!"

보리얀은 믿기지 않는다는 표정으로 자신이 서 있는 물결 아래를 응시한다. 마치 하늘과 바다가 뒤바뀐 것처럼, 바닷속에서는 천둥과 번개가 몰아치고 있다. 우르릉거리는 물속에는 각종 괴물이 보리얀 아래로 새카맣게 몰려든다. 그러나 그들은 무슨 일인지 수면 위로 솟아오르지 못한다. 윕실론은 사뭇 진지한 목소리로 말한다.

"이제 마라트의 기운 한복판으로 데려다줄게. 내 목소리가 들리는 대로 따라와 봐, 자기야."

보리얀은 윕실론의 목소리가 들리는 곳으로 천천히 발걸음을 옮긴다. 그렇게 안개를 헤치고 어느 정도 가다 보니, 바다 저 멀리에 작은 섬 하나가 드러난다. 안개 속의 망망대해에서 둥글게 솟아오른 섬의 중심에는 커다란 구멍이 뚫려 있다. 그 주위로 펼쳐진 매끄러운 표면은 마치 흑진주처럼 검은빛으로 영롱하게 빛난다. 그 섬을 쳐다보는 보리얀에게 예감이 스친다.

'저 섬에 칼마사라의 영혼이 갇혀 있나 보다.'

어느새 섬에 도착한 보리얀은 한 발을 표면 위에 올린다. 그녀의 발밑에서 떨어진 물방울 하나가 또르르 흘러서 다시 바다의 수면 위로 떨어진다. 섬 위에는 적막함 만이 감돌 뿐, 풀 한 포기 찾아볼 수가 없다. 구멍 아래를 들여다보니 칠흑 같은 어둠으로 가득하다.

'아무것도 없네. 저 속으로 들어가야 하는 건가?'

보리얀이 몸을 기울이며 구멍 속을 살피자 윕실론의 목소리가 들려온다.

'자기야, 여긴 자기의 운명을 담고 있는 곳이기 때문에 오로지 자기만 들어갈 수 있어. 그니까 저 안에서 무슨 일이 일어나더라도 꼭 기억해. 자기 안에는 빛과 어둠 모두를 아우르는 힘이 있다는 걸.'

'그럴게. 넌 언제나 나에게 힘을 주는구나, 윕실론.'

'그럼. 우리는 시간을 넘어서 서로의 이름을 기억해 줄 친구니까, 응!'

보리얀은 미소를 지으며 고개를 끄덕이고 구멍 속으로 뛰어든다. 곧 깊이 모를 아래로 떨어지는 그녀의 눈앞이 캄캄해진다.

"쉭쉭!"

온몸을 스치는 매서운 바람 때문에 저 멀리서 보리얀을 응원하는 웹실론의 목소리가 점점 멀어진다. 아무것도 없는 어둠 속에서 한참을 떨어져 내리던 그녀는 검은 모래가 두껍게 쌓인 바닥에 내리꽂힌다.

"푹!"

암흑의 공간에는 잠시 정적이 흐른다. 보리얀은 천천히 몸을 움직여서 모래를 헤치고 나온다. 삭고 삭아서 다 닳아버린 모래 가루가 사르르 흩어진다. 균형을 잡고 일어선 보리얀은 고개를 들고 위를 올려다본다. 저 위의 동그란 구멍은 닿을 수 없는 곳에 있는 둥근 달처럼 빛난다. 그때 무언가 섬뜩한 느낌이 빠르게 보리얀의 뒤를 스치고 지나간다.

"샤아악!"

보리얀은 재빨리 고개를 돌린다. 아무것도 없다.

"칼마사라?"

"……."

불러도 대답 없는 적막 속에서 사방을 둘러보던 보리얀은 어둠 저 깊은 곳으로 걸음을 옮긴다.

"사박, 사박."

밖에서는 분명 작은 섬처럼 보였는데, 아무리 걸어도 어둠에 잠긴 공간의 끝을 알 수가 없다. 그런데 아까의 섬뜩함이 다시 스치며 이번에는 무언가 단단한 것이 그녀의 옆구리를 푹 찌른다.

"윽!"

마치 육신의 세상에 있는 것처럼 아픔이 몰려온다. 옆구리에는 어디서 왔을지 모를 커다란 나무 파편이 박혀 있다. 그녀가 상처를 더듬으며 바얀 호에서 있었던 일을 기억하는 순간, 온 주변이 환해지며 불길에 사로잡힌 배들과 터지는 포탄들의 광경이 펼쳐진다.

"콰쾅! 쾅!"

보리얀은 갑자기 악몽 같던 날의 한복판에 던져진 채 들려오는 음성을 듣는다.

"…결국 이곳까지 찾아왔군, 모크샤의 영혼이여."

누군가 불타오르는 뱃머리에서 걸어 나온다. 그의 두 눈은 진한 흑갈색으로 번득인다. 눈에 보이지 않는 섬뜩한 기운이 파편을 더 세게 찔러 넣는다.

"으윽!"

보리얀은 고통을 참으며 그를 바라본다. 루에린의 검은 머리, 분노가 서려 있는 두 눈, 날렵한 입매. 예전에 메르모니아가 보여주었던 칼마사라의 모습 그대로다. 하지만 그의 눈빛은 생전과 달리 어둠으로 가득하다. 그는 보리얀의 옆구리에 난 상처를 벌려 자신의 손을 집어 넣으며 말한다.

"살아 있을 때의 기억은 영혼을 약하게 하지. 깊이 각인된 것일수록 상처를 쉽게 벌어지게 하거든. 나약한 에린의 후손. 넌 나를 상대할 수 없어."

"……."

보리얀은 그의 손을 막고 차분한 목소리로 말한다.

"이천 년 만에 처음 온 손님일 텐데. 너무하는군."

그녀는 자신의 상처를 파고들던 손을 비틀어 꺾고 능숙한 솜씨로 그의 무릎을 꿇린다. 그리고 자신의 옆구리를 한번 손으로 스윽 훑으며 말한다.

"살아 있을 때의 기억은 그 당시 갈고 닦은 힘을 떠올리게도 하지. 내가 저 배에 타고 있을 때 병사장이었거든."

보리얀의 손길을 따라 상처가 감쪽같이 아문다. 그녀는 불타는 배와 수면 아래에서 비명을 지르는 사람들을 바라보며 그 광경을 지우듯 한팔을 들어 부드럽게 휘젓는다. 그러자 순식간에 환영이 모두 사라진다. 옆구리를 파고들었던 아픔도 더 이상 느껴지지 않는다. 칼마사라의 형상을 한 존재는 예상하지 못한 상황이 재미있다는 듯 빙긋 웃는다. 그는 다시 일어서서 옷자락을 턴다.

"생각보다 대단하군. 벌써 영혼의 세상에 적응을 하다니. 내가 삼켰던 에린의 후손보다 더 나은 것 같은데?"

"…너, 칼마사라가 아니구나. 마라트였어?"

"그래. 하지만 무슨 상관이겠나. 이제 내가 곧 그놈인 것을."

"칼마사라에게 무슨 짓을 한 거야?"

"삼켜버렸지."

섬뜩한 미소를 짓는 마라트 앞으로 거센 파도 속에서 산산이 부서지는 칼마사라의 배들이 나타난다. '샤'의 밑바닥에 가라앉은 수많은 사람의 시신과 배의 잔해들은 부서지고 또 부서져서, 지금 보리얀이 서 있는 자리의 모래로 사라진다. 비명을 지르던 칼마사라의 영혼은 저항할 새도 없이 마라트의 깊은 어둠 속으로 삼켜진다.

"쏴아아아!"

격렬한 파도의 환영이 사방에서 밀려 들어오며 회오리처럼 보리얀의 몸을 감싼다. 마치 물속에서 들려오는 소리처럼, 마라트의 목소리가 먹먹하게 귓가를 울린다.

"나를 멸하겠다며 감히 '샤'에 침입한 에린의 후손…. 그놈을 삼키니 생생한 힘이 느껴졌지. 걷잡을 수 없는 분노와 복수심! 생의 기억을 잃은 그놈에게 남은 것이라고는 강한 원념뿐이었고, 그것을 품은 나는 더욱 강력한 힘으로 에린들의 후손을 벌했다. 그것이 나의 일이니까."

회오리치는 물속에서 괴기스럽게 변한 생명체들이 나타난다. 그들의 모습은 점점 더 흉측하고 포악해진다. 곧이어 죽어가는 수많은 사람의 처절한 비명이 들려온다. 마라트의 기운을 뒤틀리게 한 원념의 속삭임이 괴물들을 조종한다.

"모크샤가 태어나면 안 돼. 마라트의 힘이 다시 균형을 찾는다면 내가 사라지고 말 거야. 화산으로 가자. 육지로 가서 모조리 죽이자. 알을 산산조각내자…."

물속의 괴물들이 보리얀을 향해 돌진하며 사방에서 그녀를 짓누른다. 칼마사라의 원념이 이천 년간 품어온 숨 막힌 증오와 살기가 온몸을 옥죈다. 보리얀은 그 무게를 견디며 한 손을 뻗어 마라트의 손을 잡는다.

"…마라트, 이젠 칼마사라를 놓아줘야 해."

"하하! 어림도 없는 소리. 내가 이 강력한 힘을 포기할 것 같으냐?"

"우리가 함께 가질 수 있는 진짜 강력한 힘이 뭔지 보여줄게. 네가 삼킨 원념의 분노보다도 강한 힘을!"

보리얀은 마라트를 잡은 손에 힘을 꽈악 준다. 마라트의 손에 실핏줄 같은 금이 수도 없이 많이 가더니 갈라진 틈새로 빛이 새어 나온다. 그러자 보리얀

주변을 둘러싸고 있던 괴물들의 환영이 가루가 되어 사라진다.

"끄아악!"

마라트는 괴성을 지르며 다른 손으로 보리얀의 목을 움켜쥔다. 그의 손끝으로 칼마사라가 이천 년간 품어온 독한 원한의 냉기가 전해지며 보리얀의 머리카락과 살갗이 얼어붙기 시작한다. 하지만 그녀는 눈 하나 깜짝이지 않고 마라트를 붙잡은 손에 더 세게 힘을 준다.

"쩌저저적!"

팔까지 금이 가버리자 마라트는 있는 힘을 다하여 몸을 비틀며 보리얀의 손아귀에서 빠져나오려고 한다. 새파랗게 얼어붙은 보리얀의 입술이 바들바들 떨린다. 하지만 그녀는 영혼 깊숙이 밀려들어 오는 한기를 이겨내며 마라트를 잡은 손을 천천히 그의 심장 쪽으로 가지고 간다. 보리얀의 손이 마라트의 가슴팍에 닿자, 푸쉬쉬시- 하는 소리와 함께 얼음처럼 차가운 그의 심장이 붉게 달아오른다. 마라트는 강력한 온기에 깜짝 놀라서 보리얀의 목을 잡고 있던 손을 놓치고 자기도 모르게 뒷걸음친다. 보리얀은 그런 마라트에게 한 걸음 다가가며 그의 눈을 마주 본다. 차분히 흘러나오는 그녀의 목소리가 흑진주 같은 공간 속에 울린다.

"가을은 겨울을 이길 수 없고 겨울은 봄을 이길 수 없지. 그 어떤 것도 시간의 흐름을 이길 수는 없는 것처럼, 순리를 이길 수 있는 건 아무것도 없거든. 그렇기에 그 무엇도 사랑의 힘을 이길 수는 없어. 세상은 슬픔과 분노가 사무쳐서 고여 있는 곳이지만, 결국 그 세상의 모든 생명을 이루고 있는 것은 사랑이니까. 난 너에게 그런 강력한 힘을 전해주려는 거야. 깊은 어둠은 밝은 빛으로, 고여서 썩어버린 고통은 변화의 바람으로 순환시켜서 균형을 되찾게 해주는 힘. 그건 네가 칼마사라를 놓아야만 얻을 수 있어.”

마라트의 심장에 닿은 보리얀의 손에서 실처럼 얇은 빛줄기들이 흘러나오기 시작한다. 밝은 햇빛으로 자아낸 것 같은 빛줄기는 실타래처럼 그의 몸을 감싼다. 마라트는 자신을 압도하는 강력한 영혼의 힘에 당황하다가 아래를 보고 흠칫 놀란다. 그는 보리얀과 함께 빛으로 이루어진 커다란 물레바퀴 한가운데에 서 있다. 보리얀의 손과 물레바퀴의 환영에서 나오는 밝은 실들은 그를 점점 따뜻한 빛으로 감싼다. 그 열기에 마라트를 가득 채우고 있던 차가운 기운이 서서히 풀리기 시작한다. 긴 세월 동안 품어온 어둠이 녹아내리자 마라트는 빛으로 만들어진 고치 속에 놓인 작은 씨앗처럼 몸을 웅크린다. 눈부신 빛줄기 사이로 보리얀의 음성이 들린다.

“칼마사라를 놓아줘, 마라트. 이전 모크샤께서는 네가 칼마사라를 삼키는 것을 막을 수 없었지만, 너 또한 내가 칼마사라를 구해내는 것을 막을 수 없단다. 그것이 순리이자 운명이니까.”

심장을 가득 채우는 온기에 냉혹함을 누그러뜨린 마라트는 망설이는 표정으로 말한다.

“내가 그를 놓아준다고 하더라도, 그 원념이 여길 떠나려 하지 않는다면 방법이 없어.”

“그렇겠지. 칼마사라를 만나게 해준다면 그건 내가 도와줄게.”

마라트는 모크샤의 영혼이 전해주는 강력한 힘을 느낀다. 그것은 칼마사라가 그 오랜 세월 동안 가지고 있던 분노와 슬픔의 힘보다도 훨씬 강력한 기운으로 그의 심장을 채운다. 마라트는 처음 느껴보는 밝은 빛에 평안하게 두 눈을 감으며 중얼거린다.

"…항상 모크샤들의 권능을 이해할 수 없었는데. 이런 힘이 있던 것이었군."

모크샤의 영혼이 전하는 축복을 받아들인 마라트는 빛의 알에서 깨어난 수천수만 마리의 작은 물고기들이 되어 바닷속으로 뛰어들듯 사방으로 흩어진다. 그와 함께 물레바퀴와 빛줄기의 환영까지 모두 사라지며, 다시 찾아온 고요 속에서 드디어 진짜 칼마사라가 눈을 뜬다.

"……."

칼마사라는 지금까지 일어난 일을 전혀 기억하지 못하는 표정으로 보리얀을 경계한다. 보리얀은 한 손으로 자신의 목에 걸려 있는 목걸이를 끊어내고 흑진주를 그의 손에 쥐여준다.

"그 모든 슬픔과 분노 속에서도 괴물들이 해치지 않았던 단 한 사람…. 너는 약속했지, 칼마사라. 이 진주를 가지고 있는 사람과 늘 함께할 것이라고. 그래서 우리 가족은 항상 너와 함께 있었어. 내 피에 흐르는 고대 루에린의 힘은 널 닮았지. 기억해 봐. 우리는 만난 적이 있어. 네가 '샤'로 출정을 나가기 전, 그 마지막 순간…."

부드러운 흑진주의 촉감을 느낀 칼마사라의 눈빛이 흔들린다. 보리얀은 그런 그의 눈을 가만히 들여다본다. 고대 루에린의 힘을 가진 그녀의 눈동자는 칼마사라가 원념이 되어 잊고 있었던 이야기들을 찾아간다.

그가 살아온 나날들과 비밀리에 사랑했던 여인의 환영이 눈앞을 스쳐 지나간다. 이어서 그 여인에게 흑진주 목걸이를 선물하고 결국 '샤'로 떠나가는 칼마사라의 모습이 보인다. 홀로 남은 여인은 그가 남긴 목걸이를 붙잡고 눈물을 흘린다.

"세…세피네?"

칼마사라는 손에 들려 있던 진주를 바라보더니 다시 떨리는 눈으로 보리얀을 응시한다. 살아 있을 때의 이야기를 되찾아 가던 그는 보리얀의 눈빛을 보고 스치는 기억에 외친다.

"그, 그때 나를 멈춰 세웠던 그 느낌!"

"그래. 바로 나였어."

"도대체 넌 누구길래…."

"너를 구할 수 있는 유일한 존재지."

칼마사라의 기억을 펼쳐내는 보리얀의 뒤로 배가 동그랗게 불러온 세피네의 환영이 보인다. 그녀는 의자에 앉아서 책을 읽고 있다. 배 속의 아이가 발차기라도 하는지 배가 조금 솟아오른다. 그녀는 살짝 얼굴을 찡그리더니 자신의 배를 쓰다듬으며 나지막이 속삭인다.

"…호호. 아빠가 보고 싶어서 그러니? 조금만 기다려. 곧 집으로 돌아오시겠지. 어? 벌써 오셨네!"

비밀 저택의 문밖에서 그녀의 평온한 모습을 지켜 보고 있던 칼마사라가 안으로 들어온다. 그의 손에는 향기로운 꽃송이들이 들려 있다. 세피네는 깜짝 선물에 놀란 표정으로 웃으며 그것을 받아 든다. 칼마사라는 꽃처럼 활짝 피어난 그녀의 미소를 보고 행복한 목소리로 말한다.

"당신은 이스다일 꽃을 좋아하잖아. 그렇게 웃는 걸 볼 생각에, 오늘은 더 빨리 집에 오고 싶었어."

칼마사라는 망연히 그 환영을 바라본다. 세피네에 대한 기억을 떠올리는 그의 눈동자가 떨린다. 그는 눈물이 가득 고인 눈으로 다시 천천히 고개를 돌려 보리얀을 바라본다.

보리얀은 칼마사라의 눈에서 그가 겪었던 세월의 고통을 고스란히 느낀다. 루에린으로 태어났던 그가 가졌던 세상에 대한 원망, 온 마음을 다 바쳐서 사랑했던 이에 대한 그리움, 잘못된 믿음으로 일어난 분노와 세상을 고통 속으로 몰아넣은 자신에 대한 끝없는 자책….

보리얀은 뜨거워지는 눈시울로 그의 손을 꼭 잡는다. 강력한 힘을 가진 그녀의 눈동자를 통해 기억을 되찾은 칼마사라의 눈에도 뜨거운 눈물이 어린다. 그는 떨리는 목소리로 묻는다.

"그럼, 네가 이 진주를 가지고 있었다는 건…."

칼마사라가 차마 말을 잇지 못하자 보리얀은 천천히 고개를 끄덕인다. 마침내 그녀가 어떤 존재인지를 알아차린 칼마사라의 입에서 탄성이 흘러나온다.

"아아…!"

고대 루에린의 힘을 가진 두 영혼이 서로를 마주 보자, 암흑으로 가득하던 공간은 빛이 폭발하듯 순간적으로 환해진다. 흑진주 속처럼 매끄러운 천장 위로 끝없이 뻗어 나가는 빛은 은하수 속에서 총총히 뜬 별들로 흩어진다. 칼마사라는 믿기지 않는다는 듯이 떨리는 손끝을 보리얀의 얼굴에 살며시 대 본다. 보리얀은 말없이 그를 바라보며 미소 짓는다. 별빛 속에서 서로를 마주 보는 그들의 귓가에는 어린 보리얀의 목소리가 부르는 노랫소리가 들려온다.

"집으로 데려다주렴, 작은 돛단배야.

나를 집으로 데려다주렴.

그 모든 기쁨을 다시 돌려주렴.

다시 데려다주렴, 나의 사랑에게로.

바람이 험난하고 부드럽지 않을 때,

나는 소리 높여 노래를 부른다네.

다시 돌아갈 수 있기 위해서,

나의 사랑하는 사람에게로.”

노랫소리는 점점 커지며 뱃사람들의 합창으로 변한다. 칼마사라는 그들의 목소리를 기억한다.

'저 목소리…. 나와 함께 배를 탔던 사람들이야.'

멀리에서는 별들 사이로 칼마사라가 마지막으로 탔던 배의 환영이 다가온다. 커다란 흰 돛과 모크샤의 상징으로 조각된 뱃머리 모두, '샤에서의 풍랑을 만나기 전의 온전한 모습이다. 저 멀리 갑판 위에서는 선원들이 칼마사라를 향해 손을 흔든다. 보리얀은 천천히 배가 오는 쪽으로 그의 손을 이끈다.

“이제 집으로 돌아가자. 우리가 사랑하는 사람들에게로. 다들 우리가 깨어나기를 기다리고 있어.”

칼마사라는 보리얀에게 이끌려 노랫소리가 들려오는 배 쪽으로 걸음을 옮긴다. 보리얀은 가뿐하게 갑판 위에 오르고 그에게 손을 내민다. 칼마사라는 잠시 망설이며 그녀를 응시하더니 걱정스러운 얼굴로 말한다.

“…나갈 수 있을지 모르겠어. 난 너무 오랫동안 여기에 갇혀 있었는걸.”

“걱정하지 마. 내가 너를 구하러 왔잖아. 너와 나의 영혼은 이어져 있거든. 나와 함께 간다면 너는 이곳에서 자유로워질 수 있어.”

“그럼 마라트는?”

“네가 나와 함께 이곳에서 나가면 마라트도 균형을 되찾을 거야. 기울어진

저울의 반대편에 그와 같은 무게를 얹으면 금세 수평을 이루는 것처럼, 한 존재가 존재함으로써 다른 존재와의 균형을 맞출 수 있거든.”

“…나를 어디로 데려가는 거니?”

보리얀은 웃으며 눈을 반짝인다.

“다시, 세상으로. 우리는 모크샤의 모습으로 새롭게 태어날 거야.”

칼마사라는 당황하여 아무 말도 하지 못한다. 이내 그는 죄책감에 떨리는 목소리로 속삭인다.

“내, 내가 어떻게? 나 때문에 그렇게 많은 일이 일어났는데…. 난 절대 용서받을 수 없어. 모크샤의 일부가 될 가치가 없는 존재야. 차라리 나를 영원히 사라지게 해주렴. 부탁이란다.”

“칼마사라, 너는 곧 나의 뿌리잖아. 내가 나를 구하지 못하면 우리는 그 누구도 구할 수 없어. 나는 내 운명의 어둠을 마주해야 하고, 너는 이제 그 어둠 속에서 나와야 해. 모크샤는 밝음과 어둠을 아우르는 존재거든. 우리는 결국 함께해야 하는 거야.”

보리얀은 손을 더 가까이 내밀며 말한다.

“자, 나와 같이 가자.”

망설이며 그녀의 손을 쳐다보던 칼마사라는 이내 천천히 자신의 손을 내민다. 보리얀은 그의 손을 잡고 배 위로 끌어 올린다. 그녀를 바라보는 칼마사라의 눈에서 여러 감정이 뒤섞인 눈물이 하염없이 흘러내린다. 보리얀은 그를 감싸 안으며 나지막이 속삭인다.

“가장 보고 싶었던 사람들과의 행복한 기억을 떠올려 봐. 그게 우리를 여기서 나가게 해줄 거야.”

칼마사라는 말없이 자신의 손에 있는 흑진주를 매만진다. 이제는 모든 것이 생생하게 기억난다. 미소 짓고 있는 세피네의 얼굴, 그녀의 흑갈색 머리카락에 내려앉았던 햇살의 따뜻함, 함께 나누었던 입맞춤과 그녀의 손이 전하던 온기….

고독함으로 가득했던 그의 생에 처음으로 찾아온 행복한 순간들이었다. 먼 발치에서 그들을 지켜주려 했던 사르낫의 모습도 떠오른다. 진심을 다해 사랑했던 연인과 오랜 친구의 얼굴을 떠올리는 칼마사라의 입가에는 처음으로 잔잔한 미소가 감돈다.

'세상이 내게 따뜻했던 순간들….'

그는 까마득한 위에 나 있는 동그란 구멍을 바라보며 흑진주로 목걸이를 만들던 날의 기억을 더듬는다.

유난히 영롱하게 빛났던 진주를 주머니에 담고, 그는 비밀 장소에 있는 세피네에게 갔다. 그리고 동글게 솟아오른 그녀의 배에 가만히 귀를 대어보며 생각했다. 아기가 세상에 태어나면 자신이 얻은 모크샤의 일부를 선물하겠노라고. 그는 목걸이를 만들기 위해 진주에 구멍을 뚫으며 기대와 설렘을 품고 아기의 얼굴을 상상했다. 그러면서 다짐하고 또 다짐했다. 그 소중한 아이는 자신과 같은 고통으로 얼룩진 삶을 겪게 하지 않으리라. 그리고 언제나 자신의 마음을 다해 함께 하리라. 사랑하는 세피네와 아기가 외롭지 않게….

단단한 바늘이 진주 속을 완전히 뚫고 나온 순간, 그의 검은 눈동자에는 기쁨의 빛이 스쳤다.

"됐다!"

"쿠콰콰쾅!"

밤새 빛이 쏟아져 나오던 화산의 분화구에서 커다란 진동이 울려 퍼진다. 둥근 알의 윗부분이 떠오르는 태양처럼 솟아오르자 모든 이들이 숨을 죽이고 그 광경을 바라본다. 세상을 울리는 굉음 속에서 알의 표면이 수천수만 개의 번개가 내리치는 것처럼 갈라지더니, 마침내 환하게 동이 터오는 사이로 거대한 빛의 존재가 형체를 드러낸다. 눈을 뜰 수 없을 만큼 강렬한 밝음으로 둘러싸인 빛의 덩어리가 서서히 움직인다. 이어서 태양 빛으로 가득한 두 날개가 하늘을 수평으로 가르듯 펼쳐진다.

끝없이 펼쳐지는 커다란 날개는 빛으로 만들어진 하늘하늘하고 반투명한 구름 같기도 하며, 중력을 받지 않고 바람에 따라 너울거리는 거대한 파도 같기도 하다. 태양에 반사되어 물결처럼 빛나는 겉 비늘은 무엇이든 벨 수 있는 금강석처럼 날카롭고 강직해 보인다. 하지만 그 속으로 드러난 부드러운 깃털들은 영롱한 진주처럼 온화하여 무엇이든지 품을 수 있을 것 같다. 점점 고개를 드는 모크샤의 얼굴에는 오묘한 무늬로 덮인 부리가 보이고, 그 위로 세상을 꿰뚫어 보는 듯한 흑갈색 눈동자가 빛난다.

모크샤가 한 번 날개를 펄럭거리니 그 형상은 장엄하나 소란스럽지 않고, 경외스러우나 위협적이지 않다. 마치 기나긴 겨울 끝에 봄이 찾아오는 소리처럼 모크샤의 날갯짓은 고요하면서도 분명하게 세상의 정적을 변화로 일깨운다. 저 멀리에서는 밤새 들려오던 괴물들의 울음소리가 잠잠해지고, 모크샤의 탄생을 마주하는 이들은 가슴이 벅차올라 눈물을 흘린다. 어떤 이들은 지금껏 살아왔던 자신의 삶에 대해 기쁨과 감사의 눈물을 흘리고, 또 다른 이들은 반성과 참회의 눈물을 흘린다. 감동 속에서 소리 없이 흘러내리는 그 눈물은 마치 마음을 씻어내리는 맑은 샘처럼 그들의 얼굴을 적신다.

모크샤는 다시 한번 날갯짓을 일으키며 그대로 드넓은 하늘 위로 날아오른다. 그것이 눈 깜짝할 사이에 일어난 일이기에 사람들은 모크샤가 태양 위로 날아갔는지, 아니면 태양 속으로 들어갔는지, 그것도 아니면 태양이 되었는지 알 수 없다는 얼굴로 사방을 살핀다. 그렇게 사람들이 어리둥절해 있는 사이 모크샤는 날갯짓 한 번에 차루타스를 지나고, 다시 날갯짓 한 번에 동쪽 호수를 지나, 저 창공을 비잉 돌아 서쪽 호수까지도 둘러본다. 그리고 아무도 가지 못했던 대양, '샤'로 향한다.

"어…어디로 가신 거지?"

사람들은 두리번거리며 서로에게 묻는다. 군중 속에 서 있는 아파라티 할아버지는 빙그레 미소를 짓는다. 그의 주름진 눈가에서 이슬처럼 맺힌 눈물이 반짝인다. 하얗게 센 노인의 머리가 밝은 햇살에 빛난다. 그는 태양을 담은 듯한 눈동자를 들어 하늘을 응시하며 중얼거린다.

"네 말대로…. 우리가 해냈구나, 보리얀."

그날, 밤이 오고 초승달이 뜨도록 온 세상에서는 축제가 열린다. 괴물들이 모두 자취를 감춘 것을 알게 된 사람들은 모크샤가 괴물과 싸우고 있을 것이라 생각한다. 그들은 그 신성한 존재가 아마도 '샤'로 향해서 마라트의 기운을 다스리고 있을 것이라고 여기며 서로 상상의 나래를 펼친다. 폐허가 된 바르벨루스에는 그나마 남아 있는 천 조각들을 이어 만든 천막들이 설치된다. 사람들은 그 아래에서 서로 어울리며 흥거운 분위기를 만든다. 그것은 여태껏 바르벨루스에서 열리던 고급 무도회나 연회와는 사뭇 다른 모습이다. 이 잔치는 탑을 버린 슈라문들, 노예병들, 병사들, 민간인들, 어른들, 아이들, 그리고 모든 에린의 후손들이 한데 어울려서 즐겁게 시간을 보내는 최초의 자리이기 때문이다. 폐허에서 새로운 즐거움이 피어나는 오묘한 광경 속에 지카 두 마리의 발굽 소리가 들린다. 그 동물들 위에 타고 있는 이들은 급하게 바르벨루스에 도착한 피트레온과 세네칼이다.

"아이고, 정신이 없군요."

피트레온이 사방을 두리번거리며 말한다. 세네칼은 직접 바르벨루스의 모습을 보고 한참 동안 말을 잇지 못한다. 그것은 피트레온도 마찬가지이다. 잠자코 있던 그는 세네칼에게 넌지시 묻는다.

"훌라르 님은 어디 계실까요?"

세네칼은 잠시 사람들 사이를 살펴보더니 지카에서 내린다. 피트레온도 그를 따라 내리고, 그들은 흥거워 보이는 사람들 사이로 들어간다. 저 멀리 탑의 잔해 한쪽 구석에서 낯익은 이들의 얼굴이 보인다. 작은 모닥불 사이에 둘러앉은 라델린 노인과 하칠소아, 데리에크는 말없이 불을 바라보고 있다. 부상자들을 돌보느라고 피곤에 지친 아르테스는 즈로이아의 무릎을 베고서 잠들어 있다. 모두 기쁘기보다는 오히려 착잡한 표정이다. 그들을 살피며 다가가던 피트레온이 목청을 가다듬고 조용한 목소리로 인기척을 낸다.

"저기…."

그러자 하칠소아가 일어서서 그들을 맞이한다.

"아, 오셨군요. 여기 앉으세요."

주위를 둘러보던 세네칼이 훌라르가 없는 것을 보고 조심스럽게 묻는다.

"여기 안 계신 분들은…. 다들 괜찮으십니까?"

"스루딘 님은 시타다라에 있는 온천에서 치료를 하고 계십니다. 훌라르 님께서도 무사하시고요. 잠시 마음을 정리하셔야겠다고 혼자 화산 쪽으로 올라가셨습니다."

"아, 그러셨군요."

세네칼은 안도의 한숨을 내쉬며 고개를 끄덕인다. 그리고 다시 주변을 둘러보다가, 무언가 좋지 않은 예감에 조금 낮은 목소리로 묻는다.

"그런데 보리얀 병사장은요?"

"……."

그러자 하칠소아는 아무 대답도 하지 못하고 고개를 떨군다. 이어서 멀찍이 앉아 있던 데리에크는 이마를 감싸 쥐고 숨죽여 흐느낀다. 그러자 그의 곁에 앉아 있던 즈로이아가 등을 조금 토닥여 준다. 피트레온은 걱정스러운 눈으로 세네칼을 응시한다. 슬픔이 감돌며 침묵이 흐르는 가운데, 잠시 묵묵히 서 있던 세네칼이 하칠소아에게 다시 묻는다.

"훌라르 님이 어느 쪽으로 가셨습니까?"

"저기, 분화구 쪽으로요."

하칠소아가 가리키는 곳을 바라보던 세네칼은 피트레온에게 넌지시 말한다.

"여기서 잠시 쉬시지요. 제가 다녀오겠습니다."

"아, 예…."

자신도 따라가려던 피트레온은 세네칼의 눈치를 보다가 엉겁결에 즈로이아와 마주 보는 자리에 앉는다. 그리고 근심이 가득한 눈으로 멀어져 가는 세네칼을 지켜보다가, 착잡한 표정으로 앉아 있는 즈로이아와 눈이 마주친다. 그녀는 피트레온을 보고 피식 웃는다.

　"우리 엄청 구면이네, 파견사님?"

　"……."

　순간 샤테이드에서 노예 행색을 했던 것이 기억나는지, 떨떠름하게 그녀를 쳐다보던 피트레온은 헛기침을 한다. 그리고 왠지 무서운 듯 그녀와 눈을 마주치지 못하고 슬그머니 하칠소아의 곁으로 자리를 옮겨서 앉는다. 하칠소아는 그저 멀뚱히 그들을 쳐다본다. 아파라티 할아버지는 그 모습을 보고 빙그레 미소를 짓는다.

　세네칼은 너른 평원처럼 펼쳐져 있는 화산 위를 오른다. 그는 헉헉대며 잠시 멈추어 서서 한숨을 내쉰다.

　"휴우. 언제나 그렇듯 늙은이 고생시키시는군."

　그는 주변을 두리번거리다가 저 멀리 앉아 있는 훌라르를 발견한다. 연한 초승달 빛이 비치는 훌라르의 얼굴에는 슬픔이 가득하다. 세네칼은 잠시 그를 지켜보다가 걸음을 옮겨 그에게 다가간다. 발걸음 소리에 훌라르가 고개를 돌린다. 세네칼을 발견한 훌라르는 자리에서 일어난다.

　"아, 선생. 오셨소."

　세네칼은 고개를 끄덕이며 훌라르의 얼굴을 살핀다. 그리고 많이 수척해진 그의 모습을 보고 가슴 아파서 시선을 돌린다. 세네칼이 조용히 앉자 훌라르도 따라서 다시 앉는다. 둘은 한참을 말없이 달만 바라본다. 풀벌레 소리가 찌르르 찌르르 들려오며 정적을 메운다. 세네칼이 침묵을 깨고 나지막한 목소리로 묻는다.

"무슨 일이 있었던 것입니까?"

"아시잖소. 드디어 새로운 모크샤가 깨어나셨지."

"그것 말고요. 훌라르 님께 무슨 일이 있었길래…."

"……."

훌라르는 아무 말도 하지 못한다. 그의 눈가에 눈물이 어린다.

"모크샤는 깨어났고, 보리얀은 갔소. 어떻게든 그 애가 성공한 거겠지…"

그는 망연하게 달을 바라보다가 중얼거린다.

"그리고 난 또 아무것도 할 수가 없었지. 눈앞에서 보리얀이 물속에 잠기는 것을 보면서도."

"……."

대충 무슨 일이 일어났는지 직감한 세네칼은 고개를 떨군다. 또다시 무거운 침묵이 흐르고, 훌라르가 떨리는 목소리로 입을 연다.

"그래서 말이오, 선생. 이제, 나도 가면 안 되겠소? 모크샤도 깨어나셨으니…."

그 말을 들은 세네칼은 마치 못 알아듣겠다는 듯 하늘을 응시한다.

"어딜 가시려고요?"

"내가 그랬거든. 닿을 수 없는 먼 곳에 그 애가 있다면 내가 찾아가겠다고. 내 생각에는 이제 이 세상에서는 보리얀을 찾기가 힘들 것 같은데."

"그렇군요."

세네칼은 생각에 잠겨서 묵묵히 앞을 바라보다가 묻는다.

"그런데 보리얀이 그걸 원할까요?"

"글쎄. 나더러 조심히 잘 있으라고 했는데…. 다치지 말고, 포기하지도 말고."

"그렇습니까? 그럼 훌라르 님께서는 뭐라고 하셨는데요?"

훌라르는 스카투스 사막에서 본 보리얀의 모습을 떠올린다.

"기다리겠다고 했지. 내게 다시 올 때까지."

"그럼 떠나지 말고 기다리셔야겠네요."

그러자 훌라르의 눈가에 참아온 눈물이 떨어진다.

"반드시 돌아오겠다고 약속했는데…."

"……"

세네칼은 늙은 손을 들어 훌라르의 어깨에 가만히 얹는다. 그리고 나지막한 목소리로 말한다.

"그럼 기다려 보세요. 그 아이를 사랑하시는 만큼, 최선을 다해서."

"…또 일단은 살아 있어야 한다는 건가?"

"그럼요. 언제나 그렇듯이요."

드넓게 펼쳐진 화산의 벌판에 앉아 있는 그들의 위로 맑은 초승달이 빛난다.

한편, 고요한 '샤'의 한가운데에서는 잔잔한 물결 위에 서 있는 거대한 모크샤의 모습이 보인다. 수면에 비치는 달과 별들의 모습 때문에 모크샤가 우주에 떠 있는 건지, 물 위에 떠 있는 것인지 구별이 잘 되지 않는다. 모크샤는 무언가를 기다리듯 수면 아래를 응시한다. 그러자 저 물속 깊은 곳에서 마치 별들 사이를 헤집고 올라오듯, 본래의 모습을 되찾은 바다 생물들이 하나둘 모

습을 드러내기 시작한다. 해우처럼 생긴 유순한 생물, 거대한 꼬리지느러미
를 너풀거리며 헤엄쳐 온 혹등고래 가족, 작은 해파리들과 물고기 떼, 그리고
메르모니아들도 수면 위로 모습을 드러낸다. 모크샤의 마음속에 웝실론의
목소리가 들린다.

'자기야, 저기 투케삐쩨르도 있어!'

모크샤의 발밑에 넙데데하고 통통한 물고기처럼 생긴 생물이 모습을 드러
낸다. 머리 위에는 작은 불꽃이 나오는 기다란 통 같은 것이 달려 있고, 검고 땡
그런 두 눈을 데룩데룩 굴리며 할 말이 있는 얼굴로 모크샤를 쳐다본다. 모크샤
는 그 작은 생물을 바라보고 마치 투케삐쩨르의 마음을 이해하듯 말한다.

"네 동족이 한 일은 걱정하지 말거라. 미안할 필요 없다."

투케삐쩨르는 마치 대답이라도 하듯 뾰족뾰족하게 생긴 지느러미를 바르르
떨며 물속으로 사라진다. 모크샤는 자신을 둘러싼 수많은 생명을 바라본다.

"그동안 제 모습을 잃은 것이 너희와 같은 물에 있는 생물들만은 아니란다.
저 육지에 있는 생명들은 모두 자기 모습을 오랫동안 잃어버렸거든. 욕망에
눈이 먼 에린의 후손들은 우매해졌으며, 동물들은 자신의 의지를 떠나 길들
여졌고, 시타다라의 존재들은 더 이상 에린의 후손을 신뢰하지 않게 되었지.
이제 그들은 서서히 진실을 알아가며 너희에게 저지른 잘못에 대하여 깨우치
게 될 것이다."

모크샤는 천천히 드넓은 날개를 펼친다. 그러자 아름다운 은하수 같은 반
투명한 깃털들이 온 바다를 덮는다. 이어서 모크샤는 세상 그 누구도 들을 수
없었던 아름다운 음성을 내어 그들을 감싸기 시작한다. 그것은 지금껏 괴물
로 변하여 사람들에게 고통을 주며 죽어간 물속의 생물들, 또 괴물의 모습을

한 생물들에게 고통을 받으며 죽어갔던 사람들을 모두 위로하는 곡조다. 그것을 듣던 물속 생물들이 화답이라도 하듯 하나둘 목소리를 내기 시작한다. 드디어 모크샤의 노래는 수많은 생물의 목소리가 어우러지는 합창의 물결이 되어서 밤하늘을 적신다.

균형을 되찾은 마라트의 기운은 그들의 노래를 보이지 않게 감싸며 서서히 '샤 곳곳에 쌓여 있던 빙하들을 녹인다. 각 호수에 있던 생물들까지도 모두 '샤에 몰려들고, 머나먼 대양에서 들리는 노랫소리를 느낀 새 떼들도 서로 어울려서 창공을 날아다닌다. 모습을 되찾은 생물들은 함께 헤엄치며 인사를 나눈다. 멀리 떨어진 곳에 있던 동족을 만난 생물들도 각자의 방식으로 반가움을 표한다. 서로 어울려 축제를 벌이듯 헤엄치는 그들의 모습을 보며 모크샤의 마음속에 한껏 신이 난 웹실론의 목소리가 메아리친다.

"자기야아, 드디어 마라트가 제정신을 차렸나 봐! 이제 우린 또 뭘 하면 되지, 응?"

"사람들을 도와줄 거야. 자신들의 행동을 스스로 돌아보고 답을 찾도록."

"호오, 그럼 어디로 갈 건데?"

"모든 곳으로. 온 세상을 돌아봐야지."

모크샤는 활짝 펼친 날개를 한번 힘차게 펄럭거리고 하늘 위를 향해 날아오른다. 그러나 '샤에는 물결 하나 일지 않는다. 창공으로 향하는 모크샤는 초승달에 닿을 듯 높이 솟아오른다. 밝은 달빛에 반사되는 거대한 새의 형상이 자유로운 구름처럼 사방으로 흩어진다.

— 8장 —

﹛ 긴 기다림 끝에 피는 꽃 ﹜

"치르르, 치르르-"

밤이 깊은 시타다라의 온천 근처에서는 풀요정들의 잔잔한 합창 소리가 들린다. 어깨에 붕대를 감은 스루딘이 아파라티 할아버지와 함께 앉아 있다. 그들의 앞에는 각각 찻잔이 놓여 있다. 김이 모락모락 나는 헤사티오 차를 바라보던 스루딘이 슬픈 표정으로 중얼거린다.

"모크샤께서 깨어나신 지 며칠이 지났는데도 보리얀의 행방은 아직이군요. 샬리타에게 이 소식을 어떻게 전해야 할지 모르겠습니다."

그러자 아파라티 할아버지는 알 수 없는 미소를 짓는다.

"샬리타는 내가 라델린이라는 것을 알고서도 금세 침착함을 되찾은 사람이었지. 그녀의 성품이라면 조금 더 기다려 줄 수 있을 걸세."

"…기다리다니요?"

스루딘의 물음에 할아버지는 잠시 아무 말 없이 하늘을 응시한다. 이어서 그는 마치 오랜 옛날의 기억을 회상하듯이 아련한 목소리로 말한다.

"이전 모크샤 샤카르문 님께서 해주신 말씀이 기억나는구먼. 갓 태어난 어린 모크샤들은 세상을 두루 살피면서 자신의 일을 찾는다네. 모크샤의 탄생이 세상에 균형을 가져다주는 일이라면, 그분의 성장은 세상에 조화를 이루어 주는 일이거든. 빛의 존재이자, 진리의 존재인 모크샤께서는 수많은 형상으로 동시에 존재하실 수 있지. 그 방법을 익히는 시간이 지나면 그분께선 다시 우리에게 나타나실 게야. 알맞은 때에, 알맞은 모습으로."

"……."

스루딘은 할아버지의 시선을 따라 하늘을 응시한다. 말갛게 떠 있는 달을 바라보던 그가 다시 묻는다.

"그때가 언제일까요?"

"흐음…. 아마도 우리가 온전한 모습으로 그분을 맞이할 준비가 되었을 때겠지. 새로운 시대를 바로 세우려 노력하다 보면, 어느 순간 그분은 곁에 와 계실 거라네."

할아버지는 천천히 몸을 세우고 끙차 일어서며 말을 잇는다.

"그럼 나는 이만 가 봐야겠구먼. 작은 선물 하나를 전해주러 찾아봐야 할 사람이 있거든."

스루딘은 노인을 따라서 자리에서 일어선 다음 예를 갖추어 인사를 올린다. 노인은 그런 그의 모습을 보고 빙긋 웃으며 천천히 발걸음을 옮긴다. 스루딘은 무언가 의문이 풀리지 않은 표정으로 할아버지를 바라본다.

"…저기, 사르낫 님."

노인은 발걸음을 잠시 멈추고 다시 스루딘을 향해 몸을 돌린다.

"왜 그러는가?"

"제가 정말 그 예언 속의 군주입니까?"

"군주라…. 자네는 군주가 무엇이라고 생각하는가?"

"그게 무엇이던 제가 있고 싶지 않은 자리이지요."

스루딘의 말에 노인은 고개를 끄덕인다.

"자네가 다른 이들에게 그렇게 말했다는 것을 들었네. 사람들의 마음을 움직일만한 이야기지. 자네처럼 통솔력이 뛰어난 지도자가 그렇게 욕심이 없기란 쉽지 않으니까. 그런데 스루딘, 좋은 군주는 바로 사람의 마음을 움직이는 사람이라네. 그것이 자네의 모순이야."

"……."

스루딘이 아무 말도 하지 않고 그를 바라보자 노인은 다정한 목소리로 말한다.

"무니안들을 생각해 보게. 그들은 능력을 가진 다른 이들의 고혈을 짜내어 자신의 것인 양 누렸지. 그렇게 그들의 마음이 점점 썩어들어가자 결국 목숨처럼 생각하던 자리도 지키지 못했어. 그것이 다른 이들의 고통에 무뎌진 자들의 최후라네. 이미 사람으로서의 마음을 잃은 자들은, 다른 사람의 마음을 움직이는 지도자가 될 수도 없거든."

스루딘은 솔리디몬과 다른 무니안들의 끔찍한 마지막을 떠올리며 중얼거린다.

"그러고 보니 그 또한 모순이군요. 수액으로 탑을 장악한 그들이 결국 수액 때문에 무너졌으니."

아파라티 할아버지는 고개를 끄덕인다.

"삶은 지독한 모순이라네, 스루딘. 아마 세상에서 나만큼 오랜 시간 동안 죽음을 꿈꿔왔던 사람도 없을 걸세. 하지만 나는 지금까지 무수한 고통을 지켜보고, 견뎌내며 살아왔지. 내가 해야 할 일이 있으니까."

그는 빙긋 웃고 다시 발걸음을 돌리며 말한다.

"그러니 자네도 자네의 일을 하게. 그것이 무엇이 되었던."

할아버지는 느릿느릿한 거북처럼 천천히 걸어간다. 스루딘은 아무 말 없이 가만히 서서 그의 뒷모습을 바라본다.

'내가 해야 할 일….'

고요한 달빛이 점점 기울며 폐허가 된 바르벨루스에 새벽빛이 찾아든다. 어둠에 잠긴 대저택 저 아래로 탑의 잔해가 보인다. 저택 입구의 계단에 걸터앉은 훌라르가 푸르게 밝아오는 하늘을 바라본다. 모든 것을 잃은 것 같은 그의 눈에는 눈물이 고여 있다.

눈물 속에서 자꾸만 보리얀의 모습이 어른거린다. 그녀를 삼킨 검푸른 물결이 머릿속에서 떠나지를 않는다.

'어떻게든 살아야 하는데, 살아서 기다려야 하는데….'

훌라르는 가만히 눈을 감고 옆에 있는 기둥에 머리를 기댄다. 그때 그의 귓가에 익숙한 목소리가 들린다.

"슬퍼할 때 슬퍼하더라도, 먹어야 기운이 날 텐데 말이야. 보리얀도 항상 만사를 제치고 밥부터 먹었지."

훌라르는 고개를 들어서 자신에게 말을 거는 사람을 쳐다본다. 아파라티 할아버지는 빙그레 웃는 얼굴로 그에게 헤사티오 열매를 하나 내민다. 훌라르는 놀란 얼굴로 그를 보고 말을 더듬는다.

"사, 사르낫 님…."

홀라르가 일어서서 예를 갖추려 하자 노인은 괜찮다는 듯 손짓하며 그에게 열매를 더 가까이 내민다.

"내가 자네에게 주는 작은 선물이라네. 먹고 기운을 좀 내게."

엉겁결에 노인이 건네는 것을 받아든 홀라르는 자신의 손 위에 놓인 큼직한 헤사티오 열매를 바라본다. 겉껍질에 연꽃 그림이 그려져 있다. 홀라르가 그것을 찬찬히 바라보자 할아버지는 미소를 짓는다.

"썩 훌륭한 솜씨는 아니지만, 그래도 내 마음이라고 생각해 주게. 고마움을 담아서 그려봤으니."

"…감사합니다."

홀라르는 눈물을 훔치고 잠긴 목을 조금 가다듬는다. 아파라티 할아버지는 그의 곁에 끙차, 하고 앉는다. 그리고 헤사티오 열매의 그림을 가리킨다.

"연꽃은 참 신기한 식물이지. 씨앗이 아주 딱딱해서 꽃이 피어나기까지는 오랫동안 기다려야 할 수도 있어. 하지만 한번 피어나면 그 아름다움은 어디에서나 빛나지. 심지어 진흙 속에서라도 말이야."

그 말을 듣는 홀라르의 머릿속에 자라트라의 병사장실에서 보았던 현판이 스친다. 그는 자신도 모르게 현판에 적혀 있던 내용을 중얼거린다.

"진흙 속에서 피는 연꽃처럼…."

그는 다시 열매에 그려진 연꽃 그림을 쳐다본다. 그때 보았던 현판에도 이와 비슷한 무늬가 새겨져 있었던 것이 기억난다.

'맞아. 그 현판에도 있었어. 이 연꽃 그림, 어디선가 본 적이 있는데?'

기억을 더듬으며 그림을 응시하는 홀라르에게 아파라티 할아버지가 넌지시 묻는다.

"훌라르, 자네가 가장 두려워하는 게 무엇인가?"

"…예?"

훌라르의 머릿속에 보리얀을 삼키던 물속의 풍경이 스치는 순간, 오래전 차루타스에서 점괘를 보던 노인이 떠오른다. 우스꽝스런 가면을 쓰고 미래를 얘기해 준다고 했던 그 사람은 이것과 같은 연꽃 그림이 그려진 자리를 깔고 앉아 있었다. 서서히 커지는 눈동자로 노인을 바라보는 훌라르가 놀라움에 외친다.

"예, 옛날에 차루타스에서 만났던 그 노인…!"

그러자 할아버지는 온화하게 웃는다.

"자네 생각보다 우리의 인연은 더 오래되었다네. 그때 내가 해주었던 다른 이야기들도 기억한다면, 아마 자네의 기다림에 도움이 되지 않을까 싶은데."

"……?"

훌라르는 휘둥그레진 눈으로 할아버지를 바라본다. 잠시 흐르는 침묵 속에서 노인은 다시 일어나며 말한다.

"자네는 대단한 힘을 가진 젊은이야. 불을 쓰는 힘 말고도 사람을 보는 힘이 있지. 그러니 뜨겁게 달아오르는 가슴을 조금 붙들어 두게. 아름다운 연꽃을 보고 싶은 것이 자네의 진심이라면, 꽃이 필 때까지 기다려 봐야 하지 않겠나."

"…보, 보리얀이 살아 있습니까?"

훌라르가 함께 일어서며 다급하게 묻자, 아파라티 할아버지는 그저 빙그레 웃는다. 그리고 헤사티오 열매를 들고 있는 훌라르의 손을 꼭 쥐여준다.

"선물을 전했으니 나는 이만 가보지."

새들이 지저귀는 소리를 따라 동이 튼다. 폐허 근처에서 선잠이 들었던 즈로이아는 눈을 뜬다. 아르테스가 간단한 아침 거리를 들고 그녀에게 오고 있다. 옅은 미소를 걸치며 아르테스를 바라보던 즈로이아는 천천히 주변을 둘러본다. 저 멀리에서는 피샤트와 히신스가 함께 서 있다. 혈육을 찾은 기쁨으로 상기되어 있는 그들의 곁에는 하칠소아와 지오투스도 보인다. 그보다 조금 뒤쪽에서는 데리에크가 잔뜩 일그러진 표정으로 땅을 쳐다보며 앉아 있다. 보리얀을 잃은 상심에 잠겨 있는 그의 앞으로 누군가 걸어온다. 훤칠한 키의 마에린 사내다. 데리에크는 자신의 앞에 선 훌라르를 가만히 올려다본다. 훌라르는 데리에크에게 묻는다.

"잠시 나를 좀 도와줄 수 있겠나?"

"……."

훌라르가 손에 들고 있는 헤사티오 열매를 보여주자 데리에크는 말없이 일어선다. 그리고 훌라르를 따라서 그의 집이 있는 곳으로 함께 걸어간다. 그들의 모습을 보며 즈로이아는 안타까운 표정으로 한숨을 조금 내쉰다.

'어떻게 감당하려나, 특히 저 마에린 작자가….'

잠시 후, 훌라르의 집에 있는 드넓은 정원 한가운데에서는 헤사티오 나무의 새싹이 자라난다. 새싹은 점점 자라서 어린나무가 되고 어느새 훌라르의 키만큼 커진다. 나무를 키워낸 데리에크는 슬픈 표정으로 그것을 바라보며 생각한다.

'헤사티오 나무가 있는 정원…. 보리얀에게 만들어 주겠다고 약속했었는데.'

갓 자라난 나무를 바라보던 훌라르가 데리에크에게 묻는다.

"이대로 자연스럽게 둔다면 열매가 열릴 때까지 얼마나 걸리겠나?"

"나무가 자랐어도 열매를 맺으려면 시간이 걸릴 겁니다. 특히 헤사티오처럼 늦게 열매를 맺고 오래 사는 나무라면, 못해도 삼 년 정도는 두고 봐야죠."

훌라르는 생각에 잠긴 얼굴로 가만히 나무를 쳐다본다. 울창하게 자라난 어린잎들이 바람에 하늘거린다. 그 모습을 바라보던 훌라르는 알 수 없는 표정으로 중얼거린다.

"삼 년…."

그는 물끄러미 하늘을 응시한다. 푸른 빛이 가득한 하늘 위에는 구름만이 고요하게 흘러간다. 훌라르는 무슨 생각인지 고개를 조금 끄덕이며 혼잣말로 읊조린다.

"…그럼 일단 삼 년은 기다릴 수 있겠네. 이 나무를 보면서."

하늘에 스치는 구름처럼 시간은 흐르고, 그동안 세상의 모습은 서서히 변한다.

바르벨루스와 케파르카의 사람들은 역사를 바로잡는 활동을 주도한다. 여러 일들을 조율하는 스루딘과 함께, 신성한 능력을 가진 이들은 새로운 바르벨루스를 세우는 일에 힘을 쏟는다. 그들은 케파르카에서 온 수행자들과 협력하여 모든 이들이 이용할 수 있는 도서관을 세운다. 샬리타는 계속 수행자의 도시에 머무르려다가 훌라르의 부탁으로 바르벨루스에서 살게 된다. 자신이 가지고 있던 오래된 책을 가장 먼저 도서관에 기증한 후, 그녀는 미샤틴과 함께 장서 만들기에 모든 힘을 쏟는다. 마치 보리얀을 잃은 슬픔을 그렇게 바쁜 일상으로 잠재우려는 듯이.

　자급자족이 가능한 도시들에서는 각자 다른 화폐를 사용하게 되었으며, 그에 따라 복잡해지는 무역을 돕는 새로운 직업들이 생겨난다. 사람들은 새로운 시대를 맞아 그에 따른 자유를 누리게 된다. 이제 누구나 자신이 원하는 곳으로 이동할 수 있으며, 직업을 선택할 수 있고, 교육을 받을 수 있다. 하지만 그에 따라 발생하는 혼란을 다스릴 수 있는 제도의 필요성 또한 대두된다. 투르가 이끄는 자라트라에서 훈련을 받은 병사들은 다시 자신의 지역으로 돌아가서 치안을 담당하는데, 그중에는 자원해서 바르벨루스의 도서관 설립을 돕는 이들도 있다.

　동쪽 호수에서는 사타니크와 채치트를 중심으로 개혁이 일어난다. 모크샤가 탄생한 이후 북쪽 마을과 남쪽 마을의 원로들은 결국 사타니크에게 항복을 선언한다. 하지만 그들은 분노한 사람들에 의해 결국 처형을 면치 못한다. 혼란스러운 동쪽 호수의 상황을 수습하기 위해, 스루딘과 훌라르는 케파르카에 있는 수행자들의 힘을 빌리기로 한다. 세네칼은 제도를 정비하고 교육을 담당할 학자들을 동쪽 호수로 파견하는 일을 맡는다. 학자들은 갑자기 찾아온 자유에 혼란스러워하는 사람들을 도우며 그들에게 교육받을 기회를 제공한다. 그렇게 세상에 내보낼 학자들을 더 많이 양성하기 위해, 케파르카에는 곧 유수한 교육 기관들이 자리 잡는다.

　이러한 변화 속에서도 늘 그렇듯 아이들은 몰라보게 자라고,

청년들은 새로운 세상에서 기회를 찾으려 하며,

노인들은 잘 변하지 않는다.

햇살이 쏟아지는 어느 아침, 라플라를 타고 서쪽 호수의 항구 근처에 내린 켄트라의 발걸음이 가볍다. 그의 뒤로는 다른 사람들 몇 명이 잘 정돈된 종이 뭉치들을 가지고 내린다. 서쪽 호수의 최고 선장이 된 베카르는 밝은 표정으로 그들을 맞이한다. 그의 얼굴에는 지난 세월만큼 주름이 더 많이 늘어 있다.

"한 달 만에 또 보는군, 켄트라. 기다리던 소식지들이 도착했구먼. 이번에는 또 어떤 소식이 있는가?"

켄트라는 미소 지으며 베카르에게 소식지 하나를 건넨다.

"큰 소식이 하나 있습니다. 드디어 아누다르가야 동쪽에서 벽을 허무는 걸 고려해 보겠다는 성명을 냈답니다. 미다스 궁이 있던 자리에 새로운 거주민들이 모여 무역도시가 생겨나고 있으니, 경쟁력을 가지려면 기존에 있던 상인들이 다시 장인들과 힘을 합쳐야 하는 상황이 온 것이지요. 패치 님이 그들을 설득하는데 큰 공을 세운 것 같던데요."

"오호, 좋은 소식이군. 안 그래도 이번에 추진하는 중앙 섬 탐방에 그쪽을 가려고 했는데, 벽이 없는 모습을 보게 된다면 훨씬 좋겠어. 중앙 섬 탐방을 마친 후에는 예전에 자네가 말한 대로 동쪽 호수 탐방도 진행해 보려고 하네. 은근히 그쪽을 궁금해하는 사람들도 많아. 루에린들에 대한 생각들도 조금씩 바뀌고 있고."

켄트라가 잘 됐다는 듯이 고개를 끄덕인다.

"역사를 바로잡고 있으니 편견이 조금씩 사라지기를 기대해 봐야죠."

"…휴우. 문제는 계속 고집을 피우는 사람들이 많다는 것이지. 오랜 세월 동안 진실로 알고 살아온 생각을 바꾸기가 어디 쉽겠나. 다행히 바르벨루스에서 펼치는 새로운 교육 정책 덕에, 이곳에도 훌륭한 자료들이 많이 들어 왔다네."

"힘들더라도 서서히 바꾸어 가면 되겠지요. 변화가 이루어지고 있다는 것만으로도 희망적인걸요."

고개를 끄덕이던 베카르 선장은 켄트라의 뒤에 따라오는 퓨라를 보고 묻는다.

"그나저나 저 친구는 못 보던 얼굴인데?"

"아, 퓨라입니다. 서쪽 호수의 모습을 그림으로 옮겨서 소식지에 실을 사람이지요. 오늘은 예정된 대로 견습 목장의 모습을 보게 되겠군요. 그렇죠?"

"그럼. 저쪽에 우리 마을에서 가장 큰 견습 목장이 있어. 예전에 보리얀과 루딘이 함께 있었던 곳이라 유명해졌지. 지금은 아이들을 가르치는 방법도 많이 바뀌었는데, 전에 스루딘 님이 아들 때문에 얼마나…."

베카르 선장은 말하다가 얼른 입을 다문다. 그리고 켄트라의 얼굴을 살피며 묻는다.

"흠, 흠. 자네 아버지는 잘 계시지?"

켄트라는 그를 이해한다는 얼굴로 미소를 짓고 말한다.

"늘 그렇듯이 바쁘십니다. 여러 지역의 일들에 관여하고 계시니까요. 아르테스 님께서도 아버지 곁에서 많이 배우고 계십니다. 아마 나중에 뒤를 이어 훌륭한 지도자가 되실 거예요."

"그렇군."

베카르 선장은 고개를 끄덕이다가 켄트라를 보고 조금 목청을 가다듬으며 말한다.

"···그게 사실, 스루딘 님이 자네를 아들로 삼았다는 소식에 놀란 사람이 많았다네."

"그럴 만도 하지요. 중앙 섬에서는 그런 사람들이 더 많았거든요. 거기는 심지어 노예 제도가 있었던 곳이니까요. 아버지께서 저를 아들로 받아주신 덕분에 시종들과 노예들에 대한 인식이 많이 나아졌습니다."

"다행이구먼. 그런데 자네는 스루딘 님의 뒤를 잇고 싶은 마음이 없나?"

베카르가 묻자 켄트라는 웃음을 터트리며 고개를 젓는다.

"하하. 제가 아버지를 모시며 배운 것이 있다면, 되도록 막중한 임무가 있는 자리에서 멀어지라는 것이었습니다. 저는 지금 제가 하고 있는 일이 좋습니다. 세상을 누비며 소식지를 만들고, 다양한 지역의 사람들이 살아가는 풍경을 다채롭게 보여줄 수 있으니까요. 이렇게 보람 있는 일을 맡을 수 있어서 뿌듯하기도 하고 즐겁습니다."

베카르는 흐뭇한 미소를 지으며 켄트라의 어깨를 툭툭 쳐준다.

"현명해. 아무튼 자네가 전해주는 소식지가 점점 훌륭해지는 것 같군. 글자도 전보다 선명한 것 같고."

"세네칼 선생님과 사르투스 선생님께서 열심히 기술을 개발해 주시고 계시는 덕분입니다. 그러니 저는 그걸 잘 전하기 위해 발로 뛰어야지요."

베카르는 빙긋 웃으며 고개를 끄덕이고 켄트라와 함께 견습 목장으로 향한다.

켄트라와 베카르, 퓨라가 도착한 견습 목장에서는 나이가 어느 정도 지긋해진 릴테라가 아이들을 가르치고 있다. 켄트라 일행은 수업에 방해가 되지 않게 조금 떨어진 곳에서 견습 목장을 바라본다. 릴테라는 앉아 있는 아이들을 둘러보며 말한다.

"…그래서 지금 샤테이드에 있는 마녀들은 우리에게 동물들과 소통하는 방법을 알려주고 있단다. 가축들의 수가 점점 줄어드는 이유가 그것이지. 요즈음에는 동물들을 가족처럼 여기는 사람들까지도 많아지고 있고. 거기, 왜 그러니?"

릴테라는 손을 번쩍 들고 있는 한 루에린 아이를 보며 묻는다. 그러자 아이는 눈을 반짝이며 말한다.

"제가 듣기로는 샤테이드에 있는 마녀들은 이제 정령사들이라고 불린다는데요? 우리도 그렇게 불러야 하지 않을까요?"

릴테라는 한숨을 내쉬고 눈썹을 조금 올린다. 그리고 낯익은 얼굴들 가운데 앉아 있는 그 아이에게 묻는다.

"그래, 맞다. 그런데 너는 누구니? 우리 목장에서 본 적이 없는 것 같은데."

"오랜만에 잠깐 와 봤어요. 릴테라 님께서 요즘 어떻게 수업을 하시는지 궁금해서요."

"……."

릴테라는 아이를 잠시 쳐다보더니 말한다.

"그럼 예전에도 여길 와본 적이 있단 얘기구나. 이제는 참관 수업이 도입되어서 누가 누군지 기억하기도 어려운데. 넌 어디서 온 애니?"

"온 세상에서 왔죠."

아이는 빙긋이 웃으며 자리에서 일어선다.

"릴테라 님 말씀대로 우리가 동물들을 이해하게 되면서 여러 가지 생각할 거리가 생기는 것 같아요. 이제 남쪽 마을에서는 아예 가축이라는 말을 쓰지 않기로 했다는데…. 우리는 계속 동물을 먹어야 할까요, 말아야 할까요? 사람마다 생각은 다를 텐데, 토론을 해보면 어떨까요?"

릴테라는 아이의 말에 아무 말도 하지 못하고 우두커니 서 있다. 당찬 아이의 표정에는 그저 미소만이 가득할 뿐이다. 아이는 유유히 목장을 걸어가면서 싱긋 웃는다.

"아무튼 오랜만에 뵈어서 반가웠어요. 말씀드린 대로 저는 그냥 잠깐 들른 거예요. 그럼 좋은 수업 하시기를 응원해요!"

릴테라는 어처구니가 없다는 얼굴로 그 아이가 나가는 것을 지켜본다. 그녀는 옛날에 자신의 목장에서 나가던 보리얀과 루딘을 떠올리며 고개를 갸웃하고 중얼거린다.

"…거참 이상하네."

잠시 회상에 잠기던 릴테라는 곧 아이들을 둘러보며 수업을 이어나간다.

"뭐, 토론도 나쁜 생각은 아니구나. 그렇지?"

목장에서 나선 아이는 켄트라와 베카르 선장이 있는 곳으로 다가온다. 그리고 그들에게 살짝 인사를 하며 곁을 지나간다. 베카르는 그 모습을 보고 웃으며 켄트라에게 말한다.

"허허, 봤지? 서쪽 호수에도 이제 루에린 아이들이 자주 보인다네. 누군지는 몰라도 장래가 기대되는군."

켄트라와 그의 옆에 있던 퓨라도 예상하지 못한 상황에 웃으며 아이를 쳐다본다. 아이는 콧노래를 흥얼거리며 그들의 시야에서 사라진다. 이어서 인적이 드문 곳이 나타나자, 아이는 금세 한 마리 작은 새로 변한다. 그리고 두 날개를 퍼득거리며 햇살이 찬란하게 부서지는 서쪽 호수의 물결 위로 날아오른다.

사람들이 미처 건져 올리지 못했던 진주들이 모두 다 물속으로 녹아들었기에, 이제 온 호수가 마치 진주 빛깔처럼 영롱하고 찬란하게 빛난다. 늘 시야를 뿌옇게 덮고 있던 안개들도 찾아볼 수 없다. 배 위의 어부들은 괴물을 걱정할 필요 없이 편안한 마음으로 수다를 떨고 있다. 작은 새는 한 나룻배의 난간에 앉아 그들이 하는 이야기를 듣는다.

"…배를 타는 게 두렵지 않게 되다니, 모크샤님께 감사할 따름이지!"

"맞아. 우리도 모크샤님이 깨어나셨다는 그 화산에 가볼 수 있다는 거 알지? 이제 모든 사람에게 개방되었다니까 한번 직접 보면 소원이 없겠어. 바르벨루스에서 짓는다는 거대한 도서관도 보고 싶은데."

"맞다, 그 도서관의 최고 사서님이 미샤틴이라는 여인이래! 소식지에서 봤는데. 마에린이라고."

"마에린은 훌라르 님 아니야? 슈라문 출신이라는 그 인물 훤하신 분 말이야."

"허허, 이 사람아. 이 세상에 마에린이 훌라르 님 한 분만 있는 줄 아나? 소식지 좀 보고 살게. 훌라르 님은 지금 아누다르가야 동쪽하고 로히라셰드 일로 바쁘시다잖아."

"아무튼 곧 모크샤께서 오신 날을 기념하는 축제가 열린다니까 중앙 섬 풍경이 꽤 볼만 하겠군. 그렇지?"

"그러게. 이번에 있는 중앙 섬 탐방에 사람들이 엄청나게 몰리겠네. 우리 아이도 가고 싶어 하던 눈치던데."

"중앙 섬도 좋지만 나는 로히라셰드에 가보고 싶어. 거기 중앙 마을에 있는 커다란 선술집이 아주 유명하다는구먼. 허허."

이제 어부들은 동쪽 호수에서 들려오는 여러 소식에 대해 이야기꽃을 피우기 시작한다. 가만히 어부들의 이야기를 듣던 작은 새는 포르르 날아가서 저 구름 속으로 사라진다.

"쏴아아~"

그 시간, 동쪽 호수에서는 비가 내리고 있다. 먹구름을 바라보고 있는 사타니크는 창가의 난간에 기대어서 한숨을 내쉰다. 얼마 전 아누다르가야 동쪽에서 패치를 만나고 돌아왔던 그는 이런저런 생각에 지쳐 보인다. 잔뜩 흐린 하늘을 바라보던 사타니크는 얼굴을 찌푸리며 중얼거린다.

"중앙 섬 동쪽은 그나마 벽이 무너진다고 하는데, 여긴 해결할 일이 태산 같구나."

난간에 기대어 선 그는 하염없이 쏟아지는 빗줄기를 바라보며 생각에 잠긴다. 그런데 그때, 뒤에서 누군가의 부드러운 목소리가 들린다.

"보아하니 오늘 밤도 푹 주무시긴 힘들겠군요?"

"…누, 누구냐?"

사타니크는 깜짝 놀라서 뒤를 돌아본다. 뒤에는 처음 보는 한 젊은 사내가 서 있다. 그는 케파르카에서 온 학자의 복장을 하고 있다. 사내는 미소 짓는 얼굴로 사타니크에게 다가온다.

"아침부터 이렇게 고민이 많은데, 밤에는 오죽하시겠습니까."

"아, 새로 온 학자님이시오? 채치트를 만나러 온 거면 옆 건물로 가셔야 하는데."

"그럴 수도 있고, 아닐 수도 있지요."

사타니크가 의심스러운 눈초리로 쳐다보자, 사내는 그저 빙그레 웃으며 그의 옆에 선다.

"사타니크 님 말씀대로 해내야 할 일이 태산입니다. 가장 큰 문제는 사람들의 마음 아닐까요? 너무도 오랜 세월 동안 자긍심 없는 노예로 살았으니, 자유가 주어져도 자기 삶의 주인이 되지 못하는 것이겠지요."

"……."

"자기 자신을 존중하는 마음은 남이 대신 세워주지 않습니다. 이곳의 사람들에게도 그걸 깨달을 시간이 주어져야 할 것 같네요. 사타니크 님께서도 너무 자신을 다그치지 않으셨으면 하는데…. 잠이라도 제대로 주무셔야 건강에 무리가 가지 않을 테니까요."

"처음 오신 분 같은데, 내가 잠을 못 자는 건 어떻게 아시오?"

그러자 사내는 웃는 얼굴로 가만히 사타니크를 바라본다.

"어떻게 알긴요. 얼굴에 쓰여 있지 않습니까."

사타니크는 한숨을 쉬며 빗줄기로 시선을 옮긴다.

"잠이 오질 않소. 잃어버린 사람들을 생각하면."

그는 고통스러운 듯 지그시 눈을 감는다. 그의 머릿속에 거대한 진주와 함께 중앙 섬 쪽으로 날아가던 보리얀의 모습이 떠오른다. 사타니크는 다문 입술 사이로 옅은 한숨을 흘리며 읊조린다.

"삼 년 전, 중앙 섬 동쪽에서 너무 많은 병사들을 잃었소. 심지어 그 후에는 혈육처럼 아끼던 이를 또 잃었고…. 아마도 내가 빌어주는 행운들은 모두 불운으로 돌아오나 보오."

빗소리를 따라 그의 눈가가 젖어 든다. 바람이 불어오자 비가 실어나르는 물 내음이 코끝에 닿는다. 잠시 침묵에 잠겨 있는 사타니크를 바라보던 사내는 알 수 없는 표정을 짓고 중얼거린다.

"허어, 빗방울이 눈가에도 맺히는군요. 누가 보면 동생이라도 잃은 줄 알겠습니다. 죽은 걸 직접 보기 전까진 울지 말라고 했을 텐데."

"……!"

그 말을 들은 사타니크는 감고 있던 눈을 번쩍 뜬다. 그는 깜짝 놀란 얼굴로 사내에게 묻는다.

"그…그건 그 애밖에 모르는데, 그걸 어떻게?"

사내는 화들짝 놀란 사타니크를 지그시 바라본다. 그러더니 천천히 걸음을 옮겨 방에서 나가며 다정한 목소리로 말한다.

"오늘 밤은 푹 주무십시오. 형님은 충분히 그럴 자격이 있으시니."

"……."

사타니크는 잠시 멍하니 서 있다가 급하게 사내를 따라 문을 나선다. 하지만 이미 사내는 오간 데 없이 사라진 후다. 사타니크는 믿을 수 없다는 듯이 두리번거린다.

'이, 이게 무슨 일이지?'

같은 시간, 자라트라 근처에 있는 네카루트 무기소에서는 이른 시간부터 일에 매진하고 있는 젊은 청년에게 한 히드린 여인이 물잔을 가져다준다. 청년은 며칠째 물건의 도안을 구상하느라고 고민한 흔적이 역력해 보인다. 그는 아리따운 여인을 바라보며 고맙게 물을 받아 마신다.

"새로 오신 조수분입니까? 못 뵈었던 것 같아서요."

"네. 오늘부터 일하기 시작했습니다."

"그러시군요. 오래 계셨으면 좋겠네요."

"이곳이 마음에 들면 좀 더 머물 수도 있겠지요."

"하하, 여기가 마음에 들기 쉬운 곳은 아닐 텐데…."

"무기소가 변한 지 얼마 안 되었다는 건 들었습니다. 예전에는 이곳이 그렇게 악명이 높았다면서요?"

"전부터 여기 계셨던 분들의 이야기를 들어보면 말도 못 하지요. 지금은 여러모로 상황이 많이 나아졌지만, 일이 고된 건 여전합니다. 그래도 이제 그만큼의 보수를 받고 일하는 것이니 참아낼만 해요."

여인은 고개를 끄덕이며 자리를 옮기려 한다. 그러자 청년은 못내 아쉬운 듯 그녀에게 묻는다.

"저기, 그런데 어디서 오셨습니까?"

"호호, 많은 분이 제게 그 질문을 하시는군요. 제가 누군지, 어디서 왔는지."

"……."

잠시 할 말을 잃은 청년은 조금 얼굴을 붉히며 생각한다.

'다들 관심을 많이 보였나 보구나.'

그는 멋쩍어서 서둘러 화제를 돌린다.

"저어, 곧 모크샤의 탄생을 기리는 축제가 열리는 것 아시죠? 혹시 바르벨루스로 구경을 가실 건지 궁금해서요. 그때는 모두가 쉴 텐데…."

"그럼요. 그때를 오래 기다려 왔죠. 중요한 일이 있거든요."

청년은 조금 실망한 눈초리로 여인의 뒷모습을 바라본다. 그리고 아쉬운 표정으로 다시 자신이 작업하고 있던 도안에 눈을 돌리는데, 한 부분에 물방울이 떨어져서 번져 있는 것을 본다.

"아이고, 이런. 다시 그려야겠네."

그는 도안을 구기려다가 무언가를 발견했는지 다시 그것을 들여다본다. 도안을 살피던 그의 눈이 점점 커다래진다. 이어서 그는 자리에서 벌떡 일어서며 환호성을 지른다.

"그래! 여기에 구멍을 뚫으면 되는 거였어! 와…. 이렇게 간단했다니! 며칠 동안 고민한 건데!"

뒤에서 들려오는 청년의 목소리에 물병을 든 히드린 여인은 빙그레 미소를 짓는다.

며칠 후, 바르벨루스에 있는 샬리타의 아담한 집으로 밝은 햇빛이 찾아든다. 널찍한 마당에는 이스다일 꽃의 구근들이 새싹을 내밀고 있다. 마당의 한가운데에는 탑의 잔해로 보이는 넓적한 백옥 계단의 일부가 기다란 탁자로 바뀌어서 놓여 있다. 덩굴식물들이 자라고 있는 탁자 위에는 샬리타가 엎드려 있다. 새벽까지 장서들을 만들다가 따뜻한 햇볕에 깜박 잠들어버린 것이다. 그런데 샬리타의 위로 바람 한 점이 스치더니, 어디선가 햇빛에 찬란하게 빛나는 신기한 깃털 하나가 두둥실 떨어진다. 깃털은 사뿐사뿐 내려오며 틀어 올린 샬리타의 머리 위에 살포시 앉는다. 그러자 그녀는 무슨 꿈을 꾸듯 얼굴을 조금 움직이기 시작한다.

"으음…."

꿈에서 무슨 내용이 벌어졌는지 샬리타는 한순간 화들짝 놀라서 깬다. 그 바람에 깃털은 그녀의 뒷목쪽 옷깃 안으로 쏙 들어간다.

"세상에."

그녀는 중얼거리고 놀란 마음을 가다듬으며 천천히 자리에서 일어난다. 심장이 쿵쿵 뛴다. 위를 올려다보니 태양이 벌써 고개를 들고 있다. 그녀는 꿈 내용을 곰곰이 생각하더니 옆의 장서들을 챙겨 들고 서둘러 걸음을 옮긴다.

예전에 탑이 있었던 곳에서는 아침부터 도서관 공사가 한창이다. 복작복작한 분위기를 만들며 활기차게 움직이는 이들 사이로, 샬리타는 낯익은 얼굴을 보며 인사를 건넨다.

"좋은 아침이에요, 미샤틴 님. 아, 스루딘 님도 있었군요."

그러자 스루딘과 미샤틴도 반갑게 인사를 건넨다. 미샤틴이 환하게 미소 짓는다.

"안녕하세요, 샬리타 님. 벌써 나오신 거예요?"

"작업 중이던 책들을 완성했거든요. 가져다 드리려고 왔죠. 그런데 스루딘 님이 들고 있는 건 뭔가요?"

샬리타가 분홍살 따개비로 만들어진 커다란 자개 장식을 들고 있는 스루딘에게 묻자, 그가 자랑스럽게 손에 든 것을 내보인다.

"도서관에 걸 현판입니다. 멋지지 않나요? 아누다르가야 동쪽에 있는 장인들이 보내왔지 뭡니까, 하하. 역시, 예술적 감각이 깃든 곳에서 책을 읽으면 분위기가 훨씬 좋겠지요?"

샬리타는 못 말린다는 듯이 웃으며 미샤틴에게 슬쩍 말한다.

"어릴 때부터 취향이 저랬답니다."

이어서 스루딘과 미샤틴은 도서관 공사 및 개방 순서와 그에 따른 정책들을 논의하기 시작하고, 샬리타는 빙긋 웃으며 다시 걸음을 옮긴다. 열심히 도서관을 짓고 있는 사람들 사이로 아파라티 할아버지가 다가온다. 샬리타는 노인에게 책을 건네며 묻는다.

"오늘따라 기분이 더 좋아 보이시네요. 무슨 좋은 일 있으신가요?"

아파라티 할아버지는 그녀에게서 책을 받아 들고 환하게 웃는다.

"곧 당신에게 좋은 일이 있겠지요."

그의 뒤로 옥신각신하는 즈로이아와 데리에크의 목소리가 들린다.

"애야, 도서관 안까지는 덩굴 식물들이 들어오면 안 된다니까!"

땅에 있는 광물질들을 모아서 도서관을 만들고 있는 즈로이아의 말에 데리에크가 툴툴거린다.

"피트레온 님은 괜찮댔는데. 녹색 식물이 있어야 집중도 더 잘 된다고."

샬리타는 그들과도 가볍게 인사를 나눈 후, 즈로이아의 눈치를 보듯 멀찍이 떨어져서 서 있는 피트레온을 만난다. 그녀를 보고 피트레온이 반갑게 인사를 건넨다.

"오, 샬리타 님. 안녕하십니까?"

"예, 요즘 수고가 많으시죠?"

"하하. 샬리타 님께서 고생이 많으시지요. 저야 뭐, 가끔씩 훌라르 님의 심부름이나 하면 그만 아닙니까."

"저기, 훌라르 님은 혹시 오늘 댁에 계시나요?"

"어제 비샤다가 도착하는 것을 봤으니 아마 차루타스에서 돌아오셨을 겁니다. 세네칼 선생이 오늘 자리를 비우시니까 혼자 쉬실 거라며, 찾지 말라고 저한테 그러시더라고요. 아 맞다. 아네트 님을 통해 전달해 드린 바구니는 잘 받으셨나요? 훌라르 님께서 꼭 보내라고 신신당부를 하셔서요."

"네, 감사히 잘 받았습니다. 올해 훌라르 님의 정원에서 헤사티오 열매가 났나 보네요?"

"이번에 처음 수확하신 열매랍니다."

"아하, 그렇군요."

그때 저 멀리서 그들을 반갑게 부르는 소리가 들린다. 자라트라 요새에서 온 투르다. 샬리타는 다가오는 그를 보고 웃으며 말한다.

"오신다고는 들었는데 생각보다 금방 도착하셨군요."

"네. 병사들과 함께 도서관 짓는 걸 도우러 왔습니다. 그런데 참 놀랍네요. 도서관이 저런 모양일 줄은 몰랐는데요?"

투르는 유려한 곡선이 마치 물결처럼 길게 주욱 이어져 있는 독특한 나선형 모양의 도서관을 쳐다본다. 도서관을 이루는 외벽에는 온갖 현란한 광물들이 아름답게 녹아들어 있어서 한마디로 표현할 수 없는 오묘한 빛깔을 띤다. 샬리타가 그 모습을 보며 미소 짓는다.

"즈로이아 님이 심혈을 기울여 만드는 작품이에요. 높은 탑 대신 유기체 같은 모양의 낮고 넓은 공간을 한번 만들어 보겠다고 하시네요. 그리고 곳곳에 문이 나 있어서 어디서나 드나들기가 편하답니다. 구획들이 계속 늘어나는데, 아마도 이러다가는 바르벨루스 전체가 도서관이 될 것 같아요."

투르는 한 번도 본 적이 없는 건축 양식을 보며 눈이 휘둥그레져서 중얼거린다.

"그렇군요. 즈로이아 님께서 이런 심미안을 가지고 계셨다니…. 우리 병사들이 놀라겠는걸요?"

그는 신기하다는 표정으로 도서관을 바라보다가 다시 무언가 생각난 듯 샬리타에게 묻는다.

"아, 혹시 스루딘 님이 어디 계신지 아십니까? 보고드릴 사항들이 있어서요."

"저쪽에 미샤틴 님과 함께 있어요. 새로운 정책들에 대해 논의하고 있는 것 같던데…."

"다행히 근처에 계셨군요. 그럼 먼저 실례하겠습니다. 나중에 또 뵙지요."

"그래요. 이따가 점심같이 하실까요? 피트레온 님과 함께 오세요."

"하하, 그것 좋겠네요. 감사합니다."

투르는 미소 지으며 걸음을 옮기고 피트레온에게도 손짓으로 인사를 건넨다. 피트레온도 그에게 싱긋 웃어 보이며 한 손을 든다. 이어서 샬리타 또한 피트레온과 몇 마디를 조금 더 나눈 후 헤어지고, 훌라르가 있는 곳으로 걸음을 옮긴다. 그녀의 목덜미 뒤의 옷깃에는 아직도 작은 깃털이 붙어 있다.

청명한 햇살이 비쳐드는 가운데 훌라르는 집 앞의 계단에 홀로 앉아 있다. 그는 정원 한가운데에서 싱그럽게 자라난 헤사티오 나무의 열매를 바라보며 가만히 한숨을 내쉰다.

"…첫 열매를 보여줄 수 있을까 했는데."

저 멀리까지 펼쳐져 있는 풀밭 위에서 비샤다가 꾸벅거리며 평온하게 졸고 있다. 그 뒤로 빽빽하게 드리워진 나무가 햇살에 반짝인다. 그때, 나무들 사이에서 누군가가 다가오는 것이 보인다.

'누구지, 이 시간에?'

훌라르는 잠시 방문객이 누군지 살핀다. 이내 멀리서 걸어오는 이가 샬리타라는 것을 알아차리고, 그는 반가운 마음으로 그녀에게 다가간다.

"샬리타 님, 이 아침에 무슨 일로…?"

"안녕하세요, 훌라르 님. 선물 잘 받았습니다. 차루타스에서 어제 돌아오셨다고 들어서 인사도 할 겸 잠시 들렀어요. 혹시나 쉬는데 방해한 건 아닌지…."

훌라르는 손사래를 친다.

"아닙니다. 찾아와 주시니 좋은걸요. 별일 없으셨죠?"

"음…. 그게…."

샬리타는 잠시 머뭇거리며 선뜻 말을 꺼내지 못한다. 결국 그녀는 고개를 저으며 말한다.

"하하, 별일은 아니에요. 우습게 들리시겠지만 좀 이상한 꿈을 꿨거든요."

"이상한 꿈이요?"

"네…. 아무것도 아닙니다. 그저 한번 여길 들러보면 좋겠다고 생각했어요."

"어떤 꿈인지 여쭤봐도 될까요? 궁금하네요."

그러자 샬리타는 고민하는 표정으로 그를 바라보다며 조심스럽게 입을 연다.

"꿈에서 보리얀을 봤어요. 그런데 그 애가 여기 있더라고요. 훌라르 님과 같이. 그리고 저더러 오라고, 어서 자기 곁으로 오라고 손짓을 하는데…."

샬리타가 훌라르의 표정을 살피며 말끝을 흐리자 가만히 서 있던 그가 눈을 반짝인다.

"더 얘기해 주세요. 부탁입니다."

"그 애가 정말 행복해 보였어요. 눈부시게 아름다운 옷을 입고 있더군요. 길고 하늘하늘한 연보랏빛 치마가 마치 요정의 옷 같았어요. 분홍색이 도는 자줏빛이었던 것도 같고. 황금색 실로 자수가 놓여 있었는데, 보석이 박힌 아름다운 황금 허리띠까지 하고 있더라고요. 제가 보리얀의 손짓을 따라 달려가려고 하는 순간 깨어나고 말았어요.”

“……!”

훌라르는 조금 충격을 받은 얼굴로 가만히 서 있다. 샬리타는 조금 멋쩍은 얼굴로 헛웃음을 짓는다.

“아휴, 아무래도 제가 생각이 짧았나 봅니다. 하도 기분이 들뜨길래 마음이 내키는 대로 그냥 와버렸네요.”

샬리타는 조금 얼굴을 붉히며 뒷머리를 매만진다. 그러자 지금껏 그녀의 목 뒤의 옷깃에 붙어 있던 작은 깃털 하나가 포르르 땅으로 떨어진다. 그 순간, 저 멀리 자고 있던 비샤다가 무언가를 느꼈는지 두 눈을 번쩍 뜨고 사방을 살핀다. 하지만 훌라르와 샬리타는 아무것도 알아차리지 못한다. 훌라르는 마음을 가다듬고 샬리타의 손을 잡으며 말한다.

“아닙니다. 아주 좋은 꿈을 꾸셨네요. 다음에는 보리안이 제게도 그 옷을 입고 나타났으면 좋겠습니다.”

샬리타는 아무 말 없이 훌라르를 보고 미소를 짓다가, 자신의 눈에 눈물이 어리는 것을 느끼며 눈가를 훔친다. 그리고 훌라르에게 애써 밝은 목소리로 말한다.

“괜히 아침 시간을 어수선하게 만든 것 같아 미안하네요. 맞다, 투르 님이 도착했어요. 점심때 피트레온 님과 함께 저의 집으로 식사하러 오시라고 했는데, 훌라르 님께서도 오시면 좋을 것 같은데요?”

“하하. 그래요? 제가 가면 피트레온이 지레 겁먹겠군요. 또 자기한테 무슨 일을 시키는 줄 알고.”

훌라르는 부드럽게 웃으며 미안할 필요 없다는 듯 샬리타를 보고 말을 잇는다.

"좋습니다. 그럼 점심때 찾아뵙지요. 덕분에 혼자 식사하지 않겠군요."

샬리타는 미소 짓는 얼굴로 고개를 끄덕인다. 그리고 안타까움과 다른 복잡한 감정들이 섞인 눈으로 훌라르를 바라본다.

"네. 그럼 저는 다시 도서관 쪽으로 가볼게요. 좋은 아침 보내세요."

"찾아와 주셔서 감사합니다. 이따가 뵙지요."

훌라르는 샬리타를 배웅하고, 멀어져 가는 그녀의 모습을 보며 생각한다.

'신기하네. 샬리타 님은 그 옷을 모르시는데, 어떻게 꿈에 보리얀이 그걸 입고 나타났을까?'

생각에 잠기던 훌라르는 집 안으로 들어가려고 하다가, 발걸음을 멈추고 다시 뒤를 돌아본다. 왠지 가슴이 두근거리기 시작한다. 아무리 생각해도 이상한 일이다.

'…안 되겠다. 좀 더 자세하게 여쭤봐야겠어.'

훌라르는 샬리타를 쫓아가려고 정원으로 걸음을 옮긴다. 그의 발걸음을 따라 아까 샬리타의 옷깃에서 떨어진 작은 깃털이 공중으로 날아오른다. 깃털은 가볍게 부는 바람을 타고 정원 한가운데로 날아간다.

"사박, 사박."

훌라르의 급한 발걸음이 햇살이 비쳐드는 나무들 사이를 스친다. 하지만 그렇게 몇 걸음을 떼던 그는 이내 조금 허탈한 마음으로 걸음을 멈춘다. 뒤늦게 드는 생각 때문이다.

'잠깐. 괜히 샬리타 님을 더 힘들게 하는 게 아닐까? 이 세상에 그런 옷이 한

두 벌도 아니고. 바르벨루스에는 그런 종류의 옷들이 많으니까.'

훌라르는 정신을 가다듬으려는 듯 무릎을 잡고 눈을 감는다.

"휴우…."

그는 천천히 숨을 내쉬고 고개를 든다. 나뭇잎 사이로 비치는 햇살이 그의 얼굴 위에서 일렁거린다.

'그래. 꿈은 그저 꿈일 뿐이야. 여긴 현실이라고.'

체념한 표정의 훌라르는 마음을 가다듬고 집으로 돌아가려고 발걸음을 돌린다. 이어서 습관적으로 헤사티오 나무가 있는 곳을 쳐다보던 그는 그대로 멈추어 선다. 그리고 숨이 멎은 듯 뚫어지라 그곳을 응시한다.

"…꿈인가 본데."

눈 부신 햇살 속에서 미소 짓는 보리얀이 보인다.

헤사티오 나무 곁에 서 있는 그녀는 하늘거리는 연보랏빛 옷을 입고 있다.

바람에 흩날리는 치맛단이 햇살에 따라 다른 빛깔로 영롱하게 빛난다.

그녀의 허리에는 황금색 띠가 둘려 있다.

훌라르는 그 옷을 입고 있는 보리얀의 모습을 너무도 잘 기억하고 있다.

오래전 잘리사야 섬에서 있었던 그 축제의 밤을.

보리얀은 우두커니 서 있는 그를 향해 한 걸음씩 다가온다. 훌라르는 실감이 나지 않는 표정으로 그저 멍하니 그녀를 바라본다. 그러자 그의 앞에 선 보리얀이 환하게 웃으며 말한다.

"어때요? 아직도 그때처럼 잘 어울리나요?"

"……."

훌라르는 아무 말 없이 그녀를 응시한다. 햇살에 반짝이는 아름다운 보리 얀의 모습이 너무도 생생하다. 실바람에 흩날리는 흑갈색 머리카락, 까무잡 잡하게 그을린 피부, 반짝이는 눈동자, 예쁜 미소….

훌라르는 마치 환영을 보듯 숨을 죽이고 그녀를 바라본다. 보리얀은 자신 의 손을 그의 뺨에 천천히 가져다 댄다. 그녀가 내민 손의 감촉과 따뜻한 온기 가 느껴지자, 비로소 훌라르의 떨리는 눈에 눈물이 차오른다. 보리얀은 가만 히 그의 눈가를 쓸어주며 부드럽게 말한다.

"약속했잖아요. 햇살이 눈 부신 언젠가, 모든 일을 돌아보며 미소 지을 날 을 맞이하기로."

"……."

훌라르는 보리얀을 와락 끌어안는다. 다시는 그녀를 놓지 않을 것처럼. 그 의 귓가에 다정하게 속삭이는 보리얀의 목소리가 들린다.

"많이 기다렸죠? 정말 고마워요. 잘 견뎌주고 기다려 줘서…."

"돌아왔구나, 돌아왔어…!"

훌라르는 품에 꼭 껴안은 보리얀을 어루만지며 눈물과 동시에 환호를 터트 린다.

한편, 숲 저편으로 천천히 발걸음을 옮기던 샬리타는 훌라르의 환호성을 듣는다. 그녀는 무슨 일인가 싶어 고개를 갸웃거리다가 다시 그의 집 쪽으로 발걸음을 옮긴다. 다시 돌아간 정원에서는 믿기지 않는 풍경이 펼쳐져 있다. 헤사티오 나무 아래에 훌라르와 함께 서 있는 사람은 분명 보리얀이다. 샬리타는 떨리는 목소리로 울먹인다.

"마, 말도 안 돼…."

저 멀리서 보리얀이 어서 오라는 듯 손짓을 한다. 샬리타는 떨리는 숨을 몰아쉬며 자신도 모르게 한 걸음, 또 한 걸음 내디딘다. 그녀의 발걸음이 점점 빨라진다. 이어서 그녀는 앞을 가리는 눈물을 닦아내며 달린다.

이번에는 꿈이 아닌 듯, 그녀는 깨어나지 않는다. 그리고 드디어 꿈에 그리던 자신의 딸을 품에 안는다.

"엄마!"

보리얀은 샬리타를 꼭 껴안는다. 세 사람은 밝은 햇살보다도 더 환한 기쁨으로 바르벨루스의 새로운 아침을 맞이한다. 어느새 하늘 높이 날아오른 비샤다가 그 위를 선회하며 반가움에 들떠서 힘차게 날개를 펄럭인다.

저녁이 되자 바르벨루스에는 커다란 축제가 열린다. 모크샤의 탄생을 기리는 축제일에 보리얀이 돌아왔다는 소식까지 겹쳐서 세상은 온통 떠들썩해진다. 돌아온 영웅의 모습을 보려는 사람들이 곳곳에서 모여들고, 심지어 그녀를 잘 모르는 사람들까지도 덩달아 신이 나서 구경을 온다. 그들은 훌라르의 옆에 서 있는 보리얀의 모습을 보고 상기된 표정으로 이런저런 이야기를 나눈다.

그러던 중, 차루타스의 변두리에서도 부모의 손에 이끌려 온 한 아이가 졸려운 얼굴로 눈을 비비며 바르벨루스에 도착한다. 아이의 엄마는 들뜬 눈으로 축제의 분위기를 살피며 말한다.

"신기하지 않니? 저기가 모크샤께서 깨어나셨다는 화산의 분화구인가 봐!"

아이는 하품을 하며 중얼거린다.

"배고파요."

"그래? 그럼 잠시만 여기 있어라. 아빠는 벌써 저 앞에 가 계시네. 여보!"

아이의 엄마와 아빠는 조금 떨어진 곳에서 곧이어 시작된다는 불꽃놀이에 대해 수다를 떤다. 아마도 너무 들뜬 나머지 아이가 배고프다고 한 것을 잊어버린 모양이다. 아이는 심심한 표정으로 자리에 주저앉는다. 그리고 주위를 두리번거리는데, 어떤 마음씨 좋게 생긴 할머니와 눈이 마주친다. 아이는 환하게 웃으며 인사를 한다.

"안녕하세요?"

그러자 할머니는 인자하게 웃으며 아이에게 헤사티오 열매 하나를 내민다.

"배고프지 않니? 이번에 할머니네 정원에서 첫 번째로 수확한 거란다. 맛있을 거야."

아이는 잠시 눈을 끔벅거리다가 그것을 공손하게 받아들고 다시 인사를 한다.

"감사합니다."

할머니는 아이의 곁에 앉아서, 마치 바르벨루스를 처음 본다는 듯 두리번거린다.

"호오, 오늘이 무슨 좋은 날인가? 왜 이렇게 복작대는 거지?"

그러자 아이가 헤사티오 열매를 맛있게 먹으며 대답한다.

"오늘이 모크샤께서 깨어나신 지 딱 삼 년째 되는 날인데, 어떤 대단한 영웅이 돌아왔대요."

"그렇구나. 그런데 모크샤는 어디 계실까?"

할머니가 두리번거리자 아이는 어깨를 으쓱한다.

"글쎄요, 아무도 모르는 것 같던데요? 우리 아빠가 그러시는데, 아마 모크샤께서는 '샤에서 바다 괴물들하고 엄청 싸우고 계실 거랬어요. 그래서 요즘 괴물이 없어지고 다시 제 모습을 한 물속 생물들이 돌아오는 거래요."

할머니는 빙긋이 웃으며 고개를 끄덕인다.

"아하, 그렇구나."

"언제 한번 모크샤 님을 꼭 보고 싶었는데. 오늘도 안 오시겠죠?"

아이의 물음에 할머니는 알 수 없는 미소를 지으며 묻는다.

"오늘도 안 오신 다라…. 그럼 너는 모크샤가 어떤 모습인지 알고 있니?"

"어, 그러고 보니 잘 모르겠어요. 무슨 새 같다고는 들었는데…."

"호호. 어떤 모습인지도 모르는데 오늘 오셨는지, 오늘도 안 오셨는지, 아님 어제 왔다 가셨는지 어떻게 알까?"

"그러고 보니 그러네요."

아이는 헤헤 웃으며 머쓱하게 고개를 끄덕인다.

"그런데 참 궁금하구나. 우리의 눈으로 모크샤의 진짜 모습을 볼 수 있을까?"

"진짜 모습이요?"

"그래, 내가 알기로는 모크샤는 바람으로도, 풀로도, 물고기로도, 심지어 사람으로도 변할 수 있다고 하던데? 전혀 다른 모습들로 동시에 여기저기 존재하며 온 세상을 누빌 수도 있고."

"우와아…."

아이는 입을 헤 벌리며 웃는다. 그리고 하늘에 총총히 뜬 별들을 바라보더니 눈을 반짝인다.

"음, 그럼 커다란 새로 오셨으면 좋겠어요."

"새? 왜 하필이면 새니? 다른 멋진 동물들도 많을 텐데."

"새는 자유롭잖아요, 헤헤."

아이는 해맑게 웃으며 덧붙인다.

"그리고 이건 비밀인데요, 저는 모크샤 님이 아주 멋있는 이름을 가지고 있을 것 같아요. 음…. 예를 들어 '스크룬하이' 같은 거요. 왠지 하늘을 날아다니면서 멋진 모험을 할 것 같지 않아요?"

그러자 할머니는 웃음을 터트린다.

"오호, 그것참 괜찮은 이름이구나. 무슨 뜻일까?"

"잘 모르겠어요. 그냥 문득 생각이 난 이름인데, 느낌적으로 왠지 멋진 뜻이 있을 것 같아서요."

"아하, 그럼 아직 그 뜻이 정해지지 않은 이름이니 더욱 멋있구나."

아이는 헤헤 웃는다.

"그런데 할머니도 축제를 구경하러 오신 거예요?"

"음…. 나는 깃털을 떨어뜨리려고 오늘 새벽에 이미 와 있었단다."

"깃털이요? 무슨 깃털인데요?"

아이가 눈을 둥그렇게 뜨고 묻는다. 그러자 할머니가 낡은 주머니에서 밝게 빛나는 작은 깃털을 하나 꺼내어 보여준다.

"선한 인연들을 만들 깃털이란다. 한번 볼래?"

"우와…."

아이는 빛나는 깃털을 처음 보는 얼굴로 마냥 신기해한다. 할머니는 그런 아이를 보고 흐뭇한 미소를 짓는다.

"시간의 흐름에 따라 인연은 항상 이어질 수밖에 없거든. 그렇다면 선한 인연들을 만들어야 하지 않겠니? 고통은 고통을 낳고, 사랑은 사랑을 낳을 테니까…. 그러니 돌아올 사람들은 돌아오고, 돌아갈 사람들은 돌아가야 한단다. 그게 이 세상의 약속이기 때문이지."

아이는 그 아리송한 말을 잘 이해하지 못한 얼굴이다.

"음…. 우리 엄마께서도 저보고 약속을 잘 지키는 어린이가 되라고 하셨어요."

"훌륭한 말씀이구나."

할머니의 말에 아이는 고개를 끄덕인다. 그리고 들뜬 표정의 엄마와 그런 엄마 옆에서 장단을 맞추며 수다를 떨고 있는 아빠의 모습을 쳐다본다. 할머니는 온화한 표정으로 그들을 응시한다. 그리고 자신이 들고 있던 깃털을 아이에게 건넨다.

"자, 선물이란다."

"예에…? 저 주시는 거예요?"

"네가 모크샤에게 좋은 이름을 주었듯이, 나도 좋은 선물을 주고 싶어서."

"우와아, 감사합니다!"

아이는 신이 나서 그것을 소중하게 받아들고 살펴보더니 활짝 웃는다.

"그럼, 이 깃털의 이름은 할머니께서 지어주세요."

"흠…. '루딘' 어떠니? 그 애는 내가 알던 사람 중에 가장 진심을 다해 약속을 지키던 사람이었거든."

"좋아요! '루딘', 멋진 이름이에요!"

할머니는 빙긋 웃으며 아이를 쳐다보다가 천천히 자리에서 일어난다.

"이름이 마음에 들었다니 다행이구나. 그럼 나중에 또 보자꾸나."

"네, 안녕히 가세요! 헤헤."

아이는 또 해맑게 웃으며 손을 흔든다. 할머니는 알 수 없는 미소를 짓고 아이를 바라보며 손을 흔들고, 사람들과 멀리 떨어진 숲속으로 사라진다. 서로 웃으며 떠들기에 바쁜 사람들은 아무도 그녀의 존재를 눈치채지 못한다. 아이는 할머니에게서 받은 깃털을 소중한 비밀처럼 옷 속 주머니 깊숙이 간직한다. 그리고 이 깃털이 어디에서 왔을까 상상의 나래를 펼친다.

조용히 숲속에 들어간 할머니의 형상은 점점 소녀로 바뀌더니 어린 시절 보리얀의 모습이 된다. 나무가 울창한 숲속으로 들어가던 그녀는 발걸음을 멈추고 환한 미소를 짓는다. 앞에는 조금 휘어진 지팡이를 짚고 있는 아파라티 할아버지가 서 있다. 아파라티 할아버지는 물끄러미 어린 보리얀을 바라보다가 다정한 목소리로 말한다.

"…돌아오실 줄 알았습니다, 모크샤 님."

어린 보리얀은 고개를 끄덕인다. 그리고 천진난만한 얼굴로 두 팔을 벌려서 할아버지를 안아 준다. 마치 오랜 친구를 맞이하는 듯, 노인의 눈가에 눈물이 어린다. 보리얀은 오랜 세월 동안 굳어버린 나무 같은 그의 손을 부드럽게 감싸 쥔다.

"……."

잠시 말없이 보리얀의 손을 바라보던 할아버지는 무언가 눈치를 챈 듯 미소 지으며 묻는다.

"새로운 인연의 끈을 연결 짓고 오시는 길이군요?"

"네. 할아버지 말씀대로 모든 것에는 때가 있으니까요."

그 말을 들은 아파라티 할아버지는 고개를 끄덕인다.

"그렇지요. 사실은 저도 이제 슬슬 가야 할 때가 된 것 같아서 인사를 드리러 온 것인데…."

할아버지는 잠시 말을 잇지 못하고 자신의 손에 앉은 주름들을 물끄러미 바라본다. 고목의 옹이처럼 불거져 나온 손가락 마디들과 자글자글한 손등에서 세월의 흔적이 느껴진다. 천천히 숨을 들이쉬던 노인은 이내 담담한 목소리로 보리얀에게 묻는다.

"이토록 오랜 세월 동안 살아오며 풀리지 않는 궁금증이 하나 있어서 말입니다. 괜찮으시다면 마지막으로 여쭤볼까 하는데요."

보리얀은 고개를 끄덕이며 눈을 반짝인다. 그 모습에 아파라티 할아버지는 잠시 생각에 잠기다가 조용한 목소리로 묻는다.

"…왜 이천 년이나 기다리게 하신 겁니까?"

보리얀을 바라보는 노인의 눈에는 그간의 고통과 서글픔, 그리고 헤아릴 수 없을 정도의 깊은 고독이 얽혀 있다. 잠시 침묵하던 어린 보리얀은 그런 할아버지의 손을 천천히 다독여 준다.

"음…. 그 답을 위해서는 이것부터 말씀드릴까 해요. 까마득한 옛날에 에르께서는 모든 이에게 선물을 내리셨어요. 하지만 우리는 그것을 자기 손으로 망가뜨릴 만큼 어리석었지요. 오랜 세월 동안 차근차근 망가져 버린 그 신성한 선물은 바로 우리 자신이에요. 결국 그런 우리를 위해, 추락의 전쟁 이후로 미르카닐 님은 희생을 통해 이 세상에 첫 번째 모크샤가 탄생할 수 있도록 만드셨죠. 그게 에르께서 떠난 세상에서, 에린의 후손을 구원하기 위한 유일한 방법이었으니."

아파라티 할아버지는 안타까운 표정으로 한숨을 내쉰다.

"그렇지요. 하지만 결국 어떤 에린의 후손들은 모크샤까지 거부하며 세상을 망치기에 이르렀지 않았습니까? 우리의 핏줄에 섞인 아만들의 특성이 점점 강해졌으니…. 우리가 그들을 닮아갈수록, 집착이 강한 그들의 본성을 따라서 시기와 질투, 욕망에 물들게 되었으니까요. 에르께서 에린의 피가 아만과 섞이는 것을 원치 않아 하셨던 이유가 충분히 이해됩니다."

"맞아요. 하지만 우린 한 가지를 잊고 있었어요. 그런 어리석음을 가지게 된 반면, 예전보다 더 강한 힘도 얻게 되었다는 것이죠."

"……."

노인이 말없이 보리얀을 바라보자 어린 보리얀은 할아버지의 손을 꼭 잡는다.

"할아버지께서 이천 년 동안 해오신 일을 생각해 보세요. 그리고 모크샤를 깨우기 위해 노력한 사람들의 모습을 떠올려 보세요. 수많은 희생과 용기, 인내와 사랑이 필요한 일이었잖아요. 이런 힘은 우리가 아만들과 함께 했기에 더욱 강력해질 수 있었던 거예요. 과거에 추락의 전쟁에서 겔리시온이 그나마 승리할 수 있었던 것도 바로 그 덕분이었고요. 샤카르문 님께서는 이를 알고 계셨어요. 세상을 망치는 어리석음을 가진 사람들에게는 세상을 구할 수 있는 힘도 있음을. 하지만 안타깝게도 많은 이들은 그걸 알지 못했죠. 그래서 그분은 우리의 힘을 일깨워 주려고 하신 거예요. 몸소 셀 수 없이 많은 진주가 되어서."

"아아…. 그럼 결국 모든 게 우리가 스스로의 힘을 깨닫게 하기 위한 일이었군요. 모크샤를 잃게 한 것도 사람들의 힘이니, 모크샤를 깨우는 것도 사람들의 힘이 되어야 한다는 것을."

어린 보리얀은 그를 보며 빙그레 웃는다.

"진정한 자유는 스스로를 구원할 힘이 있는 이들에게 주어지니까요. 그리고 스스로를 구할 수 있는 이는 결국 그 자신밖에 없고요."

아파라티 할아버지는 생각에 잠긴 얼굴로 고개를 끄덕인다.

"그렇군요. 이제야 샤카르문 님의 뜻이 이해가 됩니다. 왜 그렇게 오랜 세월 동안 이 세상에서 일어나는 고통의 나락을 두고 보게 하셨는지 말입니다. 생각해 보니 그것이 결코 오랜 세월이 아니었네요. 그분의 선택이 아니었다면, 이 깨달음이 세상에 닿기까지는 아마도 더 오랜 시간이 필요했을 테니까요."

보리얀은 따뜻한 시선으로 할아버지를 바라본다.

"맞아요. 시간을 아끼는 가장 좋은 방법은 진심을 따르는 것이잖아요. 샤카르문 님은 그렇게 진심을 다해 세상을 사랑하셨거든요."

할아버지는 다정한 눈으로 자신을 바라보는 어린아이를 마주 본다. 똘망똘망한 눈을 가진 어린 보리얀의 얼굴이 예전에 그가 기억하던 그대로다. 한가득 미소를 지은 노인은 다시 묻는다.

"그러고 보니 또 한 가지 궁금한 게 생기는군요. 모크샤께선 수많은 형상으로 나타나실 수 있지 않으십니까? 제게 이렇게 아이의 모습으로 오신 이유가 있습니까?"

"제가 요만큼 어릴 때 할아버지께서 물어보셨잖아요. 제가 어떤 아이냐고. 기억나시죠?"

"그럼요. 보리얀은 용감하고 똑똑한 아이였지요."

"이제는 제가 비슷한 걸 여쭤볼 차례여서, 그때랑 같은 모습으로 왔어요. 할아버지는 이 세상을 떠나고 나면 어떤 존재가 되고 싶으세요?"

눈을 동그랗게 뜨고 묻는 어린 보리얀의 말에 할아버지는 허허 웃는다.

"흐음. 그 질문은 아직 생각해 본 적이 없군요. 항상 이생의 끝이 언제일까만 고민하며 살았던 터라…. 그래도 만약 의지를 가지고 존재할 수 있다면, 어떤 형태라도 좋으니 모크샤 님을 도울 수 있었으면 합니다."

그 말을 들은 어린 보리얀은 알 수 없는 미소를 짓는다.

"…그게 정말 할아버지의 진심이 내린 선택인가요?"

아파라티 할아버지는 빙긋 웃고 고개를 끄덕인다.

"그렇습니다."

"그럼 꼭 잡으세요."

어린 보리얀은 환하게 미소 지으며 아파라티 할아버지의 손을 꼭 잡는다. 아파라티 할아버지도 두 손으로 보리얀의 작은 손을 꼭 쥔다. 그러자 그들이 굳게 맞잡은 손에서부터 환한 빛이 새어 나오기 시작한다. 따스하고 은은한 밝음은 점점 커지며 아파라티 할아버지와 보리얀을 감싼다. 어린 보리얀의 모습을 한 모크샤는 노인에게 진심을 담은 감사함을 전한다.

"고마워요, 할아버지. 끝까지 함께 해줘서."

아파라티 할아버지는 마음을 채우는 온기에 천천히 눈을 감는다. 그리고 마치 오랜 여정을 끝내고 집에 돌아온 사람처럼 편안한 미소를 짓는다. 그의 주름진 눈가에서 눈물이 반짝인다.

'진흙 속에서 우리의 꽃이 피어나기까지…. 참으로 보람 있는 기다림이었구나.'

두 사람의 형체는 찬란한 빛 속에서 점점 흐릿해진다. 그때, 밝음의 한가운데에서 모크샤의 일부가 된 웁실론의 낭랑한 목소리가 들려온다.

"어, 전에 봤던 그 에린의 후손이네? 요상한 자기야, 반가워! 이제 우리 함

께 하자고, 응!'

웹실론의 목소리를 따라 하나가 된 그들은 이내 수없이 많은 빛의 조각이 되어 바람에 흩날린다. 반짝이는 별 가루처럼 자유롭게 바람을 타고 공중에 흩어지던 빛 조각들은 하늘 높이까지 날아오르더니, 서서히 작은 나비의 형상으로 합쳐져서 화산의 분화구 쪽으로 날아간다. 축제를 즐기는 수많은 사람은 음악에 맞추어 춤을 추느라고 그들의 머리 위로 날아가는 작은 나비를 보지 못한다. 오로지 훌라르와 함께 춤을 추고 있는 보리얀만이 살며시 미소를 지을 뿐이다. 행복한 표정으로 그녀를 안고 빙그르르 돌던 훌라르는 잘리사야 섬을 떠올리며 낮게 속삭인다.

"…또다시, 잊을 수 없는 축제의 밤이군."

훌라르는 천천히 보리얀을 향해 고개를 숙인다. 보리얀과 훌라르는 서로의 입술에 부드럽게 입을 맞춘다. 그와 동시에 환하게 뜬 초승달 아래, 분화구에 내려앉은 작은 나비는 날개를 활짝 편다. 그리고 점점 거대한 모크샤의 모습으로 변한다. 그 형상은 바로 모크샤가 처음 알에서 깨어나서 사람들에게 보였던 모습이다. 사람들은 분화구를 가리키며 놀란 목소리로 함성을 지른다.

"저, 저기 봐!"

"삼 년 만에 모크샤께서 돌아오셨다!"

"세상에나!"

할머니에게서 받은 깃털에 대한 상상을 계속하던 아이는 사람들의 함성에 두리번거리다가, 거대한 모크샤가 날개를 펼치고 있는 것을 발견하고 입을 다물지 못한다. 아이의 부모는 서둘러 아이를 부르며 화산을 가리키고 소리친다.

"저것 좀 봐, 모크샤 님이야! 어때, 엄마 아빠를 따라오길 잘했지?"

아이는 휘둥그레진 눈으로 환한 표정을 지으며 아버지의 목마를 타고 외친다.
"우와아, 스크룬하이다!"

새로운 시대를 희망하는 사람들의 환호성을 들으며, 분화구 위에서 날개를
드높게 펼쳐 든 모크샤 스크룬하이는 다시 한번 하늘 위로 힘차게 날아오른다.

아직 알려지지 않은 그 이름의 뜻처럼 펼쳐질, 앞으로의 멋진 모험을 위해.

이야기를 접으며

모크샤 스크룬하이는 그 이후로도 천 년의 시간 동안 세상을 도왔고, 혈관처럼 자라나는 인연들이 서로 얽히고설켜 새로운 나날의 몸체를 이루는 것을 보았으며, 자신의 뒤를 이을 또 다른 모크샤가 탄생할 것을 예견하였다. 아마도 그 수많은 나날의 방대한 이야기들을 다 글로 옮기려면 한 생이 모자랄 것이다.

그래도 덤으로 좀 더 얘기해 주고 싶은 이야기가 있다. 그것은 스크룬하이가 자신의 세상에서 천 년을 보내고 난 후 일어난 일이다. 때가 오자 스크룬하이는 기존 모크샤들이 그러했듯 섭리에 따라서 또 다른 세상으로 향했다. 세상의 경계들이 흐릿해지는 어느 창공에서, 그는 자신보다 훨씬 많은 세월 동안 수많은 세상에서 수천수만 가지의 모습으로 살아온 선대의 모크샤들을 만나게 되었다. 내가 이야기 속에서 느낀 바로는 모두가 같은 모크샤였으면서도 제각각의 특성이 다 달랐고, 세상에서 맡은 역할도 다 달랐던 것 같았다.

그들 중 가장 나의 기억에 남는 모크샤는 스크룬하이보다 까마득한 선대에 나타났다던 '에아시리온'이다. 에아시리온은 스크룬하이에게 이야기들의 나무를 알려준 스승이자 친구인데, 나는 그 모크샤가 스크룬하이에게 한 말을 잊을 수가 없다. 천 년의 기나긴 여정을 갓 마치고 합류한 스크룬하이에게 이런 말을 건넸기 때문이다.

"축하한다, 나의 형제여. 이제 드디어 그대가 진정한 모험을 시작할 수 있겠구나."

천 년 후 세상을 졸업하고 삶을 마무리를 하기는커녕, 모크샤들의 모임에서 신참이 된 스크룬하이의 앞에는 완전히 새로운 삶이 펼쳐지게 되었다. 스크룬하이는 그것을 '다시 태어남'이라고 말해 주며, 허공에 시작과 끝이 같은 동그라미를 하나 그렸다. 나는 그때야 비로소 아하, 하며 무릎을 쳤다. 그제야 왜 모든 삶이 원(圓)의 형태가 되었는지 볼 수 있었기 때문이다. 생의 시작과 끝은 결국 한 점에서 만나는 동그라미와 같았다. 그러한 무수한 삶의 원들이 서로 겹치고 겹쳐서 형성된 것이 바로 구(球)였으며, 그 구가 바로 우리가 사는 세상의 바탕을 이루고 있었던 것이다. 그래서 나는 세상의 터전인 행성과 별들마저 둥근 형태를 띠고 있는 건가, 하는 생각을 하게 되었다.

스크룬하이는 자신이 들려준 이야기를 잘 전해보라고 하며 다시 떠날 채비를 하였다. 몇천 년의 이야기를 혼자서 옮기라니! 난감했던 나는 고민 끝에 그를 붙잡고 물었다.

"모크샤님, 안타깝게도 저는 유한한 생을 가진 존재입니다. 그러니 들려주신 이 이야기를 어찌 다른 세상들에 다 전할 수 있을까요? 아마 다 옮기기도 전에 이번 생을 마칠 것 같은데요?"

그러자 모크샤의 대답은 간단했다. 자신이 들려준 내용 중에서 가장 중요한 부분만 전달할 수 있다면, 그 이야기는 시작과 끝을 넘어서 이미 모두 말한 것과 같다는 것이었다. 그래서 나는 스크룬하이의 말처럼 정말 이야기의 핵심적인 내용만을 담아내기로 마음먹었다. 운이 좋다면 아마도 그 내용을 적당한 분량의 글로 옮기는 데에 성공할 수 있지 않겠느냐는 희망을 품고 말이다. 이 이야기를 옮기는 방법으로 글을 선택한 이유는 간단하다. 글은 다른 세상을 들여다보는 가장 간편한 방법이며, 먼 과거에서부터 먼 미래까지 언제나 살아 있기 때문이다.

나는 이 이야기를 잘 전달하기 위해서 작은 '이야기 안내서'를 하나 만들어 첨부하기로 했다. 왜냐하면 이 이야기는 어디로 향할지 모르는 길을 따라 떠나는 여행과도 같아서, 도중에 그 길을 잃는다면 모크샤가 전하고자 했던 가장 중요한 부분에 닿지도 못하고 헤맬 수도 있기 때문이다. 그래서 그 특별한 안내서에는 나름대로 사람들과 동식물들, 그리고 짤막한 역사와 지도 등을 정리해 놓았다. 그리고 내가 본 장면들을 표현한 삽화들도 그려 넣었으며, 장소들을 음악으로 새롭게 해석해 보는 모험 또한 즐겼다. 만약 당신이 음악에 관심이 있는 이라면 그것을 들어볼 방법은 꽤 쉽게 찾을 수 있을 것이다. 그러니 그 부분은 당신에게 맡기도록 하겠다.

난 어디선가 그런 말을 들은 적이 있다. 훌륭한 작가는 펜을 놓을 때를 알고, 위대한 화가는 붓을 놓을 때를 안다고. 다행히 나는 작가이기 이전에 이야기 여행자이므로, 이대로 마치기 전에 작은 이야기를 하나만 더 풀어보겠다. 그것은 스크룬하이의 이야기가 나에게 가져다준 변화에 관한 것이다. 스크룬하이를 만난 후로 난 어디를 가나 모크샤를 찾는 습관이 생겼다. 물론 모크샤들이 거대한 새의 모습으로만 나타나지 않는다는 것 정도는 이제 알고 있기에, 이야기들의 나무에 갈 때도 모든 이들의 수다에 귀를 기울이며 열심히 모크샤의 면모를 찾아보게 된다. 왜냐하면 형상으로만 모크샤들을 찾는 것만큼 어리석은 일이 없기 때문이다. 생김새로만 모크샤를 찾고자 한다면, 아마도 모습을 잘 바꾸어서 사람들을 홀리는 재주꾼인 이야기들을 찾는 게 더 빠를 것이다. 그리고 그런 이야기들은 조심해야 한다.

예를 들어, 이야기들의 나무에서 항상 나를 반겨주는 '파후저'는 아주 순박하고 조금 덜떨어진 강아지 모습을 한 이야기인데, 늘 입맛을 다실 간식들로 모습을 바꾸며 자신을 골탕 먹이는 다른 이야기들에 대해 불평을 늘어놓는다. 하지만 문제는 그 간식의 형상이 너무 감쪽같아서, 매번 속고도 같은 실수를 반복한다는 것이다. 이렇듯 형상으로 모크샤를 보려고 하면 많은 우여곡절을 겪을 수밖에 없다. 왜냐하면 이런 이들은 모크샤가 바로 옆에 있어도 못 알아보는 경우가 많고, 어쩌면 자기 안에 깃들어 있는 모크샤의 기운까지도 제대로 보지 못한 채 엉뚱한 곳을 헤맬 수도 있기 때문이다. 그러니 스크룬하이가 남긴 이야기의 전달자로서 나는 이 글이 모크샤의 존재를 바로 보는 법에 대하여 안내했기를 희망한다.

　아마 당신이 여기까지 읽었다면 이미 눈치챘을지도 모른다. 나는 어쩔 수 없이 타고난 수다쟁이이며, 그만큼 이야기들을 만나는 것도 좋아한다는 것을. 아무튼 내가 전한 스크룬하이의 이야기를 끝까지 들어준 당신에게 고마움을 전한다. 나는 그저 이야기들의 세상 속을 누비는 여행자일 뿐이지만, 그 이야기들을 당신에게 들려줄 수 있어서 행복하다. 그럼 아쉽지만 나는 이만 실례하겠다. 이 글을 쓰느라고 너무 오랫동안 이야기들의 나무에 가지 못했기 때문이다. 문지기 '위그노'가 왜 이렇게 오랜만에 왔냐고 나를 나무란다면, 그에게 이 글을 읽어보라고 줄 생각이다. 언제나 너무 바쁜 그가 읽을 시간이 있을지는 모르겠지만.

겔리시온 IV

- 마지막 약속 -

초판 1쇄 발행 2022. 10. 11.

지은이 이주영
펴낸이 김병호
펴낸곳 가넷북스

편집진행 김수현
디자인 김민지

등록 2019년 4월 3일 제2019-000040호
주소 서울시 성동구 연무장5길 9-16, 301호 (성수동2가, 블루스톤타워)
대표전화 070-7857-9719 | **경영지원** 02-3409-9719 | **팩스** 070-7610-9820

•가넷북스는 여러분의 다양한 아이디어와 원고 투고를 설레는 마음으로 기다리고 있습니다.

이메일 barunbooks21@naver.com | **원고투고** barunbooks21@naver.com
홈페이지 www.barunbooks.com | **공식 블로그** blog.naver.com/barunbooks7
공식 포스트 post.naver.com/barunbooks7 | **페이스북** facebook.com/barunbooks7

ⓒ 이주영, 2022
ISBN 979-11-978872-6-0 04810 / 979-11-978872-2-2(전4권) 04810